USA *Today* Bestselling Author

Dale Mayer

A SEALS OF HONOR NOVEL

LÉGION D'ACIER
07-JAGER

Jager, Légion d'acier, tome 7
Beverly Dale Mayer
Valley Publishing Ltd.
Traduit de l'anglais par Andréa Auger et Valentin Translation.

ISBN-13 : 978-1-773366-94-4
Format Print

Résumé du livre

Deux unités militaires de huit hommes chacune ont été envoyées à bord de deux véhicules pour ce qui n'aurait dû être qu'une mission de reconnaissance banale, à Kaboul. La mission s'est soldée par une catastrophe, quand l'une des unités a roulé sur une mine anti-tank. Badger Horley, le chef de l'équipe des SEAL, ainsi que six de ses hommes ont été gravement blessés. Le huitième homme est mort. Seulement, voilà. Le matin de l'accident, les itinéraires ont été changés sans explications ni informations sur la personne qui a autorisé ces nouvelles directives. Jusqu'à l'explosion de cette mine, Badger s'est senti mal à l'aise avec ce changement de dernière minute, mais il n'a pas envisagé de raisons criminelles. Maintenant qu'on a tenté de détruire son équipe, cela devient personnel. Badger et ce qu'il reste de son escouade refusent de prendre du repos tant qu'ils n'auront pas découvert ce qui a entraîné cette tragédie et tué l'un des leurs. Pour cette Légion d'acier, la vengeance n'attend pas…

Jager Hannover, ancien soldat des forces spéciales, s'est enfin remis des dégâts causés par le passage du camion de son équipe sur une mine anti-tank. Six autres de ses co-équipiers ont été gravement blessés, et le septième, Mouse, est mort, dans ce qui n'était autre qu'un coup monté pour les supprimer, comme leur chef d'équipe, Badger Horley, l'a découvert plus tard. À la recherche de réponses sur l'histoire de Mouse et de l'homme qui leur a tendu ce piège, Jager atterrit à Vail, dans le Colorado.

Mais le meilleur ami de Mouse, l'homme qu'il recherchait, vient de disparaître, semant la mort dans son sillage. Pour ne rien arranger, ce n'est pas sans difficulté que Jager s'est rendu à Vail. C'est là que ses parents ont trouvé la mort dans un accident tragique. Ils étaient en virée dans la nature quand leur camping-car s'est détaché d'une falaise pour tomber dans le vide. À présent, à la lumière des nouvelles informations recueillies, il commence à craindre que ce ne soit pas un simple accident.

Allison Monroe est agent de police dans le Colorado. Son mari, également policier, est mort il y a quelques années dans un accident de ski. Elle prend du temps sur les lieux où ses rêves ont volé en éclats pour faire son deuil et réfléchir à la direction qu'elle souhaite prendre. Elle n'avait aucune intention de se retrouver au cœur de l'enquête que mène Jager sur quelqu'un qu'elle ne connaît que pour son goût pour les femmes et la fête, mais leur attirance mutuelle est aussi instantanée qu'indéniable. La passion prend des allures de course contre la montre quand ils se lancent aux trousses d'un tueur jusqu'à Santa Fe, dans un enchaînement de révélations…

Inscrivez-vous ici pour être informés de toutes les nouveautés de Dale !

https://geni.us/DaleNews

PROLOGUE

JAGER ELSTAD S'AGITAIT d'impatience. Il avait hâte que la surprise arrive. Il avait participé à son organisation, mais il demeurait toujours incertain d'avoir fait le bon choix.

Geir était affalé dans le canapé du salon de Badger. Dotty était allongée près de lui, comme si elle ressentait son état d'esprit. Jager savait pertinemment que la seule chose que son ami avait en tête était de trouver un moyen ou une excuse pour retourner auprès de Morning. Cette dernière et Geir avaient passé ces deux dernières semaines à s'appeler, mais la relation à distance n'était pas idéale.

Enfin, Badger lui demanda :

— Geir, es-tu avec nous ?

— Je suis là, s'exclama-t-il.

— Qu'allons-nous faire maintenant ?

— Nous continuons sur notre lancée, répondit Badger. Pour l'instant, nous avons arrêté Poppy. Nous avons prouvé que le Mouse que nous connaissions se faisait passer pour Ryan Hanson. La police et le NCIS font des recherches sur le vrai Ryan.

— Et pourtant, nous ne savons toujours pas qui nous a trahis, grogna Jager. Ça me rend dingue.

Puis, la sonnette de la porte retentit. Dotty se leva d'un bond en aboyant alors que Kat quittait le salon en direction de l'entrée. Des marmonnements se firent entendre depuis la porte. Jager leva les yeux et observa Geir qui continuait de fixer le plafond. Tout le monde était au courant pour la surprise, excepté Geir. Depuis son retour de San Diego, il agissait comme un ado souffrant d'une peine de cœur. Le reste de l'unité avait alors arrangé un petit quelque chose dans le dos de Geir.

Kat entra dans la pièce et Jager afficha un grand sourire. Morning Blossom se tenait près d'elle alors qu'elle semblait particulièrement hésitante et nerveuse. Jager adressa un regard à Badger.

Badger observa attentivement Morning. Dotty s'agita contre les jambes de celle-ci en remuant la queue à toute vitesse. Morning posa une main sur la douce tête de Dotty, mais son regard était posé sur Geir.

Jager s'exclama :

— Peu importe ce qu'il nous reste à faire, j'en fais ma mission. Vous avez tous eu l'opportunité de suivre l'une des pistes. Maintenant, c'est mon tour.

Geir secoua la tête, mais il n'avait toujours pas regardé en direction de la porte d'entrée.

— J'y retourne une fois de plus. Tu ne peux pas y aller seul.

— Non, tu ne viens pas avec moi, répondit joyeusement Jager en se demandant combien de temps encore Geir allait mettre pour remarquer la présence de son visiteur.

— Et pourquoi non ? demanda Geir en levant les yeux pour lui adresser un regard noir. Il est hors de question que je reste.

Son regard se posa sur Morning. Il se leva d'un bon, se précipita à travers la pièce et la prit dans ses bras avant de la faire tourner dans les airs et de la serrer fort contre lui.

Elle éclata de rire, ses bras enroulés autour de lui alors

qu'elle s'accrochait avec vigueur. Dotty aboya à plusieurs reprises. Et, en voyant que personne ne lui prêta attention, elle retourna lentement vers Badger.

Submergé d'émotion, Jager dut se tourner. Il avait participé à son arrivée mais, en même temps, quelque chose l'attristait. Il était le seul célibataire dorénavant. Non pas qu'il souhaitait vivre une histoire d'amour, mais comment faire face à ses six amis ainsi qu'à leurs partenaires sans passer pour l'intrus ? Il enfouit les mains dans ses poches et lança :

— Je vais sûrement devoir repartir de la case départ.

Badger le fixa du regard.

— Vraiment ? En retournant à Kaboul ?

— As-tu une autre suggestion ? Aurais-tu une autre piste à suivre ? demanda Jager. J'étais certain que nous trouverions les réponses à nos questions en Californie, mais nous sommes tombés dans une impasse. C'était le point de départ de Mouse pour entrer dans la Navy. Mais nous n'avons trouvé aucun autre amant là-bas. Nous n'avons trouvé personne qui aurait pu nous en vouloir après la mort de Mouse.

— Devrions-nous parler à nouveau à son beau-père ? demanda Badger.

— Non, répondit Talon, il n'est au courant de rien. Cela faisait des années qu'il n'était plus dans la vie de Mouse.

— Ça reste tout de même une piste, répondit Erick en secouant son portable entre ses mains alors qu'il sortit de la cuisine pour rejoindre le salon. Je viens d'appeler Nelson, l'inspecteur de San Diego en charge de l'affaire de Poppy.

Erick affichait un grand sourire, mais la lueur dans ses yeux en disait bien plus long.

— Pour l'instant, leurs premières recherches leur ont permis de trouver un nom dans un dossier qu'ils ont trouvé chez Poppy. L'inspecteur voulait savoir si ce nom nous intéressait ou non. Mouse avait un bon ami nommé Freddie Brown.

— Et où était ce bon ami ? demanda Badger.

— Dans le Colorado.

Talon fronça les sourcils.

— Où précisément ?

— Il travaillait à Vail, dans l'un des grands hôtels, en tant qu'extra.

— Pouvons-nous l'appeler ? Lui parler au téléphone ?

— Il a disparu quelques années plus tôt. Personne ne sait où il est, répondit Erick alors que son sourire devint sévère. C'est pour ça que l'inspecteur nous a appelés, pour qu'on le retrouve. Nous disposons d'un nom et d'un lieu.

— Punaise, s'exclama Jager.

Puis il se figea alors que son cœur se serra.

— Je dois y aller. C'est là où le camping-car de mes parents a fait une sortie de route.

Au même moment, Geir refit surface alors qu'il tenait Morning entre ses bras, l'air radieux. Il la déposa délicatement au sol et elle se précipita à travers la pièce avant de se jeter dans les bras de Jager.

Il la serra contre lui et lui chuchota :

— Quelle entrée !

Elle repoussa ses cheveux en arrière et lui adressa un grand sourire avant de lui répondre :

— Merci. Merci pour tout.

Il déposa un baiser sur son front.

— Prends soin de lui. Ce gros nounours a besoin que l'on s'occupe de lui.

Elle se défit de son étreinte, lui adressa un petit sourire avant de lui répondre :

— Tout comme toi.

Elle lui tapota la joue.

— Tu es le prochain sur la liste.

Tous ses amis se mirent à rire. Jager se contenta de lui lancer un regard noir. Il secoua la tête et se dirigea vers la porte d'entrée.

— Si quelqu'un en apprend davantage, tenez-moi au courant.

— Où vas-tu ? lui demanda Badger.

— Je pars à la chasse à Vail.

— Brown n'y est sûrement plus.

Jager secoua une main.

— Peut-être, mais s'il a un quelconque lien avec la mort de mes parents, je le retrouverai.

CHAPITRE 1

J AGER RENTRA CHEZ lui à pied alors qu'il ne vivait qu'à quelques rues de chez Badger. Il entra suffisamment longtemps pour préparer un sac et récupérer son ordinateur portable avant de le déposer tout près de la porte d'entrée. Il vérifia que toutes les fenêtres et les portes furent bien fermées avant de jeter un œil à la gazinière pour s'assurer que tout était éteint avant de partir pour quelques jours.

Il sortit une veste du placard de l'entrée pour affronter les soirées fraîches de Vail, avant d'attraper son sac ainsi que son ordinateur et de partir.

Au volant de son deuxième véhicule, un pick-up, il prit la route de l'aéroport pour prendre n'importe quel vol à destination du Colorado. C'est alors que son téléphone se mit à sonner. Il observa le numéro affiché sur l'écran avant de sourire en réalisant qu'il s'agissait de Badger, puis il rangea son téléphone dans sa poche arrière. Conscient que chacune de ces pistes les rapprochait de la vérité et du tueur en série qui en avait après eux, ce qui devenait de plus en plus dangereux pour ses amis et leurs nouvelles petites amies respectives, Jager avait décidé sans leur laisser le choix que personne ne l'accompagnerait dans cette quête d'indices.

Non pas qu'il désirait mourir, il comprenait qu'il aurait sûrement besoin de renfort, mais pour le moment, il ne jugeait pas nécessaire que quelqu'un l'accompagne car il ne savait rien. Son esprit tournait encore en boucle avec tout ce qu'ils avaient appris sur Mouse et tout ce qu'il leur restait à découvrir. Mason avait lancé une enquête navale après avoir découvert le passé trompeur de Mouse au sein de l'armée. Ce qui aurait des répercussions parmi les rangs.

Jager tourna à gauche pour emprunter l'autoroute. Il vit alors les premiers panneaux indiquant l'aéroport.

Son unité devait également, avec ou sans l'aide de la Navy, trouver le corps du pauvre homme dont Mouse avait pris la place. Jager refusait l'idée même d'appeler sa famille. Mais tout ça révélait un autre point très intéressant. L'homme dont Mouse avait pris la place avait-il réellement une famille ?

Peu importe, l'idée que quelqu'un vole l'identité d'une personne restait tout de même difficile à imaginer.

De plus, personne dans l'équipe de SEAL de Badger ne connaissait Mouse ou le vrai Ryan Hanson avant que Mouse ne soit affecté dans leur unité. Mouse ressemblait probablement à sa victime ou avait peut-être subi des opérations chirurgicales pour se transformer. Mais puisque Mouse, en tant que Ryan Hanson, faisait partie des nouvelles recrues sur la base de Coronado, son anonymat avait joué en sa faveur. Mouse pouvait facilement se glisser dans la peau de Ryan.

Jager continua tout droit alors que l'autoroute se sépara en deux voies.

Mais Jager ne comprenait toujours pas comment Mouse avait réussi à surmonter sa peur de l'eau alors que le simple fait de marcher près d'un cours d'eau le terrifiait. Cette idée le perturbait beaucoup, sachant que l'eau était l'un des aspects majeurs dans leur vie de SEAL. Durant leur dernière année de mission, la seule où Mouse était présent, ils avaient alterné entre rescousses d'otages, surveillance de terroristes et missions de reconnaissance. Ils avaient sauté en parachute et avaient atterri sur la plage ou sur des barques gonflables. Lors d'une mission, le démantèlement avait eu lieu en pleine mer. Leur unité avait pris un navire en filature à bord de leurs zodiacs avant de l'aborder le soir. Mouse les avait accompagnés durant toute la mission. Et de temps en temps, ils s'étaient baignés. Mais lorsqu'ils concentraient leurs efforts à nager trois kilomètres par jour pour améliorer leur endurance, ce qu'ils faisaient souvent quand ils étaient basés près de la mer, Mouse, lui, suivait un entraînement pour s'améliorer au tir.

En y repensant, Jager se rendit compte que Mouse n'avait pas une très bonne condition physique et était souvent tombé malade depuis qu'il avait rejoint leur unité. Une fois, il était resté malade pendant six semaines. Une autre fois, il s'était gravement blessé lors de l'un de ses entraînements et s'était arrêté pendant des mois.

Jager était en colère de savoir qu'ils s'étaient fait avoir. Il tentait d'éloigner ce sentiment insoutenable de frustration. Badger avait lancé cette mission afin de trouver des réponses suite à la mort de leur ami Mouse. Le reste de l'unité l'avait volontiers rejoint alors qu'il leur fallait quelque chose pour les occuper. Jager s'était éloigné d'eux et s'était senti perdu pendant longtemps ; puis cette mission lui avait donné un but.

En voyant les autres chez Badger ce jour-là, tous ses amis avec leurs partenaires, Jager avait réalisé qu'il se sentait bien plus seul que ce qu'il pensait. Il avait besoin de trouver quelque chose d'ici son retour. Quelque chose qui récompenserait tous ses efforts des derniers mois.

Voir Geir tomber amoureux de Morning Blossom fut une aventure en soi. Mais le fait que Morning se soit trouvée en danger à cause de leur mission rendit Jager encore plus vigilant.

Peu importe qui était cette ordure de chef de bande, une chose était sûre, il n'allait pas abandonner ni déléguer son autorité, et encore moins laisser tout ça derrière lui. En réalité, c'était presque comme s'il avait affiné ses méthodes, son système. Il cherchait sûrement à infliger la douleur maximale, une phrase qui tournait en boucle dans l'esprit de toute l'équipe depuis qu'elle fut apparue. Et l'idée que Mouse ait appris cette leçon de sa propre mère durant son enfance était tout simplement déchirante, à en juger l'inscription sur l'un des murs de la chambre où il avait grandi.

Bien que les membres de l'unité eussent aperçu les cicatrices sur le corps de Mouse, ils les avaient simplement associés à une enfance difficile. Mais ils ignoraient à quel point elle fut difficile. Pourtant, Mouse jouissait d'une bonne réputation après avoir réussi ses épreuves de BUD/S. Seulement, Jager et le reste de l'unité savaient dorénavant que c'était en réalité Ryan et non Mouse qui avait gagné cette distinction. Jager avait du mal à comprendre Mouse, autant le garçon que le jeune homme qu'il était devenu.

Le fait que ce genre de subterfuges fut possible à mettre en place au sein de la Navy le clouait sur place. Comment avait-on pu falsifier les dossiers de la sorte ? Cela dit, la seule façon possible pour Mouse d'y arriver était de prendre la place de quelqu'un d'autre. Et Jager ressentit de la peine en pensant à quel point Mouse devait être désespéré.

Poppy lui était venu en aide, probablement au péril de ses propres intérêts. Il aurait fait n'importe quoi pour que le rêve de Mouse de devenir un SEAL se réalise. Il aurait fait n'importe quoi pour qu'il reste proche de lui. Mais, une fois devenu adulte, Mouse ne voyait sûrement plus que Poppy comme un vieil homme désespéré qui ne voulait pas laisser partir son jeune amant. Mais l'aide de Poppy dans l'accomplissement du rêve de Mouse pour devenir SEAL les avait tous privés de lui. Jager se demandait pendant combien de temps Mouse aurait-il pu entretenir ce mensonge.

Depuis combien de temps entretenait-il cette illusion avant qu'elle ne se retourne contre lui ? Sans compter la phobie de Mouse pour l'eau. Évidemment, beaucoup de monde parvenait à surmonter leurs peurs et à accomplir de grandes choses. Mais Mouse avait sûrement exagéré cette phobie depuis le début. Il parvenait sans peine à faire avaler ses mensonges aux autres, alors peut-être que sa peur de l'eau en faisait partie.

Jager réfléchissait lentement à tout cela alors qu'il prit l'entrée principale de l'aéroport et se gara dans un parking longue durée avant d'attraper par chance la navette en direction du terminal.

Il acheta un billet pour le prochain vol à destination de Vail, se dirigea vers la porte d'embarquement et s'assis avec son ordinateur sur lequel il découvrit une douzaine de messages en provenance de ses amis. Il les lut un par un avant de sourire. Ils comprenaient son choix, mais demeuraient en colère. Eh bien, tant pis pour leur colère.

Il envoya un e-mail à Mason et Erick en leur demandant s'ils pouvaient confirmer la présence de l'homme qui avait positionné la bombe à l'origine de l'exposition de leur camion, dans la fausse commune près de Kaboul.

Il reçut instantanément une réponse d'Erick.

Ramène tes fesses ici et nous en parlerons.

J'attends mon vol, répondit Jager. **C'est notre seule option pour le moment. Il me faut une réponse. Il nous**

faut tous une réponse.

Son téléphone sonna à nouveau. Il s'agissait d'Erick.

— Tu ne peux pas y aller seul, grogna-t-il.

— Il ne reste plus que moi, répondit Jager. Je suis le seul n'ayant personne qui se retrouverait en danger et impliqué dans notre cauchemar. Je suis la meilleure option. Cette ordure sera de plus en plus agressive si nous lui donnons l'opportunité de continuer, que ce soit après nous, nos partenaires ou bien ensuite le reste du monde. Je suis le seul célibataire et celui ayant le moins à perdre.

— Tu n'avais pas à y aller seul.

— Je ne suis encore allé nulle part, répondit Jager d'un ton joyeux. Mais je devrais arriver à Vail d'ici quelques heures.

Il cliqua sur le reste de ses e-mails.

— Des nouvelles de Tesla ? A-t-elle obtenu autre chose du micro que nous avons posé dans l'atelier du trafiquant d'armes ?

— Non, rien d'intéressant, répondit Erick. Si nous parvenons à trouver le vrai Ryan ou à découvrir ce qui lui est arrivé, ce serait déjà bien. Mais ça ne répondrait toujours pas à notre « pourquoi » ?

— À moins que ce salaud soit l'un des membres de la famille de Ryan, répondit doucement Jager. Il a peut-être vu Mouse se faire passer pour lui.

— Si seulement Poppy n'était pas mort, nous aurions pu en apprendre bien plus de sa part.

— En réalité, nous en savons déjà beaucoup. La police enquêtera pendant des mois sur tout ce qu'ils ont trouvé chez Poppy. Et ils nous ont donné la piste qui nous a menés jusqu'à Freddie Brown.

— Mais je n'aime quand même pas l'idée que tu y ailles

seul. Tu as besoin d'un partenaire, d'un renfort quand les choses tournent mal, rétorqua Erick.

Jager sourit sans contredire Erick.

— Avez-vous du nouveau ? demanda Jager.

— Eh bien, tu le saurais si tu n'étais pas parti. Tu aurais été là quand nous avons reçu les e-mails.

Jager grogna.

— Eh bien, je suis parti. Alors, fais-toi à l'idée et communique-moi les informations.

— Poppy avait tout répertorié sur une liste. Les noms, les États, les garçons. Il a essayé avec quelques filles mais ce n'était pas son truc alors il est revenu aux garçons. Mais ils n'étaient pas nombreux. Il s'est contenté de quelques-uns qu'il avait choisis. Ceux qui appréciaient son attention.

— Comme Mouse ?

— Oui. Mais Poppy semblait aimer Mouse. Il est difficile de comprendre comment un pédophile peut ressentir un sentiment s'apparentant à un amour sincère, dit Erick d'un ton représentant la frustration qu'ils ressentaient tous. Mason s'occupe de faire le lien entre l'armée et la police. Et, bien sûr, le NCIS est dorénavant très impliqué dans cette affaire.

— Évidemment, soupira Jager. Ce qui signifie qu'ils vont tous nous barrer l'accès et que nous n'aurons aucune chance d'obtenir des informations.

— Maintenant, notre plus grosse question reste à savoir où est passé le marin disparu. Si Mouse a pris sa place, ce Ryan a-t-il donc été assassiné ? Ou a-t-il accepté un pot-de-vin pour disparaître ? Et un membre de la famille du vrai Ryan ne voudrait-il pas rendre justice à la mort de Mouse, en pensant toujours que leur proche est mort à Kaboul ? Ou peut-être le contraire, comme tu l'as suggéré. Quelqu'un aurait peut-être pris Mouse pour cible parce qu'il avait pris la place de leur proche ?

— Mais, une fois de plus, nous n'avons aucune réponse.

— Eh bien, nous manquons de renfort disponible, dit Erick d'un ton légèrement ironique. Alors, si tu es déterminé à accomplir cette mission seul, assure-toi de nous appeler en renfort quand tu en as besoin. Ne joue pas au justicier ou au héros solitaire. Nous sommes là pour toi. Je me remets petit à petit. Je peux donc superviser les opérations. Je n'ai rien de plus à te donner pour l'instant, et tous nos amis présents dans cette pièce, oui parce qu'ils sont toujours ici avec moi, sont en colère et veulent des réponses.

— Et j'ai l'impression d'être une flèche tendue sur un arc dans l'attente d'une direction à prendre ; pour l'instant je n'en ai aucune.

— Encore une chose… s'exclama Erick. Poppy avait des documents prouvant qu'il a fait entrer Mouse dans la Navy sans qu'il n'ait passé aucun des tests. Et il avait également répertorié les noms de ceux qui l'ont aidé, ainsi que les sommes qu'il avait dû débourser. La Navy a récupéré cette liste, dit-il avant de se taire quelques secondes. Je n'aimerais pas faire partie des noms figurant sur cette liste à l'heure qu'il est. Il avait aussi fait chanter d'autres pédophiles pour récupérer de l'argent. Mais, pour l'instant, rien n'indique comment ils ont choisi et remplacé Ryan. Mais comme il avait déjà passé les tests de BUD/S, il représentait une proie idéale pour Mouse. Il pouvait alors se glisser dans la peau de Ryan et se faire passer pour un SEAL officiel.

Jager regarda dans le vide.

— Punaise, j'ai encore du mal à croire que notre Mouse ait fait ça. Vraiment ?

— Oui, vraiment. C'était dans un gros fichier Excel sur

l'ordinateur de Poppy. Évidemment, ses agissements remontent bien avant l'histoire de Mouse. Une grosse enquête sera menée sur toutes les victimes de Poppy. Mais, au-delà de ça, le NCIS veut évidemment découvrir comment on a pu pirater les fichiers sécurisés de la Navy, et comment ils peuvent empêcher que cela se reproduise dans le futur.

— As-tu trouvé des preuves indiquant que la mort de mes parents était en réalité un double homicide ?

— Non, mais j'ai de grands soupçons qu'il s'agissait d'une autre attaque. Et à en juger le lieu, ce Freddie Brown est probablement responsable, ou du moins il sait peut-être quelque chose, dit Erick avant de poursuivre quelques secondes plus tard. À l'heure qu'il est, il fait peut-être lui aussi partie des victimes…

— Je te tiendrai au courant.

Puis, Jager raccrocha. Quelques minutes plus tard, les passagers de son vol furent appelés à embarquer. Il s'installa dans son siège, toujours perdu dans ses pensées. Ses parents et lui furent proches, mais il ne les vit pas aussi souvent qu'il l'aurait voulu en grandissant. Et leur accident de camping-car l'avait empêché à tout jamais d'y remédier.

Un accident de la route de plus. Au fond de lui, il savait ce qu'il découvrirait à Vail une fois qu'il creuserait plus à propos de leur mort. Pourtant, il n'arrivait pas à y penser pour le moment. Il devait contenir cette fureur en lui et la transformer en quelque chose d'utile, ce qui signifiait trouver Freddie Brown. Jager observa sa montre. Il était tard. Il pourrait dormir quelques heures dans l'avion, à condition de se détendre. Une fois arrivé à Vail, il passa la sécurité, quitta l'aéroport, loua un véhicule et se rendit à l'hôtel le plus proche où il arriva à temps pour réserver une chambre. Une fois à la réception, il ne put s'empêcher de se mettre aussitôt au travail.

— Connaissez-vous un Freddie Brown ? demanda-t-il à la réceptionniste en retournant de nouveau vers la réception. J'ai entendu dire qu'il était parti quelques jours, mais j'espérais qu'il serait rentré maintenant.

Jager affichait son sourire victorieux mais, à en juger la rection de la jeune femme, il se demanda si ce sourire était vraiment efficace.

Elle l'observa d'un air suspicieux.

— Je ne connais personne de ce nom.

— Alors comment puis-je savoir s'il a bien travaillé ici ? demanda-t-il d'un ton officiel. Pourrais-je m'entretenir avec le manager ?

La jeune femme observa l'horloge et secoua la tête.

— Non, il a fini sa journée.

Jager la regarda d'un air surpris.

— À onze heures du matin ?

Elle le regarda toujours avec le même regard et lui adressa un sourire poli.

— Oui, il travaille de cinq heures à midi.

— Mais il n'est pas encore midi, lui fit-il remarquer.

Son sourire s'amplifia et elle lui répondit d'un ton joyeux :

— Navrée, il est absent pour le moment. Si vous souhaitez lui laisser un message, il vous recontactera prochainement.

Il la remercia poliment en refusant de lui laisser un message et sortit de l'hôtel. Il se rendit ensuite dans deux établissements de plus. Il y avait dans les soixante hôtels dans cette ville. Sans compter les chambres d'hôtes, qu'il visiterait aussi si les hôtels ne donnaient rien. Il entra dans un café où il s'assit à une table près de la fenêtre avant d'observer la rue.

Il fallait que Jager trouve quelqu'un qui *connaissait* Freddie mais, pour l'instant, il se trouvait coincé.

Il rassembla également suffisamment de courage pour se rendre au poste de police afin de consulter les détails sur l'accident de ses parents. Mais, en même temps, il détestait avoir à remuer le couteau dans la plaie. Cela ne faisait que six mois qu'ils étaient décédés. Ils faisaient alors un road trip en camping-car qu'ils avaient prévu depuis des années. Il se rassurait en se disant qu'ils avaient au moins pu profiter de quatre mois de ce voyage ensemble. Ils étaient partis de la côte est pour traverser la totalité du pays. Une fois à Vail, ils avaient déjà parcouru au moins trois quarts de leur trajet. Mais ils n'eurent jamais l'occasion de visiter certains des plus beaux lieux d'Amérique. Et cela le désolait.

On aurait dû leur laisser la chance de finir ce voyage. Bon sang, on aurait dû leur laisser la chance de vieillir.

Il avait entendu parler de l'accident, mais, tout comme Badger, Jager venait à peine de retourner à l'hôpital pour subir une opération chirurgicale reconstructrice. La peau de ses mains présentait encore les cicatrices de la dernière opération. Ils avaient inséré des poches gonflables dans son abdomen afin que de la peau supplémentaire se développe. Puis ils lui avaient greffé cette peau sur les parties endomma-gées de ses mains. La bonne nouvelle était que cette opération avait bien fonctionné. La mauvaise était qu'il ressemblait à Frankenstein avec tous ces morceaux cousus les uns aux autres. Ce qui ne l'aidait pas lorsqu'il parlait à des personnes qui, de temps en temps, s'éloignaient de lui. Mais il ne considérait pas ceci comme un moyen dissuasif de continuer sa mission puisqu'il s'était déjà rendu en Californie avec Geir. Et il ne lui avait jamais fait aucune remarque. Mais pourquoi l'aurait-il fait ? Il était sa propre version d'un patchwork. Sans compter que Morning Blossom n'était pas non plus le genre de personne à faire une remarque.

Accomplir cette étape de leur mission seul avait poussé Jager au contact du public de façon plus régulière que d'ordinaire et c'était pour le moins… *intéressant* de voir les réactions.

La cicatrice sur son visage n'était pas vilaine ; la trace rose se dissipait. C'était évidemment une tout autre histoire concernant ses mains. Mais quand même, les dégâts se trouvaient surtout au-dessus de ses poignets. Ils étaient alors plus discrets lorsqu'il portait des manches longues. Cela faisait plus de deux ans qu'il n'avait fréquenté personne et sa dernière relation s'était finie de façon assez tragique.

Même si son corps demeurait extrêmement musclé, Jager considérait que son état physique ne pourrait attirer aucune potentielle petite copine, encore moins depuis ses nouvelles cicatrices. Il avait perdu des muscles à tant d'endroits différents que c'en était ridicule. Alors qu'il s'est retrouvé propulsé à travers le toit du camion lors de l'explosion de la mine, le camion lui avait lui aussi causé des blessures. Sa cuisse droite était dorénavant maigre et endommagée, et elle demeurerait défigurée et plus faible que celle de gauche. Il lui manquait également la partie inférieure de sa jambe gauche.

Mais ses blessures semblaient raisonnables comparées à celles de ses amis dans le reste de l'unité. La façon dont le camion avait explosé ainsi que celle dont ils se tenaient assis à l'intérieur avait impacté les jambes de tous les survivants. Il était reconnaissant de n'avoir perdu aucun bras. Il ne pouvait l'imaginer. Et il était loin d'avoir perdu autant d'organes que Geir.

Jager, lui, avait perdu un rein. Beaucoup de ses muscles étaient endommagés et il avait également subi beaucoup de brûlures.

Les brûlures étaient ce qu'il y avait de pire. Il avait alors développé un immense respect pour les grands brûlés. Ce qu'il avait vécu était déjà assez dur. Il conduisait le véhicule le jour de l'accident, mais l'explosion était apparue de nulle part. Quelques-uns de ses amis se tenaient tranquillement assis. Mouse dormait au fond, entouré de tout le matériel que ses amis avaient disposé autour de lui.

Jager n'oublierait jamais l'annonce de ce qui était arrivé à ses amis après son réveil. Et ce qui était arrivé à Mouse… l'amertume de l'événement s'était répandue en lui. Finalement, de nouveau sur pieds, sa mobilité suffisamment retrouvée, Jager avait entamé sa propre enquête. Il ne pouvait nier qu'il s'était renfermé sur lui-même, sans informer ses amis de ce qu'il ne faisait ni pourquoi il le faisait. Puis il avait découvert qu'eux aussi avaient des doutes, il avait alors rejoint le reste de l'équipe en renfort. Il se sentit comme de retour dans sa famille après les avoir perdus de vue un bon moment après l'explosion. Dorénavant, il ferait presque tout pour maintenir cette famille intacte.

Mouse avait rassemblé quelques affaires pour former une barrière contre tous les bruits du camion et le reste de l'unité avait empilé le reste du matériel pour l'isoler car il avait besoin de silence pour dormir. Contrairement aux autres qui pouvaient vite s'endormir pendant une bonne heure, Mouse, lui, mettait du temps à s'endormir, d'où la raison de construire une barrière contre les bruits.

On aurait pu se dire que cette barrière de matériel autour de lui aurait pu l'aider à s'en sortir. Au lieu de cela, c'est ce qui lui causa sa perte. Ils avaient tous été projetés à travers le toit en toile du camion, ce qui leur avait causé de multiples blessures. Dans le cas de Jager, il avait perdu la partie inférieure de sa jambe gauche alors que celle-ci s'était retrouvée coincée dans l'armature métallique qui parcourait le toit du véhicule. La même chose arriva à sa cuisse droite où des entailles arrachèrent des bouts de muscles sur lesquels il travaillait encore pour retrouver leur force originelle.

Mais son corps ne serait plus jamais aussi rapide ni aussi puissant qu'avant. Et, bon sang, il ne serait jamais présentable et encore moins beau. Mais, au moins, il était fonctionnel. Et tant qu'il gardait cela en tête, le reste ne le dérangeait pas. Ce n'était que des broutilles.

Des broutilles gênantes et pendant longtemps déprimantes. Il s'était dit qu'il resterait seul pour le restant de sa vie car aucune femme ne voudrait d'un épouvantail pareil à ses côtés. Mais les autres hommes de sa bande lui avaient prouvé le contraire et également combien son esprit était étroit.

Il leva les yeux alors que la serveuse s'avança vers lui. Elle lui sourit, lui tendit le menu, et lui dit :

— Voulez-vous une tasse de café ?

Il lui sourit et hocha la tête.

Elle fut de retour quelques minutes plus tard, une grande tasse de café noir à la main. Il n'avait alors toujours pas ouvert le menu. Elle lui adressa un regard et lui demanda :

— Avez-vous besoin de quelques minutes supplémentaires ?

Il se contenta de hocher la tête une nouvelle fois, puis son regard se perdit de nouveau à travers la fenêtre. Du moins, jusqu'à ce que quelqu'un se glisse sur le banc face à lui. Il tourna la tête et lança un regard sévère au nouvel arrivant dans l'intention de le faire fuir. Mais ses yeux atterrirent sur une femme.

Elle lui adressa un petit sourire et lui dit :

— Je suis l'officier Allison Monroe. J'ai cru comprendre que vous posiez des questions aux locaux.

Il sentit alors tout son être se figer. Il se pencha en avant et chuchota :

— Effectivement, et alors ?

Au lieu de se laisser intimider, elle se pencha également sur la table.

— Vous devriez peut-être plutôt me les poser.

Il recula et lui adressa un sourire en coin.

— D'accord, aucun problème. Savez-vous où je peux trouver Freddie Brown ?

— Non. Pourquoi cette question ?

— J'ai entendu dire qu'il avait disparu quelques jours plus tôt, répondit-il d'un ton calme. Un de ses amis est décédé et je voulais m'assurer qu'il l'avait appris.

— Depuis combien de temps ?

Cette fois-ci, ses sourcils se rejoignirent au milieu de son front alors qu'elle l'observait.

— Depuis deux ans.

Elle recula.

— C'est un peu tard pour l'annoncer, non ?

Il fit glisser ses mains sous les manches de sa chemise.

— J'étais pas mal occupé.

Elle posa son regard sur la peau rose vif du dos de ses mains avant de hocher la tête.

— Pas mal comme excuse.

Sa remarque le fit ricaner. Il ne trouvait pas beaucoup de raison de rire en ce moment. Et pourtant, son style direct et son caractère difficile à impressionner lui plaisaient. Elle était unique et authentique et il sentit son intérêt s'éveiller.

— Vous posez beaucoup de questions, dit-elle doucement. Une femme en particulier ne les a pas vraiment appréciés et m'a appelée.

— Je n'ai jamais été impoli ni méchant et je n'ai franchi aucune limite, répondit-il à voix basse. Alors, pourquoi a-t-elle appelé la police ?

— Dans ce cas précis, c'est une amie qu'elle a appelée, rectifia Allison. Et la personne que vous avez interrogée se demande également où se trouve Freddie Brown et se fait du souci à son sujet.

— Avez-vous lancé un avis de disparition ?

— Nous l'avons fait après qu'on nous l'a signalé. Mais il n'y a aucune raison de trop s'en faire. C'est un adulte et il a pu disparaître de son plein gré. Il n'y a pas de quoi ouvrir une enquête pour l'instant. Mais je me renseigne à droite à gauche. Pour l'instant, sans succès.

Il s'adossa contre la banquette.

— Punaise, jura-t-il avant de soupirer et de passer la main dans ses cheveux. Il y a également eu un accident six mois plus tôt.

Il refusait d'énoncer précisément la date qui le faisait terriblement souffrir.

— Serait-il possible que j'obtienne le rapport d'accident ?

— Pourquoi ?

— Parce que, dit-il avant de prendre une grande inspiration et d'annoncer lentement, mes parents y ont perdu la vie.

En entendant ceci, un air de compassion s'empara de ses grands yeux couleur chocolat. Les biches des environs avaient ce même regard. Ses yeux étaient immenses et leur couleur variait du caramel au chocolat au lait selon la lumière.

Il se força à reprendre ses esprits.

— Ils conduisaient un camping-car de location et faisaient un road trip à travers le pays.

— Un couple de personnes âgées ? demanda-t-elle avant

de s'interrompre et de froncer les sourcils alors qu'elle tentait de se remémorer. Emelia et Jorgen Elstad ?

Le visage de Jager s'illumina.

— Exactement, comment avez-vous fait pour vous en souvenir ?

Elle lui adressa un sourire triste.

— Parce que j'étais sur les lieux de l'accident et que votre mère était toujours en vie à ce moment-là.

Son cœur se serra.

— Je l'ignorais, murmura-t-il.

— Donc je présume que vous êtes Jager ?

Il hocha lentement la tête, haïssant le sentiment de ses larmes coincées dans sa gorge en entendant simplement que cette femme connaissait déjà son prénom et que le seul moyen pour elle de le connaître était par sa mère alors qu'elle était en train de mourir.

— A-t-elle dit quelque chose ?

— Oui, mais je n'ai pas vraiment compris ce que cela signifiait.

La respiration de Jager devint saccadée.

— Qu'a-t-elle dit ?

— « Dites à Jager de surveiller ses arrières ».

Il se mordilla la lèvre et observa à travers la fenêtre alors qu'il tentait de garder le contrôle de ses émotions. Il pouvait soit éclater en sanglots à l'idée que les dernières pensées de sa mère lui étaient adressées, ou alors évacuer sa colère alors qu'il comprit que sa mère savait ce qui lui était arrivé.

— A-t-elle dit autre chose ?

L'officière Monroe baissa le regard et hocha la tête.

— Elle m'a demandé de m'assurer de vous dire qu'elle vous aimait.

Il hocha la tête, incapable de prononcer un mot alors que ces derniers restaient coincés en lui.

CHAPITRE 2

ALLISON NE S'ÉTAIT pas du tout attendue à ça en s'asseyant à cette table.

Candy, qui travaillait l'hôtel, l'avait appelée pour la prévenir que cet homme était déterminé à trouver des réponses. Quelque chose chez lui l'avait inquiétée. Il paraissait dangereux, non envers elle, mais envers Freddie.

— Comme si ce type avait une dent contre lui, avait dit Candy. J'ignore si tu peux faire quelque chose, Allison, mais peut-être au moins lui parler ? Voir si tu peux savoir ce qu'il cherche. Je ne lui ai pas dit que Freddie avait disparu. Je ne savais tout simplement pas quoi dire.

Allison était ravie de lui parler alors qu'elle espérait elle-même trouver du nouveau sur la disparition de Freddie. Au lieu de cela, cet homme semblait n'avoir aucune information. Mais après avoir abordé le sujet de l'accident, elle dut trouver un moyen de retenir ses larmes. Des tragédies se produisaient tous les jours. Des accidents de voiture mortels arrivaient souvent. Et elle avait assisté à un ou deux d'entre eux où la personne était toujours en vie sur les lieux avant de décéder à l'hôpital. Mais, dans ce cas-là, Emelia était morte dans ses bras. Allison était venue en aide aux secours pour l'extraire du véhicule. Elle vivait encore à ce moment-là et Emelia avait pris la main d'Allison entre les siennes alors qu'ils avaient immobilisé le brancard suffisamment longtemps pour qu'elle puisse parler.

— Je suis navrée, mais elle est partie peu de temps après. Elle n'a même pas tenu le temps que l'ambulance prenne le chemin de l'hôpital.

— Ils auraient pu en faire davantage pour la sauver, dit-il d'un ton sévère.

Elle le regarda d'un air triste et secoua la tête.

— Non, il n'y avait aucun moyen. J'étais même étonnée qu'elle tienne aussi longtemps. Son abdomen était grièvement blessé et elle présentait également une grave blessure à la tête. Elle a demandé comment allait son mari, mais elle savait déjà qu'il n'avait pas survécu. Elle nous a fait comprendre qu'elle souhaitait le rejoindre.

L'homme face à elle observait à travers la fenêtre et elle comprit combien cette nouvelle l'affectait.

— Je suis désolée.

Il hocha la tête.

— Au moment où on pense avoir digéré la nouvelle, on se rend compte que ce n'est pas du tout le cas.

La serveuse fut de retour avec une tasse de café pour Allison.

— Comment va mon officier de police préféré ? demanda-t-elle d'un air radieux.

Allison rit doucement.

— Je vais bien, et toi ?

La serveuse sourit.

— Comme toujours, je vais très bien. Nous partons skier sur le glacier ce week-end.

Allison haussa les sourcils.

— Un riche petit ami de plus, c'est ça ?

La serveuse rit doucement.

— Le seul genre de petit ami que j'accepte, dit-elle avant

de désigner le menu d'un coup de tête. Avez-vous fait votre choix ?

Il jeta un œil au menu et Allison comprit qu'il se moquait de ce qu'il allait manger pour le moment.

— Quel est le plat du jour ? demanda-t-elle.

— Sandwich au rosbif. Il est délicieux. De belles tranches de bœuf couvertes de jus accompagnées d'une tonne de frites. Je peux te rajouter de la salade si tu veux.

Allison hocha la tête.

— Ça me semble parfait, répondit-elle avant de lancer un regard à Jager. Et pour vous, ce sera quoi ?

Manifestement désintéressé alors qu'il tentait toujours de se remettre du choc de l'annonce d'Allison, il reprit ses esprits alors qu'elle l'observait. Une action qu'elle salua. Elle ne se pensait pas capable d'avoir le mental pour en faire autant.

Il leva les yeux vers la serveuse et hocha la tête.

— Je prendrai la même chose.

Visiblement satisfaite qu'il ait enfin passé sa commande, elle ne semblait pas avoir remarqué son état et se retira sur-le-champ.

— Je suppose que dans une petite ville comme celle-ci, elle connaît tout le monde, surtout avec son métier.

Allison hocha la tête.

— Je pense que c'est la même chose pour la plupart des villes touristiques. Les touristes vont et viennent, mais les locaux restent ici et se rapprochent à chaque fin de saison.

— Je suppose que vous êtes ici pour le ski ?

Elle rit.

— Non, pas du tout. Je n'aime pas trop skier. Et je n'aime pas vraiment le froid non plus, admit-elle.

Il la fixa du regard.

— Alors que faites-vous ici ?

Elle haussa les épaules.

— C'est ici que j'ai atterri.

— Ce n'est pas parce qu'on atterrit quelque part que l'on doit forcément y rester.

Elle hocha la tête.

— Mais on trouve d'autres raisons de rester. Surtout quand on s'attache aux habitants.

Elle observa son regard posé sur son annulaire. Une bande de peau claire indiquait qu'elle devait autrefois y porter une bague.

Il fronça les sourcils mais s'abstint de lui poser la question.

Elle en fut reconnaissante. Le fait d'avoir abordé ses problèmes personnels était suffisant, nul besoin d'en rajouter en ravivant sa peine.

— Vous n'avez donc rien à me dire à propos de Freddie ?

— Non, j'espérais que vous pourriez m'en dire plus, répondit-elle.

Il hocha la tête.

— C'est le problème avec les personnes disparues. Parfois, ils veulent disparaître, et parfois ils disparaissent par accident ou à cause du choix de quelqu'un d'autre.

Elle hocha la tête.

— Ce que j'ignore, c'est quelle solution s'applique à ce cas.

— A-t-il des amis ou de la famille ici ? Quelqu'un l'a-t-il déclaré disparu ?

— Un ami qu'il était censé rejoindre. Cet ami s'est mis en colère en voyant que Freddie ne s'était pas présenté et il lui a alors envoyé plusieurs messages avant de le chercher et de finir au poste de police pour déclarer sa disparition.

— Vivait-il avec quelqu'un ?

Elle ricana.

— Comme il est fréquent chez beaucoup de jeunes, ils étaient cinq à vivre dans la même maison. C'est moi qui leur ai annoncé la nouvelle après que son ami a contacté la police. Ils pensaient que Freddie était simplement parti avec un nouvel ami parce que ses affaires étaient restées chez eux, ajouta-t-elle rapidement.

À cette annonce, il plongea son regard dans le sien.

— Dans ce cas-là, nous supposons qu'il est soit parti seul, soit qu'il est allé rendre visite à un ami. Ou alors nous devons envisager que sa disparition soit due à de tristes circonstances.

— Mais c'est peu probable puisque les affaires qu'il a laissées chez lui n'ont aucune valeur.

— Je suppose que ça arrive aussi de temps en temps.

Mais le ton de sa voix était distant, comme s'il digérait les informations.

Elle posa de nouveau le regard sur ses mains, et se demanda quand il avait subi sa greffe de peau. Elles avaient cicatrisé mais, comme la plupart des blessures, il resterait toujours une marque indiquant que la version soignée ne serait jamais aussi bonne que l'originale.

— Un de ses amis ou un des membres de sa famille aurait-il appelé pour signaler sa disparition ? Des personnes extérieures à la ville ?

— J'ai contacté sa famille grâce à ses colocataires. Mais il s'agissait d'un faux numéro. J'ai demandé à son employeur, mais il n'avait posé aucun congé. J'ai essayé de contacter ses petites amies, mais aucune d'entre elles n'en savait plus. Il semblait changer de petite amie comme de chemise, dit-elle avant de se pencher en avant. Pourquoi est-ce important pour vous ?

— Un de mes amis est décédé. J'ai entendu dire que Freddie faisait partie de ses bons amis. Nous essayons de rencontrer toutes les personnes ayant fait partie de sa vie et Freddie est l'une des dernières personnes ayant eu un lien avec lui.

— Pourquoi fouillez-vous dans son passé ? Et si c'était l'un de vos amis, ne connaissez-vous pas déjà tout ça ?

Cette phrase semblait le surprendre.

— Connaissez-vous l'intégralité de la vie de vos amis ? demanda-t-il d'un ton curieux en l'observant d'un air bizarre. Cet ami décédé était gay. Ça ne nous a jamais dérangés.

Elle hocha la tête en songeant à sa question.

— Non, vous avez raison. Je n'en sais pas tant que ça à propos de la plupart de mes amis. Je me demande si cela ne fait pas partie des nouvelles amitiés. La plupart du temps, ce sont des amitiés en ligne ou en personne, et pourtant on ne connaît jamais vraiment nos amis. Tout le monde a quelque chose à dire, mais personne n'a jamais vraiment quelque chose d'intéressant à ajouter, dit-elle doucement.

— Les amis avec qui je travaillais, mon unité, j'aurais pu jurer que je les comprenais vraiment, mais je ne savais pas grand-chose sur leur enfance. Et j'ai fini par me rendre compte que je ne savais presque rien de Mouse. Peut-être que je me sens coupable. Sa mort m'a lourdement affecté. Et maintenant, j'ai l'impression d'être en mission post-mortem. J'enquête sur tout ce qui composait son monde.

Il y avait un ton étrange dans sa voix. Elle l'observa avec attention en se demandant ce qu'il lui cachait. Elle n'était pas certaine qu'il mentait mais il y avait quelque chose de bizarre. Puis, la serveuse revint avec sa salade. Il existait peu de restaurants à Vail qui servaient d'énormes portions, mais celui-ci faisait partie des exceptions. Elle baissa les yeux en direction de la salade et soupira.

— Comment suis-je censée manger tout ça ainsi qu'un sandwich au bœuf et des frites ?

— Peut-être qu'avec un peu de chance tu n'as pas pris de petit déjeuner, comme tu le fais d'habitude.

Allison rit doucement, Hannah la connaissait bien. Elle avait une quarantaine d'années et passait d'un homme à l'autre comme un robinet fuyant goutte après goutte. Mais elle était toujours honnête sur ses attentes. Elle passerait de bons moments avec eux, mais pas pour longtemps, et elle ne choisissait que des partenaires partageant le même état d'esprit. Ça lui réussissait bien. Mais ce n'était pas le genre de chose qui convenait à Allison.

Elle n'avait jamais aimé les relations de courte durée. Après la mort de son mari, elle avait eu beaucoup de mal à flirter de nouveau. Une de ses amies avait tenté de l'inscrire sur des applications de rencontre. Mais, quand Allison s'était rendu compte que c'était quasiment toujours des coups d'un soir sans attache, elle s'était complètement rétractée et avait refusé par la suite de rencontrer quelqu'un. Elle refusait qu'on attende d'elle qu'elle finisse au lit dès le premier soir.

L'idée que certaines personnes conviennent de tels arrangements via une application sur un téléphone la dépassait et lui donnait un coup de vieux, comme si son temps était révolu pour de bon. Après la mort de Tony, elle avait perdu tout intérêt pour les hommes. Mais, avec le temps, elle réalisa combien elle était encore jeune et qu'il lui restait encore de nombreuses années à vivre. Mais que pouvait-elle bien faire quand le monde qui l'entourait vivait ce mode de vie sans attache ?

Elle prit sa fourchette et piqua quelques feuilles de salade.

— C'est une grosse salade, lui fit remarquer son compagnon de table.

— Effectivement, répondit-elle en fronçant les sourcils. D'où venez-vous ?

— De Tchécoslovaquie, répondit-il. D'origine, car je vis aux États-Unis depuis mon enfance.

Elle hocha la tête.

— Mais vous n'êtes pas né ici ?

Ses épaules se crispèrent légèrement alors qu'il s'adossa contre la banquette en secouant la tête.

— Non. Cela vous dérange-t-il ?

— Non, bien sûr que non, répondit-elle, surprise. La famille de mon mari était originaire de Russie.

Il semblait se détendre à nouveau.

— Vous êtes assez susceptible.

Il secoua la tête.

— Pas vraiment. J'ai passé de nombreuses années dans la Navy jusqu'ici, dit-il en levant les mains. Et il y avait beaucoup d'immigrants. J'ai reçu quelques remarques de temps en temps, mais pas énormément, compte tenu de ma taille.

Elle rit doucement.

— Ça aide d'être costaud.

Elle prit une autre bouchée de salade et vit la serveuse revenir vers eux.

— Hannah, tu veux me tuer.

Allison secoua la tête alors qu'Hannah posa devant eux deux énormes assiettes de sandwich au bœuf accompagné de frites.

— Tu peux amener les restes chez toi, répondit Hannah

avant de se tourner vers Jager et de le réprimander. En revanche, pas vous. Vous devez tout manger.

Surpris, il lui adressa un regard.

Elle désigna ses mains.

— Vous n'avez pas fini de cicatriser, il vous faut de la viande rouge, dit-elle avant de s'éloigner.

Bouche bée, Jager adressa un regard à Allison.

Elle retint à peine un petit ricanement.

— Hannah est très directe.

— Visiblement, dit-il en attrapant une frite qu'il croqua. Mais les frites sont délicieuses.

Allison en goûta une avant de gémir.

— Je sais. Je ne peux plus m'arrêter une fois que je commence à en manger. Alors, qu'allez-vous faire si vous ne retrouvez pas votre ami ?

— Ce n'est pas mon ami, mais l'ami de mon ami, rectifia-t-il avant de hausser les épaules. Je ne sais pas trop. Mais j'espère qu'il est toujours dans les parages.

— Eh bien, si on en croit ses colocataires, il vit une vie plutôt libre et sans attache.

— Vous voulez dire qu'il voyage beaucoup ?

— Oui, surtout en Extrême-Orient.

Elle le vit froncer les sourcils et rangea cette information dans un coin de sa tête.

— Ça vous intéresse ?

Il leva les yeux et laissa apparaître un regard glacial.

— Tout à propos de lui m'intéresse.

Puis, son regard confirma qu'il lui cachait quelque chose. Une chose très importante.

— Que comptez-vous faire si vous le retrouvez ? demanda-t-elle d'un ton direct.

— Lui parler, répondit-il.

Il prit une autre frite croustillante, la dévora et lui adressa un petit sourire.

— C'est tout, simplement lui parler.

Elle baissa lentement sa fourchette.

— Je ne peux pas vous laisser lui faire du mal.

Il secoua la tête.

— Je n'ai aucune intention de lui faire du mal.

— Lui parler de quoi ?

— De mon ami décédé. Je vous l'ai déjà dit.

— Oui. Mais il y a autre chose que vous me cachez et j'ignore quoi, mais ça me déplaît.

Il l'observa un long moment avant de poser son regard une nouvelle fois sur son sandwich. Il en prit la moitié, regarda la quantité de viande à l'intérieur et s'exclama :

— Waouh. Ils savent comment faire un sandwich ici.

— Je viens souvent ici, dit-elle. Leurs prix sont plutôt élevés, mais la nourriture le vaut, vu les quantités. Je vais emporter la moitié chez moi et ce sera plus que suffisant pour mon dîner de ce soir.

Il hocha la tête.

— Eh bien, je n'ai pas pris de petit déjeuner, alors ne m'en veuillez pas si je le dévore comme un ogre.

Puis il se mit à l'action alors qu'elle l'observa depuis sa banquette. Elle finit sa salade et la moitié de son sandwich en laissant l'autre moitié et la grosse portion de frite pour les emporter pour les manger plus tard. Sa façon de manger était très contrôlée et puissante. Son aspect général était sombre et taciturne, comme s'il sortait d'un roman d'amour médiéval d'autrefois. Et, évidemment, il semblait déchiré de tant de façons, à en juger les blessures qu'elle apercevait. Elle se demanda si son ami était mort dans le même accident. Et quel lien Freddie avait avec tout ceci ?

— Que savez-vous exactement de Freddie ?

Il l'observa en haussant un sourcil.

— Je ne sais rien sur lui. Et vous, que pouvez-vous me dire ?

— Il a une trentaine d'années, dit-elle. Il travaille beaucoup quand il le décide, mais il fait l'imbécile lorsque ce n'est pas le cas. Il adore skier, mais il est très mauvais, dit-elle en souriant. Du moins, c'est ce que j'ai entendu dire. J'ai effectué quelques recherches sur lui depuis son arrivée.

— Depuis combien de temps vit-il ici ?

— Depuis à peu près deux ans. Peut-être un peu moins. Je crois qu'il était déjà venu ici, qu'il avait adoré et qu'il est revenu dès qu'il en a eu l'occasion.

— Ces endroits sont les meilleurs.

Au même moment, Hannah resurgit et débarrassa l'assiette d'Allison sans prononcer un mot.

— Avez-vous une photo de lui ? demanda Allison.

Il secoua la tête.

— Non, et vous ?

— Oui, mais dans mon bureau. Il est évidemment bien plus difficile de trouver quelqu'un lorsqu'on ignore à quoi il ressemble.

— Eh bien, s'il est porté disparu, ce n'est pas comme si j'allais le croiser au coin d'une rue, n'est-ce pas ?

— Une fois de plus, comme vous l'avez dit, s'il veut disparaître, il sera très difficile pour nous de le retrouver. C'est un adulte. S'il a vécu une rupture douloureuse ou s'il a trouvé un meilleur emploi ou… qui sait ? Il devait payer son loyer et ses colocataires n'étaient pas vraiment surpris qu'il soit absent au moment de payer sa part.

Jager rit doucement.

— Un cas assez courant.

Elle sourit et hocha la tête.

— Exactement, alors nous ne sommes pas certains qu'il lui soit arrivé quelque chose.

— Et vous ne le serez jamais à moins que l'on retrouve son cadavre.

— Êtes-vous de la police ?

Il secoua la tête.

— Non, mais j'ai fait beaucoup de recherches à compte privé ces derniers temps, expliqua-t-il. Et je sais comment fonctionne le système.

— Suite à vos années dans la Navy ?

Il hocha la tête.

— Exactement. Je fais ça depuis ma guérison suite à un accident dans la Navy.

— Je suis navrée, dit-elle. Ça doit être terrible.

— Non, ce qui a été le plus terrible était de découvrir que tous les membres de notre unité n'étaient pas sortis vivants de cet accident.

Puis il se reconcentra sur son sandwich.

JAGER REPOUSSA DOUCEMENT son assiette vide au bord de la table avant de s'affaler sur la banquette. Il observait l'intrigante femme qui se tenait assise en face de lui. Selon lui, Allison avait une vingtaine d'années ou peut-être une petite trentaine. Ses cheveux bruns très lisses lui arrivaient aux épaules. Elle avait des mèches plus courtes près de son visage, ce qui lui donnait un air sévère. Mais les traits de son visage étaient anguleux, ce qui, bizarrement, s'harmonisait bien avec sa coiffure. Elle avait de grands yeux d'un brun chaud. Elle disposait d'informations qu'il lui fallait, mais il ne voulait pas dévoiler son histoire si ce n'était pas nécessaire. Les grandes explications étaient toujours étranges et, moins les gens en savaient, mieux il se portait.

— Je crois que Freddie adorait faire la fête.

— Il est important de s'amuser quand on est un jeune homme.

— Et ce jeune homme en particulier, répondit-elle en riant. Il avait un côté désespéré, un sentiment de soulagement mais, en même temps, il avait peut-être aussi un petit côté « vivons aujourd'hui, nous ignorons de quoi sera fait demain ».

— Le connaissiez-vous bien ?

Elle secoua la tête.

— Non, pas du tout dans ce sens-là.

Il haussa un sourcil.

— Je connais la plupart des habitants de cette ville, mais c'est une destination touristique. La fréquentation augmente en hiver avant de diminuer en été. Beaucoup de personnes traversent Vail et d'autres la visitent. C'est difficile de suivre tout le monde, mais Freddie était plutôt du genre à fréquenter beaucoup de monde et à sortir plutôt que de rester seul dans son coin.

— Serait-il possible d'obtenir son adresse pour que je parle à ses colocataires ?

— Si vous acceptez de payer sa part manquante du loyer, je suis certaine qu'ils seraient ravis de vous parler. Ils étaient très en colère d'avoir à compenser les centaines de dollars manquants.

— C'est compréhensible, surtout dans une ville comme celle-ci. Les loyers ne sont pas très élevés mais la vie est chère.

— Surtout les activités nocturnes, dit-elle d'un ton sec.

Il sourit.

— Les garçons resteront des garçons.

Elle hocha la tête.

— Absolument.

Hannah fut de retour avec une boîte à emporter remplie des restes du plat d'Allison qui lui sourit.

— Merci beaucoup Hannah.

Au même moment, Hannah posa deux additions sur la table en leur adressant chacun un sourire avant de s'éloigner.

Jager s'empara des deux notes.

Allison l'observa d'un air surpris.

— Ce n'est pas une bonne idée.

— Et pourquoi cela ?

— On pourrait croire que vous me graissez la patte, dit-elle à voix basse avant d'arracher sa note de sa main.

— Vous graisser la patte dans quel but ?

— Me faire cracher des informations.

À l'instant où elle prononça ces mots, son esprit pensa à une tout autre façon de cracher. Il secoua lentement la tête afin de retrouver ses esprits.

— Freddie avait-il une copine avec qui il se séparait souvent avant de se remettre ensemble ? Une avec qui ça aurait duré plus longtemps qu'avec les autres ? demanda-t-il spontanément, en se demandant pourquoi il n'avait pas posé cette question plus tôt.

Il était bien connu que les femmes en savaient souvent bien plus sur leurs partenaires qu'eux-mêmes.

Elle secoua la tête.

— Je n'en connais aucune. Vous allez devoir demander aux garçons. Ils vous en diront peut-être plus, dit-elle avant de se lever. Faites attention lors de votre séjour ici. J'ai déjà un cas de disparition, je n'en veux pas un deuxième.

Il hocha la tête et l'accompagna vers la caisse.

— Serait-il possible d'obtenir une copie du rapport d'accident de mes parents ?

— Venez au poste de police, apportez votre carte d'identité et je vous en fournirai une. Je ne me souviens plus de ce que sont devenus leurs corps. Les avez-vous fait rapatrier chez vous ?

— Ils ont été incinérés et un de mes amis m'a ramené les cendres, répondit-il doucement.

Elle sourit.

— Si vous voulez vous rendre sur les lieux de l'accident, je vous y emmènerai avec plaisir.

Il y réfléchit quelques instants avant de hocher la tête.

— Merci, j'aimerais beaucoup.

Elle regarda sa montre.

— Qu'avez-vous prévu cet après-midi ?

— Je vais rendre visite aux colocataires de Freddie. Je n'ai rien de vraiment prévu à part ça. Je suis venu ici pour découvrir ce que je pouvais à propos de Freddie et pour avoir des réponses sur la mort de mes parents.

— Je comprends. Si vous voulez, vous pouvez me suivre jusqu'au poste de police. Je me chargerai des formalités et vous imprimerai une copie du rapport d'accident. Et en imaginant que je n'ai rien d'autre à faire entre temps, je vous conduirai sur les lieux de l'accident.

Jager hocha la tête.

— Si vous me donnez l'adresse du poste de police, je serai là dans peu de temps.

Une fois l'arrangement convenu, elle sortit du restaurant, monta dans sa voiture de patrouille et se mit en route vers le poste.

Il resta devant sa voiture un long moment. Visiter les lieux de l'accident de ses parents ne serait pas chose facile. Et l'idée que sa mère y fut en vie lorsque les secours arrivèrent sur place lui déchirait le cœur. Le fait qu'elle fut consciente avec une blessure grave à l'abdomen ainsi qu'à la tête relevait du pur miracle. Et ses mots : « surveille ses arrières ». Il ne les comprenait que trop bien.

Quand il était jeune et qu'il jouait avec ses amis, l'un d'entre eux avait l'habitude de constamment tricher. Que ce soit à cache-cache, aux examens, au judo ou peu importe ce qu'ils faisaient ensemble, ce garçon trichait toujours. Il profitait de l'inattention de Jager pour lui voler ce qu'il convoitait. La mère de Jager avait pris l'habitude de l'envoyer à l'école en lui disant de surveiller ses arrières. Un rappel constant pour s'assurer qu'il ne le prendrait plus par surprise. Ça lui prit quelques années, mais il finit par développer ce sixième sens lorsqu'il était en compagnie de ce garçon.

Ils finirent par devenir de bons amis. Mais, pendant longtemps, Jager refusa de passer du temps avec lui. Maintenant que son ami d'enfance était adulte, qu'il avait une femme et des enfants, il avait fini par changer. Jager appréciait passer du temps avec lui. Et après avoir perdu tant, les personnes encore présentes dans sa vie étaient devenues d'autant plus importantes. Il les chérissait, les honorait.

Il comprenait les dons et les faiblesses de chacun et tentait de s'assurer que leur amitié restait tout de même solide. Il n'avait dorénavant plus le luxe de choisir.

Il pensa alors à son unité. Il envoya un message à Erick, en lui donnant des nouvelles de tout ce qu'il venait de découvrir.

Erick lui répondit :

Super, continue sur ta voie. Je suis ravi que tu aies trouvé une policière qui puisse te venir en aide quand tu en as besoin. De notre côté, Tesla nous a donné des

nouvelles du trafiquant d'armes. Elle a obtenu une pépite ce matin du chef rebelle. Il n'a ni affirmé ni réfuté être à l'origine de la fosse commune. Mais il a très clairement confirmé avoir pris part aux opérations.

Jager grogna. Il avait toujours gardé dans un coin de sa tête l'idée de se rendre sur place, de parler une nouvelle fois au chef rebelle pour voir si son second était toujours en vie. Il entretenait ce petit espoir de pouvoir lui parler et trouver qui l'avait engagé pour poser cette mine terrestre.

Appuyé contre sa voiture, il reçut un nouveau message d'Erick :

Et il n'existe aucun suivi. En ce qui le concerne, ce qui s'est passé est résolu. Il refuse de continuer à en parler. Il a tout abandonné et je pense que c'est plus ou moins une façon de nous faire passer le message d'également abandonner.

Jager détestait l'idée d'y croire et il savait qu'il était impossible que l'un des membres de son unité soit à l'origine de l'accident. Il répondit à Erick :

Fais-tu encore référence à ce foutu message audio en provenance du camion que Badger a trouvé ?

Oui. Mais nous en avons tous discuté, et nous ne pensons pas qu'il s'agisse de l'un d'entre nous.

C'est impossible, tapa Jager. **Si c'était le cas, je ne pourrais plus jamais faire confiance à quelqu'un.**

Idem.

Et c'était ce qui allait se passer. Envisager qu'une chose aussi dévastatrice put être causée par l'un de ses meilleurs amis...

— Non, dit-il en secouant la tête.

Ce n'était pas la peine d'y penser. Il ne le supportait pas. Puis, il monta dans sa voiture et se rendit au poste de police. Une fois sur place, il tenterait également d'obtenir un maximum de réponse. Et, s'il ne trouvait rien, il ne resterait plus qu'à rentrer en espérant que le reste de l'équipe ait trouvé quelque chose de concret sur lequel s'appuyer.

Il semblait qu'à chaque nouvelle route, ils se retrouvaient face à une impasse. Il se demanda comment Allison réagirait s'il lui révélait sa peur à l'idée que ses parents se soient fait assassiner.

CHAPITRE 3

ALLISON ENTRA DANS le poste de police, salua les autres et se rendit à son bureau. Elle ignorait si Jager était loin derrière elle. Il lui fallut un moment avant de trouver les dossiers sur l'accident de ses parents alors qu'elle fut soudainement capable de se souvenir de leur nom de famille. Les dossiers enfin sous ses yeux, elle lut les détails. Après tous ces mois, elle s'en souvenait comme si c'était hier.

Après avoir tenu la main de quelqu'un durant ses derniers instants, il est impossible d'en sortir intacte. Dans ce cas précis, cette femme avait parlé de Jager. Maintenant qu'elle avait rencontré l'homme, qu'elle avait réalisé qu'il s'agissait de celui dont cette femme avait parlé, et qu'elle lui avait transmis cet étrange message, elle trouvait la situation pour le moins troublante.

Allison était également reconnaissante d'avoir eu la chance de délivrer ce message en personne. Elle avait essayé de le retrouver en parcourant les coordonnées que possédait le couple mais cela ne l'avait menée nulle part. Elle lui demanderait ses coordonnées dès qu'il arriverait au poste.

Elle leva les yeux et le vit franchir l'entrée. Il était à l'autre bout de la réception qui était délimitée par des bureaux, des bancs et une vitre. Elle se leva, se dirigea vers le bureau d'admission et lui fit signe. Puis, elle le guida derrière la vitre en direction de son bureau. Elle marchait près de lui et remarqua à quel point tout le monde paraissait petit à côté de lui. En plus d'être grand, il dégageait une réelle présence.

De l'assurance. Elle adorait ça. Son mari en avait aussi. Mais c'était un casse-cou, contrairement à elle.

Évidemment, elle espérait pouvoir continuer son travail de policière et trouver un nouveau mari qui aurait éventuellement traversé le même genre d'épreuve qu'elle. Ou alors elle souffrirait de cette perte une deuxième fois. Mais la vie était faite ainsi, une succession de choix. Elle espérait pouvoir un jour accepter la mort.

Il s'assit sur la chaise des visiteurs posée près d'elle. Elle ouvrit les dossiers et les lui montra.

— Puis-je voir votre pièce d'identité s'il vous plaît ?

Il sortit son portefeuille. À l'intérieur, elle vit son permis de conduire ainsi que plusieurs cartes de crédit au même nom. Elle observa son permis pendant quelques secondes, se dirigea vers l'imprimante et en fit une copie.

Elle lui rendit en lui disant :

— Pouvez-vous me communiquer vos coordonnées ?

Elle lui tendit un bloc-notes ainsi qu'un stylo avec lequel il écrivit son adresse et son numéro de téléphone avant de lui rendre immédiatement le tout.

— Je vais vous en imprimer une copie.

Elle envoya rapidement le rapport de police vers l'imprimante.

Il n'y avait pas grand-chose à dire. Elle trouva plus de notes sur sa mère que celles dont elle se souvenait mais, ce jour-là, Allison et la mère de Jager étaient toutes les deux très émotives. Alors qu'elle lui apporta les rapports, elle se rendit compte que celui sur sa mère faisait trois pages. Elle le lui tendit et il lut les détails en silence. Elle ressentit la peine qui irradiait de lui et imagina à quel point ce serait terrible s'il s'agissait de sa propre mère, savoir qu'elle était toujours en vie sur les lieux de l'accident avant de décéder peu de temps plus tard en réclamant son fils qui n'était pas là.

— Je présume qu'elle était au courant pour votre accident.

Il hocha la tête.

— Le mien date de deux ans. J'étais au plus mal à ce moment-là. Il me fallait une greffe de peau supplémentaire alors qu'ils traversaient cette partie du pays. Mon corps a rejeté les premières greffes et j'ai dû recommencer, dit-il en triturant les rapports de police. C'est à ce moment-là que c'est arrivé.

— Je suis navrée, dit-elle.

— Tout ce que l'on apprend est que mon père a fait une sortie de route.

— Aucune preuve n'indiquait le contraire, si c'est ce que vous pensez, répondit-elle doucement.

Il hocha la tête en silence en étudiant les rapports.

— Je sais ce que voulait dire ma mère en disant de surveiller mes arrières. C'est pour ça que je dois vous poser cette question, êtes-vous absolument certaine qu'il s'agissait d'un accident ?

Il leva les yeux en direction des siens, à la recherche de la vérité.

Elle s'assit.

— Après avoir entendu ces mots, je me suis posé la question. Mais malheureusement, elle n'a pas tenu assez longtemps pour me donner des explications. Nous avons cherché. Il y avait plusieurs traces de dérapages provenant de différents véhicules. Évidemment, il s'agissait d'un mauvais virage où plusieurs conducteurs inattentifs ont eu des accidents. Vos parents sont passés par-dessus un talus, donc si on leur était rentré dedans ou si on les avait poussés de quelque manière, il était difficile de voir une quelconque marque sur le véhicule.

— Il y avait donc des traces de dérapages sur la route ?

Elle hocha la tête.

— Beaucoup de personnes sortent du virage, ne prennent pas la signalétique au sérieux et réalisent ensuite qu'ils roulent beaucoup trop vite avant de piler. Plusieurs personnes ont eu des accidents sur cette partie de la route. Nous nous mobilisons pour faire poser une glissière.

Il soupira.

— Ça aurait pu leur sauver la vie.

— Il y a peu de chance. Ils seraient passés à travers la glissière et auraient tout de même poursuivi leur chute.

— Selon vous, à quelle allure roulaient-ils ?

— Je doute fortement qu'ils roulaient en dessous de la limitation.

— Mon père était un conducteur très vigilant, dit-il en la regardant à nouveau. Était-ce lui ou ma mère au volant ?

— Votre père.

— Et quelles étaient ses blessures ?

— Il a pris le volant en pleine poitrine, dit-elle doucement. Il n'y avait aucune raison de faire d'autres recherches. L'accident a causé un traumatisme important.

— Et les airbags se sont-ils déclenchés ?

Elle hocha la tête.

— Oui.

IL SAVAIT QUE ses questions étaient inutiles, l'accident datant de plusieurs mois, mais il ne put s'en empêcher. Il se leva.

— Avez-vous le temps de me montrer les lieux de l'accident ?

Elle observa autour d'elle, vérifia ses e-mails et haussa les épaules avant de répondre :

— Oui, pourquoi pas.

Elle se leva et attrapa sa veste ainsi que ses clés.

— Je vous laisse sortir. Il me faut un instant pour dire à tout le monde où je vais.

Il sortit du poste de police et se dirigea vers le trottoir afin de prendre l'air. À l'intérieur il sentit son estomac noué. Entendre les détails à propos de l'accident de ses parents était déjà terrible, mais savoir au plus profond de lui que quelqu'un les avait poussés hors de la route et s'en était sorti au point que la police ne suspecte même pas un meurtre était injuste. Les personnes en détresse l'avaient toujours considéré comme un héros. Il avait l'intime conviction que la justice revenait de droit à chaque victime. Et l'image de ses parents dévalant cette falaise, terrifiés… Le seul point positif était que leur fin ne fut pas trop longue.

Il espérait que sa mère n'avait pas souffert trop longtemps ou que sa blessure fut telle qu'elle passa les derniers instants de sa vie dans un nuage, inconsciente et sous le choc. Ils avaient sûrement dû remorquer le camping-car dans une casse.

Ou se trouvait-il toujours derrière le talus ? Cette idée le fit grimacer. Il serait encore plus difficile de faire face à cette scène. Il refusait de voir le véhicule couvert du sang de ses parents. Et pourtant, c'était exactement ce qu'il lui fallait pour voir s'il s'agissait réellement d'un accident.

C'est à cet instant qu'Allison se présenta derrière lui.

— Nous allons prendre ma voiture.

Elle se tourna vers sa droite et le guida à l'arrière du parking où il la suivit. Elle lui désigna une berline.

Il s'installa sur le siège passager.

— Où se trouve le véhicule dorénavant ?

Elle se figea alors qu'elle s'apprêtait à insérer les clés dans le contact.

— Il est toujours sur place. Vous comprendrez pourquoi quand nous y serons.

Il hocha la tête d'un air sombre.

— Merci de m'y conduire.

— Vous ne me remercierez sûrement plus une fois que vous verrez les dégâts encore sur place.

Elle le conduisit hors de la ville et se dirigea vers l'autoroute. Ils l'empruntèrent sur plusieurs kilomètres et il comprit alors pourquoi mettre des barrières sur une route aussi longue posait problème. Son père était un conducteur hors pair. Il ne pouvait l'imaginer s'endormir au volant. Mais il était de nature naïve et n'aurait peut-être pas réalisé qu'il était en danger avant qu'il ne soit trop tard.

Allison poursuivait sa route.

Jager était stupéfié par l'étendue de la campagne et par l'étendue réduite de la route qui serpentait parmi une infinité d'arbres. Il y avait un peu de circulation mais rien de bien méchant. Ses parents avaient dû adorer cette partie de leur traversée. Ils se perdaient toujours dans la montagne et la forêt. Et s'il y avait bien deux choses qui entouraient cette partie du monde, c'était bien celles-ci.

Enfin, elle lui annonça :

— Nous approchons du virage où ils ont eu leur accident, mais ils roulaient dans le sens inverse.

Il hocha la tête. Il y avait un rebord de falaise. Ils la longèrent mais la route restait toujours aussi large avec ses trois voies de chaque côté. Évidemment, le camping-car devait se trouver sur la voie de gauche, d'autant plus si son père conduisait. Mais la voie était large et constante malgré le talus. Ce n'était pas comme si la chute faisait plus de trente mètres, elle devait faire dans les dix mètres seulement.

Elle passa devant les lieux de l'accident alors qu'il tentait d'étudier la route. Il vit beaucoup de traces de pneu, et il comprit pourquoi. De l'autre côté de la route, le virage était très serré. Il y avait des panneaux indiquant un danger mais, visiblement, cela ne suffisait pas pour empêcher les conducteurs de rouler vite.

Elle finit par emprunter la bande d'arrêt d'urgence de l'autre côté de la voie avant de faire demi-tour et de s'approcher lentement du site en arrivant du côté opposé.

— Je vais conduire lentement jusque là-bas. Puis j'irai me garer sur un parking un peu plus haut, d'où nous pourrons revenir à pied.

Et c'est ce qu'ils firent. Après être sorti de la voiture et avoir parcouru le chemin à pied, Jager fut stupéfait par l'immensité de tout ce qui l'entourait. Il marcha le long de la chaussée où il vit des fleurs et une espèce de mémorial que des gens avaient mis en place.

— Est-ce pour mes parents ?

— Ces dix dernières années, neuf personnes ont perdu la vie dans ce virage. Si les gens respectaient la limitation de vitesse, nous aurions beaucoup moins de problèmes.

Il hocha la tête.

— Mon père n'était pas du genre à rouler vite.

— Peut-être, mais les conditions de route étaient bonnes ce jour-là. La route était sèche, il n'avait pas plu.

Il comprenait ce qu'elle tentait de dire. Puis elle lui offrit une solution possible.

—Je me suis dit qu'il avait peut-être eu un infarctus alors qu'il était au volant. Il ne semblait pas rouler vite ni avoir un quelconque problème que nous aurions constaté. Il est juste passé par-dessus le rebord.

Jager se figea, regarda en bas et son cœur s'arrêta de battre comme s'il venait de monter dans sa gorge et l'étouffait. Le camping-car était en bas. Il était imposant et pris entre deux arbres.

—Je suppose qu'il vous faudra une grue pour le remonter.

—C'est prévu, mais nous avons eu un hiver rude et maintenant nous devons attendre que les entrepreneurs du coin aient une grue de libre pour que nous puissions, avec un peu de chance, en embaucher un pour qu'il nous aide à le récupérer.

—En plus d'une grue, il faudrait également une remorque à plateau pour le transporter.

—Oui. Mais ce n'est pas dans nos habitudes de laisser un véhicule englouti traîner sur l'autoroute. Si nous pensions que ce serait une bonne leçon pour les autres conducteurs, nous le ferions sûrement. Mais ce n'est pas le meilleur moyen de dissuasion quand il n'est même pas visible depuis la route. Sans compter que les personnes qui apercevraient l'accident voudraient freiner pour mieux observer et deviendraient probablement dangereux à leur tour.

—Sans oublier la peine que ressentiraient les proches des victimes.

—Exactement.

Il commença à descendre la falaise.

Elle le mit alors en garde.

—Êtes-vous certain de vouloir faire ça ?

Le haut de son corps se figea mais ses pieds poursuivirent

leur course en dérapant un mètre plus bas.

— Il le faut.

— Il nous faut des cordes pour remonter, l'avertit-elle.

Il observa la falaise.

— Ces blocs de pierre nous aideront à remonter sans problème.

Et comme ils étaient plus proches du véhicule, cela semblait plus logique. Mais la surface sur laquelle il dérapait à cet instant était de l'argile et il en était entouré. Au lieu de se débattre, il se laissa glisser le long de la pente jusqu'à l'endroit où le camping-car s'était englouti.

Alors qu'il fit le tour du véhicule, il s'en servit de support pour éviter de glisser plus bas.

— Il doit sûrement y avoir un cours d'eau par ici durant le printemps.

— Effectivement, répondit-elle en arrivant lentement derrière lui. Nous avons un printemps plutôt sec. Et maintenant que nous sommes en été, l'eau s'est évaporée.

Il hocha la tête alors qu'il observait le camping-car. Il monta sur le flanc où le métal était cabossé et jeta un coup d'œil à l'intérieur.

— Avez-vous fait d'autres recherches à l'intérieur ?

— Nous avons regardé s'il n'y avait pas d'animaux de compagnie. Beaucoup de personnes, âgées en général, voyagent avec des petits chiens ou des chats.

— Leur chien est mort quelques mois avant leur départ. C'est l'une des raisons pour lesquelles ils ont pensé pouvoir faire ce voyage, parce qu'ils n'avaient plus leur chien pour les retenir chez eux.

— C'est compréhensible.

L'une des portières était arrachée et l'intérieur était écrasé, ce qui avait aplati le plafond contre le réfrigérateur et poussé l'arrière de l'habitacle vers le siège conducteur. Il comprit que son père n'aurait jamais pu survivre à un tel choc. On avait entaillé les airbags pour évacuer les corps. Il étudia en silence les dégâts alors qu'il évaluait le nombre de tonneaux et l'âge des passagers.

— Il aurait dû y avoir plus de traces de pneu là-haut.

— S'ils avaient pilé, vous voulez dire ?

Il hocha la tête.

— Il aurait dû en avoir plus.

— C'est l'une des raisons pour laquelle j'ai envisagé un infarctus.

Jager n'avait pas pris cette option en compte car, évidemment, il savait quelque chose qu'elle ignorait. Mais peut-être que ses renseignements étaient faux.

— Et si son abdomen fut compressé, il n'y a aucun moyen de le confirmer.

— Honnêtement, il n'y a eu aucune autopsie. Pour quoi faire ?

Il hocha la tête. Tout coûtait cher ces temps-ci et peu de départements disposaient de suffisamment d'effectifs. Sans compter que ces disparitions semblaient évidentes. Il gravit le dessus du camping-car et sauta de nouveau dans l'argile pour pouvoir observer l'arrière. Il sentit une vague de haine monter en lui.

— Avez-vous au moins vérifié le pare-chocs ?

Elle s'approcha de lui et s'immobilisa pour le regarder.

— Je ne m'occupe pas moi-même des enquêtes sur les accidents. Il n'y avait rien sur le pare-chocs dans le rapport. Du moins, pas que je me souvienne. Que voulez-vous dire par « vérifié le pare-chocs » ?

— Il y a des traces de peinture noire sur les côtés qui suivent les éraflures sur le côté gauche.

— Oui, mais il est impossible de savoir si votre père n'est pas rentré dans une voiture sur un parking, s'exclama-t-elle. Vous ne pouvez pas assurer en voyant ces traces de peinture que quelqu'un l'a poussé hors de la route. Sans compter qu'il faudrait un gros camion pour accomplir une chose pareille. Et les camions ont des pare-chocs, la plupart du temps des pare-chocs en métal.

Il hocha la tête.

— Je sais bien. Mais quelque chose ne coïncide pas. Il y a un renfoncement dans le pare-chocs du camping-car. Et la peinture se trouve à l'intérieur de ce renfoncement. Donc, peu importe les dégâts subis, il y est entré en collision avec quelque chose de noir.

Elle l'observa un bon moment avant de regarder une nouvelle fois le pare-chocs et de hocher la tête.

— Vous avez raison. Nous n'avions pas vu ça.

CHAPITRE 4

QUAND ALLISON SE rendit de nouveau au bureau, cela faisait des jours qu'elle ne s'était pas sentie aussi perplexe. Elle avait déjà exercé le poste d'adjointe là où elle vivait avant de passer la formation avec son mari qui, lui, était déjà officier de police. Puis, ils avaient tous les deux trouvé du travail ici. Depuis son décès, elle était restée. Incapable de le laisser seul ici, même si elle savait pertinemment qu'il n'était plus ici. Mais l'idée qu'il y ait vécu la réconfortait.

Maintenant, elle commençait à envisager que l'accident des parents de Jager n'avait pas été correctement pris en charge, même si elle se remémorait clairement le commandant lui dire :

— Pourquoi y aurait-il un homicide ? Un couple de personnes âgées a fait une sortie de route dans un virage que nous connaissons tous pour être terriblement dangereux.

Encore aujourd'hui, si elle devait annoncer ce que Jager avait trouvé, elle savait que son patron lui répondrait :

— Vous vous faites des films là où il n'y a pas lieu d'en avoir. Les traces de peintures peuvent dater de mois, voire d'années plus tôt. Ce n'est pas comme si nous avions la police scientifique pour examiner ce genre de chose. Il est fort probable qu'ils roulaient trop vite, où qu'ils étaient malades. Ne cherchez pas plus loin. L'affaire est classée.

Elle s'était contentée d'accepter le verdict à ce moment-là. Elle n'avait pas examiné le camping-car par elle-même. On l'avait mise en garde pour qu'elle ne le fasse pas alors que l'argile rendait le terrain glissant. Et elle devait admettre qu'ils n'avaient pas tort à propos de l'argile.

Elle avait eu du mal à descendre. S'il n'y avait pas eu Jager qui semblait aussi adroit qu'une chèvre alors qu'il était sportif et avait beaucoup d'équilibre, elle n'aurait pas su comment remonter. Au lieu de grimper à la verticale, il s'était mis de profil et avait gravi pierre après pierre en les utilisant presque comme une échelle ou des escaliers. Mais, sans son aide, elle serait tombée en arrière.

Alors qu'ils prirent chacun leur chemin sur le parking de la station de police, elle perçut de la colère à travers son dos et sa mâchoire crispée, ainsi que ses muscles qui tressaillaient sous sa chemise. Il était vraiment hors de lui. Comment se sentirait-elle si on avait poussé ses parents hors de la route ? Sans aucun doute, elle serait folle de rage, horrifiée et tordue de douleur.

Elle s'assit derrière son bureau et son commandant déposa un dossier de plus sur la pile qui se trouvait sous son nez.

— Je vous cherchais.

Elle hocha la tête.

— J'ai emmené quelqu'un sur les lieux d'un accident où ses parents ont perdu la vie, dit-elle prudemment.

Le commandant avait un tempérament explosif. C'était un homme imposant et bourru avec une tendance à se mettre en rogne avant de réfléchir. Elle ne comprenait jamais comment on pouvait exercer un tel métier avec un caractère comme le sien, mais elle se disait que c'était plutôt une question de pouvoir que de personnalité.

Il ne semblait même pas porter attention à sa phrase alors qu'il hocha la tête.

— Occupez-vous de ça, d'accord ?

Puis, il s'éloigna.

Elle jeta un œil aux trois autres personnes dans la pièce, mais ils gardèrent tous la tête baissée. Elle ouvrit le dossier et y vit une nouvelle plainte déposée par une femme qui refusait de quitter son mari violent. Elle soupira et se frotta la tempe. Elle avait déjà contacté cette femme trois fois. Chaque fois que son mari la rouait de coups, elle portait plainte. Puis, Allison interrogeait la femme pour en savoir plus, puis elle retirait sa plainte. La police n'arrivait pas à enquêter sur les charges contre violences conjugales car, chaque fois, la femme changeait d'avis en disant que tout allait bien.

Alors Allison n'était pas certaine que Margery veuille vraiment aller jusqu'au bout pour le moment. Son mari devait sûrement lui faire des remarques en rentrant chez lui. Allison avait de la compassion et comprenait Margery. Mais il était dur de voir le film se répéter en boucle sans qu'il n'y ait aucun progrès.

Peu importe, elle se leva, attrapa ses clés et se dirigea vers l'entrée.

Il y avait toujours les restes de son déjeuner posé sur le siège de sa berline. Elle aurait probablement dû les mettre au frais, mais tant pis.

La résidence n'était qu'à huit minutes de la ville. Margery travaillait dans une boutique du coin et son mari était ouvrier dans le bâtiment. Et, manifestement, il faisait beaucoup de travail au noir. La région était très aisée et ceux avec de l'argent y vivaient confortablement. Margery avait souvent pensé à s'en aller et trouver un appartement où le loyer serait moins élevé, mais il n'était pas si facile de changer d'emploi, d'appartement et de quitter son mari.

Enfin arrivée dans la résidence où vivait Margery, Allison ne vit aucune voiture dans l'allée. Elle sortit de sa berline, se dirigea vers l'entrée et tapa à la porte. Margery lui ouvrit en quelques secondes. Elle avait un œil au beurre noir, des plaies sur la joue et elle venait de pleurer à chaudes larmes. Elle regarda Allison avant de se jeter dans ses bras. Allison conduisit Margery à l'intérieur, à l'abri des regards, et lui demanda :

— Êtes-vous maintenant prête à le quitter ? Prête à porter plainte ?

Margery répondit en pleurs :

— Ce n'est pas si simple. Il me poursuivra.

Allison comprenait que la peur poussait Margery à rester et elle faisait maintenant face à cette peur.

— Connaissez-vous quelqu'un d'autre ? Quelqu'un chez qui vous pourriez rester ? Quelque part loin d'ici ?

Margery secoua la tête.

— Je n'ai personne. Et Roger connaît déjà tous mes amis de toute façon.

— D'accord, il connaît vos amis d'ici. Mais connaît-il vos amis vivants plus loin ?

Margery haussa les épaules.

— Il surveille ma page Facebook et tous mes réseaux sociaux. Et il lit aussi mes messages. Ce n'est pas comme si je pouvais lui cacher des choses.

— Eh bien, vous devriez peut-être y réfléchir quelques minutes parce que ça ne peut plus continuer comme ça. Un jour, il sera incapable de s'arrêter. Et, ce jour-là, il vous tuera.

Margery observa Allison à travers sa paupière gonflée alors que des larmes se mirent à couler lentement le long de sa joue.

— Je sais. Mais c'est un homme si gentil d'habitude.

— Arrêtez, répondit Allison. Vous ne pouvez pas décrire celui qui vous a fait subir ça comme un « homme si gentil ».

Grâce à son travail, Allison connaissait parfaitement bien le schéma de violence conjugale. Il y avait toujours des cas où elle devait venir en aide aux victimes. Mais elle ne pouvait apporter son aide qu'à trop peu de femmes. La plupart d'entre elles retournaient auprès de leur agresseur. Et dans deux de ces cas, l'agresseur avait assassiné la victime qui s'était adressée à la police. La peur était une motivation puissante et les techniques d'intimidation marchaient à merveille lorsque la victime faisait à peine un mètre cinquante. Roger mesurait au moins un mètre quatre-vingt-dix et avait un gros ventre plein de bière, ce qui lui paraissait surprenant, étant donné qu'il exerçait un travail physique. Il devait alors sûrement être contremaître ou bien conduire une grue ou autre chose avec un physique pareil. Mais il restait tout de même bien plus fort que Margery.

— Vous ne pouvez pas rester ici, lui conseilla Allison. Vous devez partir et rester loin de lui.

— Le problème, c'est que je sais qu'il m'aime sincèrement, chuchota Margery avec une voix et des yeux remplis d'espoir. Je sais qu'il ne recommencera plus.

Allison s'assit et l'observa. Au fond d'elle, elle était en colère. Non contre Margery, mais contre la situation et la facilité avec laquelle Margery retomberait une fois de plus dans le même schéma.

— Vous savez bien qu'il recommencera, encore et encore. Ça fait quoi ? Trois ou quatre fois que je vous rends visite ?

— C'était de ma faute, répondit Margery. Je n'aurais pas dû le provoquer.

Allison se retint de parler en se mordant la langue. Elle aurait aimé dire plein de choses. Mais la majorité s'adressait plutôt à Roger. L'ennui était que son commandant et Roger étaient amis, et son commandant dirait à Roger d'arrêter avant que la police puisse légalement intervenir et Roger serait alors tranquille encore un bon moment. Jusqu'au moment où il craquerait et où Margery endosserait de nouveau le rôle de femme battue.

— Vous avez appelé le poste de police pour déposer une plainte, lui dit doucement Allison. Le dossier a atterri sur mon bureau.

Évidemment. Le commandant attendait d'elle qu'elle le fasse disparaître.

Margery se mit à pleurer.

Allison se frotta les tempes. C'était toujours la même chose. Elle ignorait comment venir en aide à Margery. Et c'était l'un des problèmes qui rendaient sa vie si compliquée. Il y avait une certaine personne qu'Allison ne pouvait ni changer ni aider. Ce dont avait réellement besoin Margery, c'était l'intervention d'un conseiller. Mais Roger et Magery n'avaient pas beaucoup les moyens, et si Margery refusait qu'on lui vienne en aide, alors il ne restait plus beaucoup d'options.

Et Margery refusait de causer un bazar qui pousserait Roger à se venger. Une fois de plus. Mais, en même temps, Margery avait besoin de savoir qu'il existait des solutions.

Allison se pencha en avant et attrapa la main de Margery.

— Écoutez, je sais que vous l'aimez et je sais que vous pensez que vous ne trouverez jamais mieux que lui. Mais en réalité, c'est faux. Roger doit arrêter de lever la main sur vous. C'est tout. Et le seul moyen d'arrêter cela est de porter plainte ou de fuir.

— Je ne peux pas le quitter, répondit-elle.

— Et pourquoi ? demanda Allison.

En voyant le regard de Margery, Allison ressentit l'envie de s'approcher et de la prendre dans ses bras. Mais ce dont Margery avait vraiment besoin était un électrochoc. Et visiblement, les mots d'Allison n'étaient pas assez crus.

— Il m'aime. Il me répète toujours combien il m'aime.

— Et comment vous le montre-t-il ?

Margery sourit.

— Il revient vers moi plein d'attentions et de tendresse et il me présente ses excuses pour avoir perdu son sang-froid. Il m'offre alors des fleurs et des chocolats.

— Et ça suffit ? demanda Allison d'un ton doux. N'est-ce pas ?

Margery hocha la tête pleine d'entrain, comme si Allison venait de lui lancer une corde à laquelle s'accrocher.

— Exactement. Son comportement ne s'empire pas. Il est simplement lui-même.

— Et être *simplement lui-même* est déjà trop, répondit Allison. Vous savez que je ne peux pas déposer une plainte contre lui si vous ne maintenez pas vos accusations. Mais il faut que ça s'arrête. Je refuse d'apprendre un beau jour que votre mari vous a assassinée.

Margery renifla.

— Il n'était pas comme ça avant. Mais c'est à cause de son travail, dit-elle en pleurnichant. Il le déteste.

— Il n'a qu'à en changer.

— Il n'en trouve pas d'autres. Il ne sait rien faire à part ça.

Allison s'adossa en poussant un grand soupir. Elle connaissait le marché du travail dans le coin. C'était une ville touristique qui attirait beaucoup de monde. Mais les habitants qui y résidaient toute l'année tel que Margery et Roger étaient piégés dans un système qui ne se montrait ni tendre ni généreux envers eux. Mais ce n'était pas une excuse pour Roger de reporter sa haine sur Margery. Quelques coups de plus sur la tête et Allison refusait d'imaginer les répercussions sur le cerveau de Margery.

Allison soupira.

— Cela veut-il donc dire que vous retirez votre plainte ?

— Évidemment. Je suis désolée. J'étais tout simplement en colère.

— Donc, quand vous êtes en colère, vous appelez la police pour qu'il se fasse arrêter pour coups et blessures. Et quand lui est en colère, il vous roue de coups.

Le visage de Margery s'illumina comme face à un élève brillant. Alors Allison secoua la tête en tentant de comprendre comment une telle situation pouvait sembler logique à qui que ce soit.

— Ça n'a aucun sens, Margery. Et vous le savez.

Mais Margery commença à se mettre en colère. Elle se redressa et adressa un regard noir à Allison.

— Je sais pertinemment ce que je fais, rétorqua-t-elle. J'avais simplement besoin de m'assurer que quelqu'un le surveillerait à ce moment-là.

Puis elle se leva.

— J'aimerais que vous me laissiez maintenant, s'il vous plaît.

Allison hocha la tête.

— Très bien. Je vais mettre ce rapport avec les autres.

Margery se contenta de lever le menton et de hocher la tête.

— S'il vous plaît.

Allison eut l'impression d'avoir mis Margery tellement en colère qu'elle n'était plus la victime de Roger mais qu'elle se sentait plutôt agressée par les mots d'Allison. Et les choses n'étaient pas censées se dérouler de la sorte. Complètement dépassée, Allison concentra son dernier regard en se tournant vers elle afin d'essayer de la convaincre.

— Si jamais vous avez besoin de moi…

Margery renifla et secoua la tête.

Allison se dirigea vers sa voiture en soupirant. Elle resta assise sur le siège conducteur en réfléchissant à une solution. Elle vit alors un vieux GMC se garer près d'elle. Il devait avoir au moins vingt ans et la carrosserie était couverte davantage de rouille que de peinture. Roger en sortit, remonta sa ceinture au-dessus de son ventre et attrapa un bouquet de fleurs avant de jeter un regard noir à Allison. Puis, il lui adressa un doigt d'honneur avant d'entrer chez lui.

Allison descendit la vitre côté passager pour entendre leurs retrouvailles.

Margery se mit à pleurnicher :

— Je ne lui ai rien dit. Je te jure, Roger. Elle prenait simplement de mes nouvelles.

— Mais bien sûr, dit Roger avant de claquer la porte, ce qui étouffa le reste de leur conversation.

De retour au bureau, Allison se gara et se rendit directement dans le bureau de son commandant. La porte était ouverte, elle frappa quand même.

— Vous avez une minute ?

— Oui, que se passe-t-il ?

— C'est à propos de Margery.

Il soupira avant de lui demander :

— Quoi encore ?

— Apparemment, vous devriez avoir une autre discussion avec Roger. Vous savez très bien que c'est le seul moyen pour qu'il se calme pendant un bon moment.

— Mais je ne vais quand même pas ennuyer mon ami une fois de plus.

Elle haussa les sourcils.

— Je n'en sais rien. Peut-être que vous devriez plutôt ennuyer un criminel, comme ça la notion d'amitié n'entrerait pas en compte.

— Doucement, la met-il en garde. D'accord, ils se disputent. Mais quel couple n'en fait pas de même ? Tant qu'il garde le contrôle et qu'elle reste avec lui, nous ne pouvons rien y faire.

— Et que se passera-t-il le jour où elle finira à la morgue ? Que ressentira votre ami, hein ?

— Si un jour ça arrive, alors évidemment nous devrions nous en occuper. Ce cas relèverait des fonctions de la police.

— Mais il relève déjà des fonctions policières, rétorqua-t-elle.

Il lui lança un regard noir.

— Vous et votre petit cœur sensible n'avez qu'à secourir un chien, un chat ou je ne sais quoi. Parce qu'il est inutile d'essayer de venir en aide Margery, comme vous le savez bien maintenant.

— Alors pourquoi m'avez-vous donné le dossier en me demandant de m'en occuper ?

— Parce que je voulais que vous la calmiez, qu'elle arrête de porter des accusations et toutes ces conneries. Elle ne fait qu'accaparer le peu de ressources dont nous disposons.

— N'importe quoi. Elle a un nouvel œil au beurre noir.

— Selon Roger, elle a trébuché avant de tomber.

Il attrapa un stylo et se plongea dans les dossiers posés

sur son bureau.

Mais elle était bien trop en colère pour s'en aller.

Il leva le regard.

— Qu'y a-t-il encore ? J'ai dit que l'affaire était close.

Encore trop furieuse pour parler, elle tourna les talons et se rendit dans son bureau. Elle s'affala alors dans son siège et ouvrit les dossiers de Margery. Puis, rapidement, elle écrit tout ce qu'elle avait à dire sur l'affaire, y compris l'attitude du commandant ainsi que ses réponses. Le tout en sachant pertinemment que si quelqu'un vérifiait le dossier, elle aurait tout noté dans le rapport officiel.

Roger était un monstre harceleur et elle ne trouverait pas le repos tant qu'elle n'aurait pas résolu cette affaire. Elle classa le rapport et éteignit son écran. Il était tard et elle rentra chez elle. Quelle journée éprouvante, elle avait enchaîné les ennuis. Si le commandant s'intéressait si peu à l'affaire de Margery, en avait-il fait de même pour l'accident des parents de Roger ? Elle ne lui en avait pas parlé parce qu'elle savait déjà ce qu'il lui aurait répondu.

Mais ce n'était qu'une supposition et ce n'était pas juste envers lui ou qui que ce soit. Elle voulait qu'il soit sur le coup. Mais elle n'avait aucun pouvoir dans cette situation. Elle n'était qu'une officière de police, un petit esclave qui suivait des ordres. En d'autres mots, le bouffon du roi. C'est le rôle qu'elle avait l'impression de jouer.

Elle soupira et attrapa ses clés ainsi que son sac dans son tiroir avant de sortir. Personne ne lui adressa le moindre mot. Évidemment. Ils avaient entendu son désaccord avec le commandant. Et comme tout le reste, certaines choses ne changeraient jamais. Elle détestait se sentir impuissante. Elle avait choisi ce métier car elle voulait venir en aide aux autres. Et, la plupart du temps, ça lui plaisait, mais certains jours les choses s'empiraient. C'est dans ces jours que quelqu'un devait se porter volontaire et prendre les choses en main. Mais si ça ne suivait pas les attentes du commandant, alors ce n'était pas la peine. Rien n'était fait. Mais pourquoi se préparait-il à défendre Roger ? Elle l'ignorait. Ce n'était qu'un animal agressif à la langue bien pendue, transpirant la bière et incapable de réussir sa vie.

Une fois dehors, elle se dirigea à l'arrière du parking avant de s'arrêter.

Roger était appuyé contre sa voiture.

— Que voulez-vous ? demanda-t-elle.

Il lui adressa un sourire qui lui glaça le sang.

— Moi ? Oh rien. Tout ira bien tant que tu resteras loin de moi et de ma bourgeoise.

Elle haussa les sourcils alors que son dos se raidit. Elle comprit qu'il s'agissait d'une menace, mais il était hors de question qu'elle se laisse faire. Elle finirait alors comme Margery.

— Et si je refuse ?

Elle observa son visage et reconnut le regard d'un homme se croyant au-dessus des règles. Un homme qui pensait que les lois ne s'appliquaient pas à lui.

— Si vous ne la battiez pas autant, nous n'aurions pas à intervenir aussi souvent.

Il la fusilla du regard.

— Elle a fait quelque chose de mal. Il fallait la punir.

Allison se figea.

— Vraiment ? Il fallait la punir ? Votre femme a quoi ? Trente ou quarante ans ?

— Oui, elle a du mal à apprendre, répondit-il. Ce n'est pas de ma faute si elle n'a pas beaucoup de neurones.

— Pas étonnant qu'elle les perde aussi vite quand on sait

que vous passez votre temps à lui cogner sur la tête.

Il ricana, se crispa et répondit :

— Maintenant, tu es prévenue.

Elle secoua la tête.

— Non, c'est faux. C'était une menace. Et je ne manquerai pas de le rajouter dans mon rapport.

— Peu importe. Tu peux rédiger tous les rapports que tu veux. Tu n'as rien *nulle part*. Margery connaît sa place.

Puis, avec un sourire méprisant de mise en garde, il se retourna avant de s'éloigner. Elle ne savait pas vraiment quoi faire de plus. Si son commandant ne la soutenait pas, cette ordure s'en sortirait avec tout et n'importe quoi.

— Punaise, c'était qui lui ? demanda à voix basse un homme derrière elle.

Elle se retourna et trouva Jager les mains nonchalamment enfouies dans les poches. Il la regardait mais il semblait inquiet. Un feu embrasait ses entrailles. C'était le regard d'un homme qui avait fait face à des injustices et qui les détestait.

— C'est un mari violent.

— Et il n'est pas derrière les barreaux, *pourquoi ?*

— Parce que sa femme refuse de porter plainte. Et que ce type est un ami du commandant.

Elle se tourna mais Roger avait disparu.

— Qu'avez-vous entendu ?

— Je venais juste d'arriver quand je l'ai entendu vous menacer.

— Oui, répondit-elle. Je suis censée savoir rester à ma place, tout comme sa femme.

Il observa quelques secondes.

— Ce n'est pas un combat équitable.

— Que voulez-vous dire ?

— Vous êtes la belle. Et lui, la bête. Vous en avez dans la

tête. Lui est un idiot. Mais ce qu'il a de plus que vous, c'est sa colère et quarante kilos.

Allison hocha la tête.

— Oui, je sais.

Elle déverrouilla sa voiture et poussa un soupir.

Il jeta un œil à l'intérieur de l'habitacle et, en apercevant la boîte de reste du midi posée sur le siège passager, il lui demanda ?

— Est-ce votre dîner ?

— Oui.

— À moins que je vous offre un bon dîner à la place.

— C'était un bon déjeuner. Je n'ai aucun problème à manger les restes ce soir.

Il hocha la tête.

— Cela veut-il dire non ?

— Était-ce une requête ou une invitation ?

Il rit.

— Nous pouvons nous chamailler, ou bien partager un repas ou boire un verre ?

Il observa le poste de police avant d'ajouter.

— À condition que vous ayez fini votre service, évidemment.

Elle haussa les épaules.

— Oui, mais je n'ai vraiment pas la tête à voir du monde.

— Une excellente raison de plus pour boire un verre avec quelqu'un.

Un rire s'échappa de sa gorge.

— Mais je vous connais à peine.

— Et comment comptez-vous apprendre à me connaître si vous ne buvez pas un verre avec moi ? Vous pouvez d'abord passer chez vous si vous le souhaitez, pour mettre les restes dans le réfrigérateur pour demain et je pourrais alors passer vous prendre, dit-il en désignant son véhicule stationné sur le trottoir, ou alors nous pourrions nous retrouver quelque part.

— Hors de question que je vous donne mon adresse et que vous me suiviez chez moi donc…

— Donc ça veut dire que nous nous retrouvons quelque part, dit-il en hochant la tête. Ça me va. Et où souhaiteriez-vous aller ?

— Je n'ai pas dit que j'irais quelque part avec vous.

— Je ne suis pas en train d'essayer de vous forcer, dit-il doucement. J'aimerais simplement passer quelques heures avec vous pour apprendre à vous connaître.

Elle l'observa d'un air suspect.

— Pourquoi ? Vous ne serez plus là d'ici un jour ou deux, alors quel est le but ?

— Pour me faire plaisir. Je n'ai pas eu l'opportunité d'emmener une belle femme à dîner depuis longtemps.

Son regard se posa sur ses mains.

Il lui lança un regard noir.

— Et non, je n'ai pas besoin que l'on sorte avec moi par pitié.

Il se retourna et se dirigea nonchalamment vers son pick-up. Elle fit une grimace.

— Ce n'était pas de la pitié, s'écria-t-elle. C'est plutôt que je ne vous connais pas.

Il s'arrêta, se retourna légèrement.

— Pourquoi ? Suis-je si inquiétant ? demanda-t-il d'une voix curieuse, comme s'il ne comprenait pas vraiment.

Elle rit.

— Non, pas du tout.

— Alors pourquoi ?

— Je n'en sais rien, dit-elle en levant les mains.

Il se tourna face à elle et attendit en silence.

— Je ne suis pas sorti avec un homme digne de ce nom depuis longtemps. Je suis juste prudente.

Il sourit, une lueur espiègle dans le regard.

— Alors, soyez un peu plus courageuse. Choisissez un endroit public où vous ne vous sentirez pas en danger. Nous nous retrouverons là-bas, et vous pouvez alors rentrer chez vous seule.

Elle soupira.

— Je suis ridicule, n'est-ce pas ?

Il secoua la tête.

— Non, bien sûr que non. Vous faites ce qu'il vous semble le mieux.

Elle sourit.

— Merci de comprendre.

Il lui rendit son sourire.

— Dix-neuf heures, ça vous irait ?

Elle hocha la tête.

— Mais où ?

Elle lui énonça un restaurant réputé, dans un grand hôtel.

Il hocha la tête.

— J'ignore où c'est mais je vais trouver. On se retrouve là-bas à dix-neuf heures.

Puis il se retourna et se dirigea vers son pick-up.

Elle l'observa en se demandant si ce qu'elle venait de faire était une bonne idée. Elle disait la vérité en lui annonçant qu'elle n'était pas sortie avec un homme digne de ce nom depuis longtemps. Et encore plus longtemps depuis son dernier *vrai* rancard. Plus depuis la mort de son mari.

IL MONTA DANS son pick-up et se rendit à son hôtel. Il sentit un sourire monter en lui. *Elle n'était pas sortie avec un homme depuis longtemps.* À vrai dire, son dernier rancard remontait sûrement à plus longtemps qu'elle. Rien depuis son accident. Difficile d'envisager ce genre de chose lorsqu'on est brisé et en sang. Sans compter que la chirurgie réparatrice et les multiples opérations ne mettaient pas d'humeur romantique. Et il avait traversé ces épreuves seul, même s'il ne l'était pas vraiment au début. Du moins, pas au moment de l'accident. Il avait une petite amie qu'il aimait beaucoup et dont il pensait qu'elle ressentait la même chose. Ils étaient ensemble depuis six mois et, comme il l'avait confié à ses amis, il pensait qu'il s'agissait sûrement de *la bonne.* Ils l'avaient alors taquiné, mais il était fier de lui de résister. L'ennui, c'est qu'à son réveil après l'accident, il ne reçut aucun signe d'elle.

Les médecins l'avaient informé qu'ils l'avaient contacté mais qu'elle ne répondait pas. Il l'avait longtemps attendu, le cœur amer en pensant qu'elle l'avait quitté à cause de l'accident. Il était difficile de penser autrement. Une fois sur pied, il lui avait rendu visite chez elle pour comprendre ce qu'il s'était passé. Elle était alors surprise et inquiète. Sur le pas de la porte, il lui demanda :

— Pourquoi n'es-tu pas venu me rendre visite à l'hôpital ?

Elle lança alors un coup d'œil dans la pièce derrière elle avant de le regarder de nouveau. C'est à ce moment-là qu'il comprit qu'elle n'était pas seule.

— Étais-tu avec lui pendant ma mission en Afghanistan ?

Il vit alors son cou rougir.

— Quand comptais-tu me l'annoncer ? Ou alors tu espérais peut-être que je meurs, pour passer pour la petite amie en deuil avant de poursuivre ta vie ?

La colère s'empara alors de ses yeux.

— À ton retour.

— D'accord, dit-il. As-tu été fidèle durant ces six mois ?

Mais il vit la réponse dans ses yeux.

Il se retourna avant de descendre les marches en silence. Il entendit la porte claquer derrière lui et il sentit son regard posé sur lui à travers la fenêtre. Mais il n'en avait plus rien à faire. Après s'être réveillé après tant de jours dans tant d'hôpitaux et se rendre compte qu'elle ne lui avait pas rendu une seule visite… Il lui avait déjà dit au revoir dans sa tête. Mais il voulait la voir une dernière fois pour obtenir des réponses.

Ce fut très difficile de se réveiller et de faire face à cette désolation physique, mentale et émotionnelle.

Ses parents s'étaient précipités afin de lui rendre visite. Mais c'était douloureux de savoir qu'une personne proche s'en fichait. Et ses amis avaient raison, elle n'était pas la bonne. Il ne lui avait pas dit pourquoi, mais il s'était demandé s'ils n'avaient pas déjà connu ce genre d'expérience. Si Jager avait continué sur cette voie, les hommes de son unité s'en seraient mêlés et l'auraient mis en garde. Mais après six mois, visiblement c'était déjà trop pour elle.

De retour à l'hôtel, il flâna en direction de sa chambre, sortit son ordinateur et s'apprêta à parcourir ses e-mails avant de décider d'appeler Geir.

Geir décrocha :

— Salut, alors, du nouveau ?

— Rien de nouveau sur Freddie. Je suis allé sur les lieux de l'accident de mes parents, dit-il alors que sa voix s'écorcha de douleur. Ce n'était pas une partie de plaisir.

— Navré, mon pote. Ça craint. Avait-il vraiment l'air d'un accident ?

— Sans y porter attention, on aurait dit un accident. Selon la police, c'était une affaire facile à classer. Le virage est vraiment dangereux sur cette route. Mais il y avait beaucoup de traces. Des coups de frein et des marques de dérapages indiquaient où le camping-car est sorti de la route. Mais, en observant de plus près, j'ai vu une trace récente de peinture noire sur le pare-chocs arrière.

— De la peinture noire ?

— Oui, et les pare-chocs sont en acier ou en aluminium. Ils ne sont pas peints en noir.

— Effectivement, et il devait s'agir d'un gros véhicule pour réussir à les pousser hors de la route.

— Mon père était âgé, mais c'était un bon conducteur. Il était prudent sur la route. Mais cela ne veut pas dire qu'il n'a pas subitement tourné le volant au mauvais moment. Il est possible qu'on les ait suivis de trop près ou qu'un conducteur les ait frôlés, ce qui l'aurait poussé à braquer. La scène était plutôt horrible, le camping-car était coincé entre deux arbres.

— Je suis désolé. C'est vraiment affreux.

— En effet. Les conditions de route étaient bonnes, ils en ont alors déduit que le conducteur était malade.

— Sais-tu si ton père avait des problèmes de santé ?

— Non, pas que je sache. Il était en pleine forme. Je rejoins l'un des officiers ce soir. J'espère obtenir plus d'informations. En attendant, je vais rendre visite aux types qui vivaient avec Freddie Brown et leur demander s'ils savent quelque chose. Je suis passé plus tôt dans la journée, mais ils étaient absents.

— Bonne idée. Tiens-nous au courant plus tard dans la soirée si tu peux.

— Pas de problème.

Jager raccrocha et revint à ses e-mails. Il nota rapidement ce qu'il avait fait dans la journée avant d'envoyer cet e-mail à Erick. S'il ne découvrait rien au cours de ce voyage, Erick garderait tout de même des archives des événements et leurs dates. Avec l'espoir de pouvoir tout relier un peu plus tard.

Jager cacha son ordinateur. Il n'avait emporté aucun pantalon de ville, alors son jean ferait l'affaire. Il enfila tout de même une chemise plus habillée avant d'attraper son blazer et de descendre les escaliers en direction de son pick-up. Une fois à l'intérieur, il se mit en route vers la maison que les cinq hommes louaient. Il se gara devant, ravi de voir plusieurs véhicules maintenant agglutinés autour de la maison. Il s'avança vers la porte avant de sonner. De la musique s'échappa de la maison alors qu'on lui ouvrit la porte.

— Je peux faire quelque chose pour vous ?

— Je suis à la recherche de Freddie, répondit Jager. L'avez-vous vu ?

— Nan, il s'est éclipsé il y a quelques jours. Il est aussi parti sans payer sa part du loyer.

Jager fronça les sourcils.

— Et où peut-il être allé ?

— Pas moyen de le savoir.

— L'un d'entre vous saurait-il quelque chose sur lui ? Où il pourrait bien aller ?

— Punaise, il doit vraiment être dans la mouise si vous le cherchez aussi. Si vous le trouvez, dites-lui qu'il nous doit sa part du loyer.

— A-t-il emporté toutes ses affaires avec lui ?

L'homme à la porte secoua la tête.

— Non, tout est encore là. Nous les gardons jusqu'à ce qu'il paie le loyer qu'il nous doit.

Jager hocha la tête.

— Vous auriez une photo récente de lui ?

L'homme l'observa pendant quelques secondes avant de répondre :

— J'ai quelques photos de soirées à l'intérieur.

Jager ne pouvait qu'imaginer. Lui aussi avait été jeune. C'était avant de réaliser combien son corps était important. Jager entra après que l'homme lui fit signe de le suivre.

La musique fut baissée alors que l'homme parla au reste de l'équipe. Il y avait trois autres garçons ainsi qu'une fille.

— L'un d'entre vous saurait où est passé Freddie ?

Tout le monde secoua la tête. L'un d'entre eux répondit :

— Non.

— A-t-il des amis ou de la famille ? Je veux dire, a-t-il un endroit où aller ? Avait-il une voiture ?

— Il avait une vieille Audi bleue. Il l'adorait. Il allait partout avec. Mais en hiver cette ordure ne pouvait aller nulle part puisque les pneus étaient usés et qu'il n'avait pas l'argent pour en acheter des neufs. Alors il taxait des trajets à tout le monde.

— Avait-il des problèmes d'argent ou était-il riche ?

Les hommes se mirent à rire et agitèrent les bras pour montrer le salon à Jager et dans quel environnement ils vivaient tous.

— Il était fauché, mon pote. Toujours fauché.

— Oui, mais il emmenait toujours ses petites amies dans de beaux endroits, ajouta la jeune fille.

— Comme s'il en avait les moyens ? demanda Jager.

Mais qu'il refusait que les autres le sachent ?

— Oui.

Réalisant que la jeune fille en savait probablement beaucoup plus que les hommes, Jager s'adressa à elle directement.

— Connaissez-vous quelqu'un qui serait sorti avec lui récemment ?

Elle secoua la tête.

— Mais je crois qu'il avait prévu de partir quelque temps.

— Punaise, Kendra, pourquoi tu ne nous l'as pas dit ?

— Pourquoi, j'aurais dû dire quoi ? Ce n'est pas parce que je le savais ça que j'étais au courant qu'il allait vraiment le faire. On sait tous qu'il est bizarre.

— Oui, d'accord, il était bizarre. Mais il payait toujours sa tournée de bière.

Puis le jeune homme éclata de rire.

Jager réfléchit à ce jeune homme qui vivait dans ces conditions mais qui encourageait les autres avec de la bière. Pas mal comme couverture.

— Quelqu'un sait combien de temps il a vécu ici ?

— Il est arrivé, puis il est parti avant de revenir.

— Vous voulez dire il y a quelques années ?

— Oui, mais il partait tout le temps. Une fois, il y a genre quatre mois, il est parti d'un coup. Non, c'était plutôt six mois, dit la jeune femme. Je le sais parce qu'il a largué Fiona. Il était censé l'emmener en week-end, mais il a annulé, il a dit qu'il avait une mission à faire.

— Quel genre de mission ?

Elle haussa les épaules.

— C'est le problème avec lui. Il racontait toujours des mensonges. Alors on ne pouvait jamais croire ce qu'il racontait.

Jager sentit sa gorge se nouer.

— L'un d'entre vous sait-il des choses sur son enfance ?

L'un des hommes hocha la tête.

— Oui, punaise, elle était difficile. Il a dit que lui et plusieurs de ses amis en avaient bavé et qu'ils avaient survécu en se créant un monde imaginaire. Je ne pense pas qu'il en soit un jour sorti. Il disait que l'un de ses amis s'en était sorti. Il était super jaloux.

— Autre chose ?

— Pas vraiment, mais vous pouvez jeter un œil à ses affaires. On n'y a pas touché. On a juste pris sa chambre, évidemment, on avait besoin d'un nouveau coloc. Kendra a emménagé. On doit bien payer le loyer. Punaise, c'est super cher ici.

Jager s'en doutait bien.

— Où sont ses affaires ?

Les jeunes hommes se levèrent et apportèrent quatre cartons qu'ils posèrent sur la table de la cuisine. Conscient qu'ils l'observaient, Jager les parcourut rapidement. Il n'y avait rien de personnel dans les deux premiers cartons. Mais dans le troisième se trouvait un bout de papier. Il le tendit et demanda :

— Une idée de ce que c'est ?

Ils haussèrent les épaules.

— On dirait un numéro de plaque d'immatriculation.

Jager ne connaissait pas ce format.

— Ça se pourrait bien. Ça vous dérange si je le prends ?

— Allez-y. Visiblement, il n'en avait rien à faire puisqu'il l'a laissé ici.

— Prenez tout ce que vous voulez. Je suis content qu'il soit parti. C'était vraiment un type bizarre.

— Comment ça ?

— Il aimait saouler les autres. Mais lui finissait rarement saoul.

Jager leva la tête.

— Avait-il des tatouages ?

Ils hochèrent tous la tête.

— Un dans le cou.

— Intéressant.

Il se tourna vers l'homme qui l'avait laissé entrer.

— Puis-je voir cette photo ?

Il se dirigea vers le mur, observa quelques photos éping-lées avec des punaises et en détacha une.

— Oui, c'était pendant son séjour en snowboard.

— Il faisait du snowboard ?

— Très mal.

— Mais il était plutôt intelligent, fit remarquer l'un des hommes.

Les autres se contentèrent de rire.

— Pas si intelligent que ça tu veux dire, rectifia l'un des jeunes hommes.

Jager observa la photo entre ses doigts. Il savait quelle personne regarder car il avait repéré le tatouage. Il observa les autres.

— Puis-je la garder ?

Ils s'échangèrent tous un regard avant de hausser les épaules.

— Oui, mon pote, on a plein d'autres photos.

Jager sourit, posa la photo sur la table et parcourut le dernier carton.

— D'accord, il n'y a rien dedans.

Il nota son nom ainsi que son numéro de téléphone sur un bout de papier.

— Au cas où quelque chose sur lui vous reviendrait, il y aura sûrement une récompense.

Tout le monde se mit à parler.

— Eh bien, il portait souvent les mêmes vêtements durant plusieurs jours, dit l'un d'entre eux.

— Oui, et il ne mangeait pas très bien.

— Il avait pas mal de marques et cicatrices sur le corps, dit Kendra.

Les autres la regardèrent.

Elle haussa les épaules.

— Quoi ? Un jour, j'étais là et je l'ai vu se balader en boxer.

— Vous souvenez-vous de blessures en particulier ?

Elle hocha la tête.

— Oui.

Jager hocha la tête, puis sourit en les écoutant déballer tout ce qu'ils savaient. L'argent rendait toujours les gens bavards.

— Savez-vous quelque chose sur ses amis ou sa famille ? Ou l'endroit où il aurait pu aller ? La plaque d'immatriculation de sa voiture peut-être ?

— Vous pouvez sûrement trouver ça au service des immatriculations, dit Kendra. Il y avait quelques bosses à l'avant.

— De quel côté ?

— Des deux côtés en fait.

— A-t-il déjà conduit un pick-up noir ?

— Les hommes secouèrent la tête.

— J'ai un pick-up noir, dit celui qui avait laissé entrer Jager.

— Où est-il ? demanda Jager.

— Derrière la maison, répondit-il en fronçant les

sourcils. Pourquoi ?

— Le pare-chocs est-il endommagé ?

Ils se regardèrent tous pendant quelques secondes avant de s'exclamer.

— Punaise. Vous savez ce qu'il a fait à mon pick-up ? hurla le garçon. Freddie a dit qu'il l'avait trouvé comme ça.

— Pourrais-je le voir ?

Ils se levèrent tous et le menèrent à l'arrière de la maison.

— Il essayait toujours de nous emprunter notre matos.

Jager sentit son estomac se serrer mais l'impatience battait dans ses veines.

— Il est juste là.

Et, sans surprise, un gros pick-up était garé à l'arrière de la maison, là où l'allée menait vers la porte de la cuisine. Jager l'observa.

— Votre pare-chocs est noir ? Pourquoi ?

Le propriétaire du véhicule sourit.

— Oui, je trouvais ça plutôt cool.

La gorge nouée, Jager fit le tour vers l'avant. Et, sans étonnement, la partie avant droite était cabossée alors qu'une bonne partie de la peinture noire avait disparu. Il désigna le pare-chocs et demanda :

— Que s'est-il passé ?

— C'est comme ça que je l'ai retrouvé après que Freddie me l'a emprunté. Même s'il a juré ne lui avoir jamais rien fait, qu'il était juste parti chercher un paquet de cigarettes. L'ennui, c'est qu'à ce moment-là j'étais vraiment dans une sale période. Ma petite amie venait de me larguer et j'ai fumé pas mal d'herbe pendant quelques jours. Alors, je me souviens plus trop de ce qu'il m'a dit, dit-il en secouant la tête. Mais je sais très bien que ce n'est pas moi qui ai fait ça. Je ne conduisais pas du tout à ce moment-là.

Jager sortit son téléphone, lança la caméra et prit le pare-chocs en photo.

— Hé mec, qu'est-ce que vous faites ?

— Eh bien, celui qui a emprunté votre pick-up l'a fait dans un but précis.

Un silence pesant s'abattit sur tout le monde.

— D'accord, et pourquoi alors ?

Jager les regarda et leur annonça d'un ton sévère :

— Pour pousser mes parents hors de la route.

CHAPITRE 5

UNE FOIS ARRIVÉE chez elle, Allison entendit son téléphone sonner. Elle le sortit de son sac et se dirigea vers la cuisine. Il s'agissait d'un numéro inconnu.

— Allo ?

— Fous-nous la paix.

Elle soupira.

— Je n'ai rien fait, Roger.

— Comment sais-tu que c'est moi ?

— J'ai reconnu votre voix.

Dans sa tête, elle le traita d'abruti. Comme ne pas reconnaître une telle voix ?

— Ne t'approche plus de Margery, compris ? grogna-t-il dans son oreille. Ne lui adresse plus jamais la parole.

— Vous l'avez déjà dit tout à l'heure. Ça devient répétitif.

Puis le silence. Alors elle réalisa qu'elle n'aurait pas dû réveiller l'ours.

— Va te faire foutre.

— Sinon quoi ? Vous pensez vraiment que mon patron continuera à vous protéger une fois qu'il apprendra que vous menacez son officier ? grogna-t-elle avec plus de courage qu'elle n'en avait, mais il la mettait hors d'elle. Vous allez lui causer de gros problèmes avec son patron. Y avez-vous pensé ?

— La seule raison pour laquelle tu bosses là-bas est pour satisfaire les trouducs qui croient en l'égalité des sexes. Tout le monde doit avoir une femme dans son service dorénavant, juste pour faire croire qu'on en a quelque chose à faire. Mais tu sais quoi ? On s'en fout, dit-il avant de raccrocher.

Elle resta immobile un bon moment alors qu'elle se demandait quels problèmes allait lui causer Roger. L'ennui, c'est qu'elle n'était pas certaine que le commandant la défendrait. Il en serait obligé s'il arrivait quelque chose de grave. Mais il remettrait aussi la faute sur elle. Elle haussa les épaules.

— Dans les deux cas, je suis foutue.

Mais les paroles de Roger à propos de Margery l'inquiétaient. S'était-il passé quelque chose ? Et si c'était le cas, était-ce grave ?

Elle s'inquiéta un long moment avant de se diriger lentement vers la salle de bain pour y prendre une douche. Alors qu'elle lavait ses cheveux mi-longs, une image de Margery allongée dans son lit en pleurs et désespérée hantait Allison. Margery avait-elle payé le prix de la visite d'Allison ? Elle n'avait aucune preuve que Roger s'en était de nouveau pris à elle, mais c'était fort probable.

Après s'être séchée, Allison enfila une robe fourreau bleu nuit qu'elle n'avait pas portée depuis le décès de son mari. Elle refusait de se faire des films pour le moment, mais elle s'était vite rendu compte que Jager était l'homme le plus intéressant qu'elle avait rencontré ces dernières années, depuis la disparition de Tony. À côté de cette rencontre, toutes ses tentatives de flirt paraissaient des amourettes de lycée, surtout parce que ces hommes ressemblaient toujours à des gamins et agissaient de la sorte. Mais c'était le genre d'homme que ce mode de vie touristique, haut de gamme et amusant, attirait.

Pas étonnant que Jager semblait bien plus mature. Elle lui donnait une petite trentaine, seulement quelques éprouvantes années de plus. Mais ça lui allait bien. Ou du moins, maintenant. Elle compatissait pour ce qu'il avait dû traverser. Son propre deuil lui avait appris beaucoup de choses sur la réaction des gens face à une situation gênante.

Son entourage l'avait alors évité pendant des jours. Et pendant plusieurs semaines ils semblaient ne pas savoir quoi lui dire. Et il leur avait fallu des mois avant de se détendre et de réaliser qu'elle ne leur en voulait pas.

Elle pensait avoir bien fait face à la situation, mais comprit au comportement de son entourage qu'elle n'avait peut-être pas fait un aussi bon travail qu'elle le pensait.

Une fois habillée, elle sortit son téléphone de son sac, et, prise d'une pulsion, elle téléphona à Margery. Elle se mordilla la lèvre en attendant de voir si elle allait répondre. Et d'ailleurs, était-ce vraiment une bonne idée qu'elle réponde ? Et si Roger se trouvait près d'elle ? Cela faisait à peine dix minutes qu'il l'avait appelée pour lui ordonner de rester à l'écart. Mais cet appel n'avait fait qu'éveiller l'inquiétude qu'il ait une nouvelle fois battu Margery.

— Allo ? répondit une voix faible et pleine de larmes.

Allison s'affala dans son canapé et ferma les yeux.

— Margery, c'est moi, Allison.

— Allison ? demanda Margery d'un ton confus comme si elle ne parvenait pas à se souvenir qui était Allison.

Elle renifla et Allison imaginait alors très bien la pauvre femme se frotter les yeux tel un enfant.

— L'officier Allison Monroe, dit-elle doucement. Roger m'a appelé pour me mettre en garde de rester loin de vous, mais je n'ai pu m'empêcher de penser que c'était parce qu'il vous avait encore frappé. Est-ce le cas ?

Suivit un long silence interrompu par les sanglots de Margery.

Allison se frotta le front. Elle ne pouvait pas faire grand-chose pour venir en aide à cette femme. Peut-être que la femme aurait plus d'impact que l'officier de police.

— Y a-t-il quelqu'un que vous pourriez appeler ?

— Non, chuchota Margery. Il n'y a personne.

— Êtes-vous certaine ? Souvent, nous ne pensons pas à appeler avant d'être réellement désespérés. Et nous réalisons alors que nos peurs étaient infondées et que nous aurions dû appeler plus tôt.

Elle renifla de nouveau.

— Il y a ma mère, finit-elle par avouer à voix basse.

— Si Roger venait à mourir dans un accident demain, que feriez-vous ?

— Je rentrerai à la maison, répondit Margery. La seule chose que je voudrais serait de retrouver les miens. Mais je ne peux pas tant que Roger est en vie. Il serait fou de rage.

— Mais pensez-vous qu'il vous suivrait ? Ou qu'il trouverait une nouvelle femme sur qui se défouler ?

Cette question fit pleurer Margery. Elle prit plusieurs grandes inspirations.

— Il m'aime.

— Évidemment. Vous pouvez aimer quelqu'un et tout de même le faire énormément souffrir.

Elle retint une grimace alors qu'elle savait que le véritable amour ne fonctionnait pas comme ça. Mais Margery ne semblait pas faire la différence.

— Dans votre cas, vous l'aimez, mais cela ne justifie pas que vous viviez avec lui.

Suivit un silence de stupéfaction.

Allison plissa les yeux en observant à travers la fenêtre. Elle se demandait à quoi pensait Margery et à ce qu'elle faisait. Elle était à deux doigts de déclencher un énorme déclic positif si seulement elle trouvait les bons mots pour encourager Margery à agir.

— Et si vous lui passiez un coup de fil ? Que vous lui racontiez ce qu'il se passe ?

Margery renifla.

Mais elle ne cria pas sur Allison, alors il s'agissait peut-être d'un bon signe.

— Vous devez en parler à quelqu'un. Peut-être qu'elle sera de bonne écoute.

Allison se risqua alors à lui demander :

— L'aimez-vous ?

— Oui, chuchota-t-elle.

— Et vous aime-t-elle en retour ?

— Oui, répondit Margery cette fois-ci d'un ton plus affirmé.

— Alors, rendez-vous service, lui suggéra gentiment Allison. Parlez-lui.

— Elle sera en colère.

— Pourquoi ?

— Parce qu'elle déteste Roger.

— Elle voit sûrement la façon dont il vous traite. En tant que mère, il doit être éprouvant de voir cette situation, tout en sachant qu'elle ne peut rien faire pour vous aider.

— Je le ferais sûrement, répondit Margery d'une voix de plus en plus décidée. Ça me ferait du bien de lui parler.

— Alors, faites-le tout de suite, suggéra Allison. Elle aussi a besoin d'entendre de vos nouvelles.

Suivit un silence. Puis, Margery murmura :

— Merci.

Avant de raccrocher.

Pensive, Allison fixa le téléphone alors qu'elle venait de finir l'appel. Il y avait peut-être une chance, une toute petite chance que Margery ait eu un déclic et qu'elle se décide à appeler sa mère. Cette discussion ne mènerait sûrement nulle part, mais elle lui permettrait tout de même d'avancer.

JAGER ENTRA DANS le restaurant en espérant avoir quelques minutes d'avance. Il avait réservé une table au cas où il y aurait trop de monde. Il donna son nom à la réceptionniste qui lui adressa alors un sourire.

— Votre table est prête.

— J'attends que mon invitée me rejoigne, lui dit-il.

Elle lui sourit et lui répondit :

— Si vous me donnez son nom, je vous informerai de son arrivée.

— L'officière de police Allison Monroe, dit-il.

Il l'observa alors que ses yeux s'illuminèrent. Elle devait la connaître. Mais il était assez poli pour ne pas relever. On leur avait attribué une table près de la fenêtre où ils pouvaient observer le ciel étoilé. Cette ville était vraiment belle.

Elle lui apporta un verre d'eau et lui demanda s'il voulait boire un apéritif.

Il secoua alors la tête.

— Je vais attendre qu'elle me rejoigne.

La réceptionniste lui adressa un sourire avant de disparaître.

Jager s'assit et observa les lumières dehors. La ville étant très touristique, elle était donc propre. Elle grouillait de monde et d'activités nocturnes alors que les montagnes les entouraient. L'endroit était magnifique, mais il avait entendu beaucoup de mal sur le prix des maisons et le type de travail qu'offraient les environs. La ville avait besoin de personnel pour tenir les remontées mécaniques et pour travailler dans les hôtels et les restaurants. Mais la plupart de ces travaux offraient des salaires peu élevés.

Il était curieux de voir qu'Allison travaillait ici étant donné que le ski et le snowboard n'étaient pas trop sa tasse de thé. Qui sait, peut-être que son job dans la police était confortable. Là où il y avait de l'argent, il y avait de la drogue. Et là où il y avait de la drogue, il y avait des délits. Et ce, dans toutes les villes, peu importe leur belle apparence tranquille, il y avait toujours une face sombre.

Il leva les yeux et aperçut Allison lui faire signe. Il faillit ne pas la reconnaître. Elle portait une robe fourreau bleu nuit qui descendait juste en dessous de la courbe de ses fesses. Et ses jambes n'en finissaient plus.

Il appréciait ce qu'il voyait et releva qu'au lieu de porter des talons, elle avait opté pour des sandales plates. Un choix qu'il approuvait. Les talons étaient magnifiques mais ils causaient tellement de dégâts à la colonne vertébrale qu'il n'aimait pas vraiment voir les femmes en porter. Mais il était conscient d'avoir un avis étrange sur ce sujet.

Il se leva et tira sa chaise.

Elle lui adressa un sourire.

— Quel gentleman !

— J'essaye de l'être lorsque je dîne avec une dame, répondit-il doucement.

Elle jeta un coup d'œil à sa robe et sourit.

— Je n'ai plus vraiment l'occasion de me faire belle.

— Et pourquoi donc ?

Elle le fixa alors que son regard s'assombrit.

— Mon mari est décédé il y a quelques années. Je n'ai pas vraiment eu de rancard depuis.

— Et vous devez trouver que tout à changer depuis, dit-il en hochant la tête. Je comprends.

— De quand votre accident date-t-il ?

Il sourit.

— C'était il y a deux ans.

— Difficile de se remettre de ce genre d'événements.

Mais elle ne lui offrit aucune empathie. Il n'y avait pas la moindre pitié dans son regard. Et il appréciait cela.

— C'est plutôt juste. J'étais en couple avant mon accident. Mais elle a rompu quand elle a appris ce qu'il s'était passé.

Allison poussa un petit cri de surprise, les yeux écarquillés.

— Vraiment ?

Il haussa les épaules.

— Je lui ai parlé à ma sortie de l'hôpital mais, visiblement, elle m'avait trompé durant l'une de mes missions en Afghanistan. Elle ne s'était même pas donné la peine de me le dire.

Allison fit une grimace.

Il rit doucement.

— Je ne dis pas ça pour que vous ayez pitié de moi. Mais entre ça et l'accident, je n'ai pas non plus eu de relation.

Elle plissa les yeux.

— Et pourtant, vous n'avez pas perdu de temps pour m'inviter à dîner, dit-elle en le taquinant.

— Mais vous n'étiez pas facile à convaincre, répondit-il avec un petit sourire. Je vais devoir revoir ma technique avec vous.

Elle secoua la tête.

— Ne vous donnez pas cette peine, c'était très bien. C'est plutôt moi qui étais hésitante. Ça fait à peu près un an que j'ai recommencé à flirter, mais pour l'instant je ne peux pas dire que c'est une réussite. Soit le monde a trop vite progressé pour moi, soit les bases d'une relation amoureuse ont complètement changé.

— Je pense qu'il existe encore des couples traditionnels et je pense que les gens souhaitent toujours la même chose. Mais le chemin pour y parvenir semble avoir changé.

— Draguer sur le net, grogna-t-elle. Sur des applications telles que Tinder ou je ne sais quoi de nouveau pour trouver des coups d'un soir, dit-elle en secouant la tête. Ce n'est pas du tout mon genre. Marcher le long de la plage, prendre un café, passer un jour dans les montagnes, poursuivit-elle en hochant la tête. C'est ça mon genre.

— Je ferais mieux de m'en souvenir, dit-il doucement.

Elle haussa les sourcils.

— Je pensais que vous ne restiez qu'un ou deux jours.

— Effectivement. Mais ça ne veut pas dire que je ne peux pas profiter d'un moment agréable.

— Faites-vous du ski ?

Il fronça les sourcils, pencha légèrement la tête sur le côté et la fixa du regard.

— J'en faisais.

— Vous n'en avez donc pas refait depuis votre accident.

Il secoua la tête.

— J'ai une jambe artificielle. Même si je peux courir et faire du vélo, je n'ai pas encore essayé de faire du ski ou du snowboard avec.

Elle sourit.

— Ça vous tente ?

Descellant un ton de challenge dans sa voix, une

étincelle s'alluma au fond de lui alors qu'il répondit :

— Eh bien, si vous êtes prête à me voir tomber encore et encore, je suis partant pour essayer. Je suis à Vail, il faut bien que je me balade en montagne au moins une fois.

Elle hocha la tête et répondit :

— Je ne travaille pas demain. Ça vous irait ?

Il rit doucement.

— Décidément, vous êtes une rapide. Mais sachant que nous n'avons pas beaucoup de temps, c'est parfait.

— Demain matin ou après-midi ?

Cette question le surprit.

— Vous ne me pensez pas capable d'encaisser une journée entière ?

Elle secoua la tête.

— Non. Pour votre reprise, il ne vaudrait mieux pas. Vous allez avoir plein de courbatures. Et si ces muscles sont endommagés, vous savez très bien que la douleur sera encore plus forte, dit-elle en haussant les épaules. En plus, j'ai des pass gratuits seulement pour une demi-journée. Si vous voulez, nous pouvons aller quelque part ensemble.

Il apprécia sa générosité.

— Seulement si vous acceptez un autre dîner avec moi.

Elle éclata de rire.

— Je ne pensais pas vraiment à ça… dit-elle en souriant. Mais j'accepte.

— Dans ce cas-là, c'était bien plus facile que la première fois. J'ai eu moins de mal à vous convaincre.

Puis ils se mirent à discuter de banalités à propos de Vail.

— Je suppose que c'est toujours comme ça dans les villes touristiques, n'est-ce pas ? dit Jager. Elles attirent les gens proches mais, pour contenter les touristes, il faut des femmes de chambre, des serveurs et des personnes pour tenir les remontées mécaniques. Alors il est difficile de trouver du personnel pour des jobs aussi peu payés.

— Je pense que c'est le même cas pour tous les endroits touristiques. Vail est une ville très aisée. Les prix des propriétés atteignent des sommets. Mais il faut bien des logements et du travail pour les gens comme nous. Sinon, nous ne pourrions pas assurer la qualité de vie des touristes, dit-elle d'un ton sec.

— Habitez-vous en appartement ou en maison ?

— Je vis dans un appartement en sous-sol, répondit-elle en riant. Je suis chanceuse parce que je connais la propriétaire et en ce moment elle ne vit pas dans sa maison, alors elle apprécie l'idée qu'un officier de police vive chez elle lorsqu'elle s'absente.

— Vous avez raison, vous avez de la chance.

— Mais pas tant que ça. Je paie tout de même un loyer. Et mon travail ne me rapporte pas tant que ça.

— Et pour quelle raison restez-vous ici ?

Elle baissa le regard et tritura sa serviette de table.

Il tendit la main pour la poser tendrement sur la sienne.

Elle leva les yeux et le fixa du regard.

— Justement, j'y pensais ces derniers jours. La raison pour laquelle je reste, c'est parce que mon mari est mort ici. C'est difficile de lâcher prise.

— Est-il mort dans un accident de ski ?

Elle hocha la tête.

— Oui. Il était aussi officier de police. J'étais persuadée que si l'un d'entre nous s'en allait, ça serait pour le travail, mais la vie à Vail était plutôt tranquille. Puis un jour, il est parti skier avec ses amis, il a fait une mauvaise chute et s'est cogné la tête. J'étais de service ce soir-là. Je lui ai dit de se faire occulter mais il m'a répondu qu'il allait bien, qu'il n'avait qu'une migraine. Il est allé se coucher et s'est réveillé en très mauvais état le lendemain. Il avait une hémorragie cérébrale. Il est décédé peu de temps après.

Jager se figea.

— Je suis désolée. C'est très dur.

Elle hocha la tête. Mais elle s'adossa contre sa chaise comme pour s'éloigner de tout cela. Une chose qu'il comprenait tout à fait.

Puis la serveuse se présenta à leur table avec la carte. Il commanda un verre de vin pour lui avant de lui proposer un verre qu'elle accepta. Il regarda les prix et haussa les sourcils. Puis il tendit la carte des vins à la serveuse avant qu'elle s'éloigne.

Allison avait probablement remarqué son expression puisqu'elle se mit à rire.

— Bienvenue à Vail.

— Qu'est-ce que je ne ferais pas pour une dame. C'est intéressant de voir que les restaurants appliquent des prix si hauts quand on sait qu'ils ne rémunèrent probablement pas les serveurs comme ils le méritent.

— N'est-ce pas ? Mais ils ont aussi des charges ou des loyers horriblement chers à payer.

Il hocha la tête.

— Ce n'est tout de même pas juste pour les employés.

— Un lieu comme celui-ci cible les touristes, pas nous, les gens du commun.

Il sourit.

— Ce n'est pas grave. Nous allons en profiter aujourd'hui.

— Mais qu'allons-nous faire demain soir ?

Il se mit à rire, appréciant son humour alors qu'il n'avait pas besoin de se justifier ou de jouer un rôle.

— Je suis certain de pouvoir faire mieux.

— Eh bien, si vous avez besoin qu'un habitant vous renseigne, il y a un très bon restaurant italien au bout de la rue. Les prix sont moitié moins chers par rapport à ici et la cuisine est faite maison.

— Vendu, répondit-il en souriant. Et nous ne sommes pas non plus obligés de rester ici si vous n'appréciez pas ce qu'ils servent. Même si vous avez choisi ce restaurant.

— C'est le premier qui m'est venu en tête, répondit-elle en jetant un coup d'œil à la carte toujours posée sur la table. C'est juste que ça me paraît cher pour de si petites quantités.

Il se pencha et ferma la carte.

— Ce ne sont pas les prix qui comptent. Si quelque chose vous donne envie alors nous restons. Si rien ne vous tente alors nous irons ailleurs. Nous pouvons simplement finir notre verre de vin. Nous pouvons même prendre une entrée avant d'aller autre part.

Elle le regarda en clignant des yeux.

— Et passer d'un restaurant gastronomique à un restaurant lambda ?

— Nous pouvons juste nous rendre dans un autre restaurant gastronomique. Vraiment, l'argent ne me pose aucun problème.

Puis la serveuse revint à leur table et leur énonça la spécialité. Dès qu'elle prononça le mot « flétan », Allison se figea.

— Oh, ça m'a l'air délicieux.

La serveuse hocha la tête.

Jager aimait goûter beaucoup de choses différentes, surtout lorsqu'il cuisinait, mais quand il mangeait dans un restaurant gastronomique, il préférait s'en tenir aux valeurs sûres.

Dès que la serveuse s'éloigna, il se tourna vers Allison.

— Vous voyez, décision prise.

Allison rit doucement. Puis elle reprit leur conversation là où ils l'avaient laissée.

— Étiez-vous proche de vos parents ?

Il hocha la tête.

— Oui, même si je ne les voyais pas très souvent. Ça ne fait que six mois qu'ils sont décédés, mais ces six mois étaient vraiment éprouvants.

— Je suis certaine qu'ils étaient présents pour vous durant votre convalescence.

— Oui. Je pensais que ma petite amie le serait aussi. Mais on dirait bien que lorsque le bateau coule, vous ne pouvez compter que sur vos parents.

— Je suis navrée. Je me suis longtemps sentie coupable pour la mort de mon mari. J'étais de service, j'ai dû lui dire de se faire soigner la tête, mais il n'appréciait pas vraiment les docteurs et il était aussi jeune et invincible, du moins il pensait l'être.

— Depuis combien de temps étiez-vous mariés ?

— Deux ans, répondit-elle en souriant. Ces deux années étaient fantastiques. Nous nous amusions et vivions à cent à l'heure. Mais nous travaillions beaucoup aussi. Nos horaires étaient différents et le chef ne nous laissait pas partir en vacances en même temps. Nous nous sommes disputés pendant un moment à cause de ça. Mon mari voulait que je démissionne et que je trouve un autre travail.

— Pourquoi ?

— Parce qu'il voulait passer plus de temps avec moi, ce qui voulait dire avoir mes jours de congé en même temps que lui.

— Ou qu'il ait les siens en même temps que les vôtres,

rectifia Jager. Ce n'est pas à la femme de quitter son emploi pour rendre son mari heureux, dit-il d'un ton neutre pour qu'elle évite de penser qu'il jugeait elle ou son mari.

Elle sourit.

— Et en y repensant, je me rends compte que rien de tout ça n'était important. Les moments les plus importants étaient ceux que nous passions à deux, dit-elle d'un ton doux. Mais nous avons vécu ce qui nous a été donné et nous nous sommes beaucoup amusés.

— Génial. Et c'est ce que nous devons garder en tête pour n'importe quelle relation. Rien ne garantit qu'il y ait un lendemain. Le plus important est de vivre au jour le jour et de profiter de chaque instant.

— Avez-vous rendu visite aux colocataires de Freddie ?

— Vous voulez dire les anciens colocataires de Freddie ? Ils l'ont déjà remplacé par une femme.

Allison hocha la tête.

— Ils étaient fous de rage qu'il n'ait pas payé sa part du loyer.

— Visiblement, il avait de l'argent. Il travaillait à droite à gauche hors de la ville.

Il lui raconta ce que lui avait dit la jeune femme et ce qu'il avait trouvé dans les cartons que Freddie avait laissés derrière lui.

— Il y avait un bout de papier, dit-il en le sortant de sa poche avant de le poser sur la table. Ces lettres et ses chiffres vous disent-ils quelque chose ?

Elle fronça les sourcils en l'étudiant.

— C'est probablement une plaque d'immatriculation ?

Il fixa les caractères.

— Intéressant.

Puis il lui expliqua pour le pick-up noir et ce qu'ils

avaient trouvé. Il sortit son téléphone de sa poche et lui montra les photos.

Elle secoua la tête.

— Ça ne me dit rien qui vaille.

— Effectivement. Mais la police va-t-elle pouvoir faire quelque chose ?

Elle fronça les sourcils.

— Il y a peu de chance. Il faudrait prouver qu'il s'agit de la même peinture.

— Mais vous savez qu'une analyse pourrait facilement le démontrer.

— Mais ça coûte cher et nous sommes bien au-dessus du budget, dit-elle en faisant la moue. Bon, envoyez-moi ces photos, je vais voir avec mon commandant.

— Je suppose qu'il ne réouvre des affaires que si ça lui semble justifié, n'est-ce pas ?

Elle hocha la tête.

— Exactement. Je sais que nous manquons de ressource et de budget, admit-elle. Nous avons perdu l'un de nos officiers il y a à peu près deux mois, le commandant n'était pas certain de pouvoir le remplacer.

— Avez-vous trouvé ?

Elle hocha la tête.

— Mais le poste est resté vacant trois ou quatre semaines, dit-elle en levant les yeux. Vous pensez réellement que vos parents ont été assassinés ?

— Un accident serait très peu probable avec ce genre d'impact.

— Mais vous ne pensez tout de même pas qu'il s'agissait d'un acte délibéré, si ? dit-elle en choisissant prudemment ses mots.

Il comprit ce qu'elle insinuait.

— Il se *pourrait* que ce soit un accident.

Il secoua la tête.

— Sans compter le virage où l'accident s'est produit.

Elle fronça les sourcils et tapota la table en observant les photos. Puis elle lui rendit son téléphone.

— Envoyez-les-moi, s'il vous plaît ? J'en parlerai au commandant demain matin.

— Avant ou après notre virée en ski ? demanda-t-il sur le ton de l'humour.

— Nos pass nous donnent accès à quatre heures dans les montagnes. À vous de choisir.

— Ma jambe me fait moins souffrir le matin, dit-il sèchement.

— Très bien, répondit-elle d'un ton si détendu qu'il était difficile de comprendre si quelque chose l'avait froissé dans sa phrase. Je parlerai à mon chef avant notre départ.

Puis elle y réfléchit une seconde.

— Nous allons aussi sûrement prendre mon pick-up.

— Il ne doit pas y avoir tant de neige que ça, si ? Nous sommes en été.

Elle hocha la tête.

— Nous irons sur le glacier.

Il haussa les sourcils.

— Mais ça doit coûter cher, non ?

— C'est l'endroit auquel mes pass donnent accès, dit-elle en haussant les épaules. Je les ai depuis longtemps. Mais je n'ai jamais trouvé quelqu'un pour m'accompagner. Ce n'est pas vraiment mon truc, vous souvenez-vous ?

— Je suis honoré, répondit-il simplement. Et ça ne sera pas « notre » seul moment de la journée.

— Avez-vous le matériel ?

Puis elle rit.

— Bien sûr que non. Nous allons vous trouver ça avant de partir.

— Cela vaut-il vraiment le coup à cette période de l'année ?

Elle lui lança un regard et fronça les sourcils.

— Nous n'allons pas skier sur des graviers, si c'est la question que vous vous posez. Mais je peux vérifier les conditions météorologiques demain matin si vous voulez. Nous devrions sûrement les prendre en compte.

— Si les conditions sont bonnes, alors c'est d'accord. Je ne pensais pas qu'on pouvait vraiment bien skier avant le mois de novembre ou décembre.

— C'est vrai. Et si nous faisions une randonnée à la place ?

— Je suis partant, répondit-il en hochant rapidement la tête. Ma jambe pourra le supporter.

Surtout en imaginant que sa version d'une randonnée ne devait pas être très sportive.

Son visage s'illumina.

— Et si jamais un jour vous revenez en hiver alors vous pourriez skier.

Il rit.

— Ou du moins, revenir lors d'une tempête, histoire qu'il y ait assez de neige pour éviter que ma jambe ne subisse des à-coups à cause des pierres.

Elle fut immédiatement compatissante.

— J'ai déjà skié à cette période de l'année et je n'y ai même pas pensé. Mais les conditions sont difficiles, dit-elle en secouant la tête. Ce n'est pas comme si vous étiez débutant, mais votre corps en subirait de grosses conséquences.

Il haussa les épaules.

— Ça ne m'inquiétait même pas. Mais l'idée de faire

une randonnée me plaît.

— Dans ce cas-là, j'irais au poste de police pour parler à mon chef. Et ensuite, je vous dirai s'il accepte de vous parler.

— Oui, s'il vous plaît. Tenez-moi au courant quoi qu'il arrive.

— Et après, nous irons faire une randonnée. Tout dépend de la distance que vous voulez parcourir, mais nous pourrions emmener un pique-nique, à moins que vous vouliez faire une petite marche.

— Une grande randonnée avec un pique-nique me va parfaitement, répondit-il avant d'observer les lumières par la fenêtre. Cette ville est vraiment magnifique. Y a-t-il beaucoup d'activités extérieures en dehors de celles d'hiver ?

Elle hocha la tête.

— Oui, oui, beaucoup, et toute l'année. On peut faire des randonnées, des activités nautiques sur la rivière et les lacs, mais aussi faire du vélo.

Il hocha la tête.

— Un vrai centre de loisirs !

Elle rit.

— Absolument.

— Y a-t-il beaucoup d'accidents ?

— Quelques-uns mais rien de dramatique.

Il hocha la tête.

Puis la serveuse revint à leur table avec une assiette de flétan et une salade. Il l'observa avant de dire :

— Ce n'est pas une grosse portion, mais ce morceau est appétissant.

Elle hocha la tête.

— En général, je ne mange du poisson qu'en Californie ou d'autres endroits en bord de mer. Ils importent le poisson de très loin pour pouvoir en manger ici. Est-ce vraiment frais ?

Le steak de Jager arriva juste après. Elle l'observa.

— Le dîner typique d'un homme.

— Absolument.

La serveuse revint vers eux.

— Est-ce vous qui posez des questions sur Freddie ?

Jager leva les yeux et hocha la tête.

— Le connaissez-vous ?

Elle hocha la tête.

— Oui. Nous sommes sortis ensemble pendant quelque temps.

Jager posa délicatement ses couverts.

— Savez-vous où il aurait pu aller ?

Elle secoua la tête.

— Non, malheureusement je l'ignore. Il avait l'habitude de prendre des congés et disparaître. Il voyageait beaucoup. Mais il semblait toujours fauché, si on en croit ses colocataires, alors je ne sais pas trop.

— Avait-il des problèmes d'argent lorsqu'il sortait avec vous ?

— Non, il était très généreux. J'ai vu son portefeuille rempli de billets. Son comportement était plutôt contradictoire.

— Savez-vous quelque chose sur ses amis ou sa famille ?

— Non, mais il n'arrêtait pas de répéter qu'il devrait bientôt se rendre au Nouveau-Mexique pour régler une affaire.

Jager sentit son cœur se figer.

— Savez-vous s'il est peut-être parti là-bas ?

Elle rit.

— Avec lui ? On ne peut jamais être sûr. Il a très bien pu partir en Europe ou au Mexique. Peut-être même qu'il n'est pas parti du tout. Pendant un moment, il faisait des recherches sur une certaine guerre mais il ne trouvait rien et ça le mettait en rogne.

Jager arrivait à peine à garder le ton de sa voix neutre.

— *Guerre* ou bien *Geir* ? Serait-ce possible qu'il s'agissait plutôt d'une personne ? Un de mes amis s'appelle Geir.

— Je l'ignore, répondit-elle confuse. Peut-être que oui.

— Très bien. Merci.

Elle commença à s'éloigner avant de faire demi-tour.

— Il adorait collectionner les pins.

— Que voulez-vous dire par là ?

Elle observa Allison avant de le regarder de nouveau.

— Je ne connais rien aux collectionneurs. Je ne comprends pas que l'on puisse dépenser autant d'argent dans des choses futiles alors nous nous sommes souvent disputés à ce sujet. Mais il disait chercher un badge. Pour sa collection.

Puis elle sourit et haussa les épaules avant de se retourner et de s'éloigner.

CHAPITRE 6

—UN BADGE ? demanda Allison. Quelqu'un continue encore de collectionner ce genre de chose ? Ça me paraît dépassé.

Jager fixait son steak en grimaçant.

—J'ai bien peur qu'il ne parle pas du tout de ça, répondit-il doucement.

Il se pinça l'arête du nez et prit une grande inspiration.

— Excusez-moi, je dois envoyer quelques messages.

Elle tendit le bras et attrapa sa main alors qu'il se leva.

— Asseyez-vous, lui dit-elle d'un ton ferme. Mangez votre repas. Ensuite, nous réglerons le problème qui vient d'être soulevé.

Il la fixa d'un air sévère avant de regarder sa main autour de la sienne.

—Vous avez raison. Quinze minutes de plus ne changeront rien.

Il s'adossa de nouveau contre sa chaise et hocha la tête.

— Mais vous n'êtes pas concernée, dit-il doucement.

— Vous pouvez dire ça à qui vous voulez mais, personnellement, je suis déjà concernée.

Il secoua la tête.

— Non, tout est différent dorénavant, c'est très dangereux.

— Vous pensez ?

Elle ne comprenait pas très bien ce qu'il se passait, mais il était évident que l'annonce de la serveuse avait eu l'effet d'une bombe sur lui. Elle attrapa sa fourchette et prit une part de flétan. Il était bon, mais il ne valait certainement pas son prix. Mais après tout, elle passait une bonne soirée. Du moins, jusqu'à ce que Jager apprenne quelque chose qui visiblement l'avait affecté. Mais elle l'appréciait beaucoup. C'était l'un des hommes les plus intéressants qu'elle avait croisé depuis un moment. La mort de ses parents était difficile à encaisser. Et le fait qu'il ait trouvé le pick-up qui aurait potentiellement poussé son père et sa mère hors de la route était déjà fou. Mais savoir qu'au volant de ce pick-up se trouvait peut-être Freddie Brown qui était maintenant parti à la chasse aux pins était vraiment étrange. À l'évidence, il ne lui avait pas tout dit… Puis elle eut un déclic.

— Je comprends maintenant !

Il la regarda les yeux plissés.

— Vous comprenez quoi ?

— Il ne parlait pas d'un badge mais d'une personne, n'est-ce pas ?

Jager hocha la tête.

— En effet, il s'agit de Badger, un de mes amis. Et maintenant, j'ai peur qu'il soit en danger.

— Finissez votre repas, ordonna-t-elle. Ensuite, nous réglerons ça.

Il lui adressa un léger sourire.

— Êtes-vous toujours aussi autoritaire ?

Elle sourit.

— Oui, surtout quand je vois quelqu'un qui en a besoin.

Elle l'observa engloutir son assiette, l'esprit ailleurs. Elle savait qu'elle n'avait aucune raison de s'en mêler mais, en même temps, elle ne put s'en empêcher.

— Ce que je comprends c'est que vous pensez que Freddie aurait tué vos parents et qu'il en aurait dorénavant après deux de vos amis, est-ce bien ça ? demanda-t-elle à voix basse en observant les gens dans le restaurant.

Il hocha la tête.

— Je pense que c'est ce qui s'est produit plusieurs fois et qui se déroule aussi en ce moment. Il aurait probablement aussi assassiné une douzaine d'autres personnes.

Elle écarquilla les yeux.

— Êtes-vous sérieux ?

— Oui. Je vous raconterai tout. Mais je ne peux pas le faire ici.

— Trop de monde autour de nous ?

Réalisant qu'elle avait arrêté de manger alors qu'elle lui posait des questions, elle reprit une bouchée. Mais son esprit était perturbé par le fait que le potentiel tueur en série se trouvait ici, qu'il s'était baladé dans sa ville, qu'il y avait vécu et que personne n'en savait rien.

— Je ne crois pas avoir de cas de meurtre non résolu ici. Et pourtant, vous pensez qu'il aurait assassiné vos parents ?

Il hocha la tête.

— Je dois envisager qu'il savait qu'ils passeraient par ici. Et si c'était le cas, comment l'avait-il appris ?

Elle s'adossa contre sa chaise, l'air perplexe.

— Comment aurait-il pu le savoir ?

— Il est facile de suivre quelqu'un quand on sait y faire, répondit-il à voix basse. Une information reste une information et trouver la bonne n'est pas facile, à moins de bien savoir comment faire. Ensuite, il est possible de trouver presque tout ce que l'on souhaite, comme le fait qu'ils aient loué un camping-car et ensuite suivre leur trajet sur les réseaux sociaux. Ma mère les adorait. Ou aussi en plaçant un

GPS sur le véhicule…

Elle fronça les sourcils.

— Je sais que vous refusez de me dire comment vous avez appris des choses sur les autres meurtres dans lesquels il est impliqué. Mais s'ils étaient tous connectés, ce lien était-il viable ?

Elle savait que sa façon d'expliquer n'était pas très claire. Elle essaya de reformuler avant qu'il lève la main et que la serveuse soit de retour à leur table.

Elle leur sourit en s'exclamant :

— Punaise, vous avez mangé très rapidement.

Jager lui adressa un doux sourire.

— C'était très bon. Auriez-vous le numéro de téléphone de Freddie ?

Elle hocha la tête et sortit son téléphone de son tablier. Elle fit rapidement défiler ses contacts avant d'ouvrir la fiche de Freddie. Elle tendit son téléphone à Jager qui enregistra le numéro de Freddie dans sa liste de contacts.

— Merci.

Elle hocha la tête.

— Mais je ne pense pas que vous puissiez en tirer quelque chose. Il ne répond plus à ce numéro depuis longtemps.

— Ce n'est pas grave. On ne sait jamais. Il a peut-être simplement perdu son téléphone.

Elle rit doucement.

— Oui, il est du genre imprévisible. Parfois, il avait des idées brillantes et d'autres fois il se comportait comme le roi des idiots.

— Mais il était sympathique ?

Elle hocha la tête.

— Quel dommage que je ne fusse pas son genre, dit-elle avant de hausser les épaules. Enfin bref.

Jager se figea alors qu'il se levait de sa chaise. Allison se leva elle aussi et aperçut l'air vigilant dans son regard. Puis il lui demanda :

— Pas son genre ?

— Oui, je n'étais pas son type, dit-elle en souriant. Il était gay.

Puis, elle se tut avant de s'éloigner.

Il l'interpella doucement et elle revint vers eux.

— En êtes-vous certaine ? demanda-t-il. On nous a dit qu'il était sorti avec pas mal de femmes.

— Ce n'est qu'une couverture, dit-elle en souriant.

Puis, elle s'éloigna et cette fois-ci Jager la laissa partir.

— Vous n'êtes pas surpris ? demanda Allison.

Il sourit.

— Non. C'est logique sachant qu'il était ami avec Mouse. Ils étaient peut-être amants.

Allison s'approcha de Jager et passa son bras sous le sien. Il la serra alors contre lui alors qu'ils traversèrent le restaurant en direction de la caisse.

— D'habitude, on règle la note à table, dit-elle.

— Mais, aujourd'hui, ce n'est pas un jour comme on en voit d'habitude.

Il n'y avait rien de normal à cette journée.

Après avoir réglé la note, ils sortirent sur le parking et il s'arrêta net.

— J'aurais dû lui demander à quelle fréquence il partait et à quand remontait son dernier voyage.

— Ne vous inquiétez pas. Nous pouvons toujours vérifier ses horaires à l'hôtel et à la station de ski où il travaillait.

Il se tourna vers elle et la regarda en plissant les yeux.

— Pourriez-vous trouver les jours où il travaillait ici et les jours où il n'était pas là ?

— Pensez-vous qu'il était ailleurs ?

Il hocha rapidement la tête.

— Cela me permettrait d'obtenir les informations pour le localiser là où je pense qu'il se trouvait. J'ai les dates où d'autres événements se sont produits. De plus, nous sommes à la recherche d'une personne disparue.

— D'accord. Je peux m'en occuper de retour au bureau.

Il hocha la tête d'un air absent, alors qu'ils se tenaient immobiles au milieu du parking.

Elle tendit le bras pour attraper le sien.

— Écoutez, je comprends que vous ayez besoin de régler cette histoire, mais j'aimerais vraiment entendre le reste.

— Pouvez-vous accéder à ces informations en dehors de votre bureau ?

— Avec mon ordinateur portable, oui, je peux, dit-elle en fronçant les sourcils. Est-ce important ?

Il hocha la tête.

— Oh que oui !

— Alors, venez. Nous allons chez moi. Nous pourrons boire un café et je ferai des recherches pendant que vous me mettrez au parfum.

Il l'observa en lui adressant un petit sourire en coin.

— Et lorsqu'on me lance, difficile de m'arrêter.

— Je n'en doute pas, plus nous trouverons d'informations, plus votre prochaine quête de réponse sera facile. Alors, assurons-nous de trouver le plus d'informations précises possible.

Il hocha la tête.

— Votre adresse ?

Elle la lui donna.

— Mais le plus simple serait que vous me suiviez.

Puis, il lui adressa un rapide hochement de tête avant de

se retourner et de se diriger vers son pick-up.

Elle l'observa s'éloigner en espérant que l'homme le plus intéressant de sa vie ne s'éclipserait pas aussi vite qu'il était apparu.

Elle l'interpella :

— On se voit dans cinq minutes.

Il lui fit signe de la main puis elle monta dans sa voiture.

JAGER SE RENDIT chez Allison quelques minutes après avoir passé un appel au reste de l'équipe pour les avertir que Freddie serait sûrement en chasse. Alors qu'il ralentit devant la demeure luxueuse dont le prix devait facilement avoisiner le million de dollars, il se remémora qu'elle lui avait dit vivre dans un appartement en sous-sol. Il se gara dans la rue avant de descendre et de suivre le trottoir qui menait vers les escaliers en direction de l'entrée. Il frappa à la porte.

Elle lui ouvrit en s'exclamant :

— Vous voilà !

Il sourit et remarqua qu'elle avait troqué sa magnifique robe contre un jean et un sweatshirt. Elle était toujours aussi incroyablement sexy.

— Cette ville est magnifique. J'en ai fait le tour en voiture histoire de visiter.

Il entra et vit que l'appartement en sous-sol était lui aussi assez luxueux.

— Ça fait du bien de rentrer chez soi le soir dans un endroit aussi beau.

— Votre travail est-il difficile ici ?

Elle secoua la tête.

— Non. On veille surtout à ce que la ville reste calme. Il

y a quelques violations de propriété et entrées par effraction. C'est très agaçant certes, mais rien de dangereux. La plus grosse partie de notre travail est de régler les problèmes d'une ville touristique aussi vaste.

Il hocha la tête.

— Je comprends.

— Un café ? proposa-t-elle.

Il se tourna vers elle et l'aperçut près d'une cafetière remplie.

— Oui, merci de l'avoir préparé.

Elle lui servit une tasse.

— Un café noir vous convient-il ? J'ai du sucre, mais je n'ai pas de lait.

— Noir, ça me va très bien.

Elle hocha la tête.

— J'ai remarqué que vous le buviez de la sorte à midi, mais parfois les gens aiment le boire de différentes façons selon l'heure de la journée.

Il haussa les épaules.

— Le café, c'est sacré. Selon moi, il doit toujours être corsé, noir et magnifique.

Elle rit doucement.

— Avec ce genre de discours, on pourrait croire que vous parlez de beaucoup d'autres choses.

Il sourit et hocha la tête.

Une tasse à la main, il se dirigea vers le salon et s'assit dans un grand fauteuil. Elle s'assit dans le canapé et replia les jambes sous ses fesses.

— Alors, êtes-vous prêt à tout me raconter ?

Il lui adressa un regard sombre.

— Êtes-vous sûre de vouloir tout entendre ?

À cet instant, elle ne fut plus certaine de le vouloir car

elle savait que cette histoire serait sordide. Mais, en même temps, elle ressentait qu'il avait grand besoin de la raconter. Elle hocha alors la tête.

— Allez-y.

Il prit une grande inspiration.

Elle fut scotchée par tout ce qu'il lui avait raconté en une demi-heure.

— Et vous pensez qu'un seul homme serait à l'origine de tout ceci ?

Il prit une nouvelle inspiration.

— Nous le pensons, oui.

Elle l'observa et vit dans son expression toute la peine et tous les cauchemars qui l'avaient marqué ces deux dernières années.

— Mais qui ?

Il haussa les épaules.

— C'est la question à un million. Nous en sommes venus à penser que tout ça avait un rapport avec Mouse, notre ami ayant perdu la vie dans l'explosion.

— Mais vous venez de me dire qu'il n'était pas du tout la personne que vous pensiez, n'est-ce pas ?

Il lui en avait dit tellement qu'elle tentait encore de tout comprendre.

Il hocha la tête.

— Exactement. Nous avons obtenu la confirmation qu'il avait pris la place d'un autre homme, quelqu'un qui avait déjà validé ses épreuves BUD/S.

— Alors ce Mouse l'aurait intercepté, assassiné et pris sa place. Et quel était le problème ?

Il afficha un sourire en coin.

— Ah oui. C'est assez perturbant, n'est-ce pas ? dit-il en secouant la tête. Imaginez ce que nous ressentons.

— Vous devez être dévastés, traumatisés, horrifiés, en colère… dit-elle, le ton de sa voix se faisant de plus en plus bas alors qu'elle ne trouvait plus d'autre adjectif. L'ennui, c'est que maintenant je suis tout aussi en rogne, poursuivit-elle avant de secouer la tête. Non, pas tout autant, bien sûr que non. Nous ne sommes pas égaux dans cette situation. Mais je vous accompagne dans votre peine.

— Si on en croit toutes les personnes que nous avons rencontrées et qui connaissaient Mouse dans son enfance, il avait une peur bleue de l'eau, dit-il en remarquant un air confus lui traverser le visage. Vous voyez. Et c'est un fait que nous n'arrivons pas à comprendre étant donné notre travail… dit-il avant de grimacer et de rectifier, notre *ancien* travail. L'eau y avait une grande place.

Elle le fixa quelques secondes.

— Ce qui paraît logique, puisque vous étiez dans la Navy.

Il hocha la tête.

Elle baissa les épaules et s'adossa.

— Vous étiez SEAL, n'est-ce pas ?

— Je ne suis plus un SEAL en service, à cause de mes blessures. Mais SEAL un jour, SEAL toujours.

— Et c'est incontestablement un titre prestigieux, respecté et considéré comme l'un des meilleurs.

Il hocha la tête.

— Ce qui justifierait, de ce que l'on peut penser, pourquoi Mouse aurait fait une telle chose, sauter tous les entraînements, le casse-tête des candidatures et les années d'étude pour en arriver là.

— Quelle injustice de sa part ! s'exclama-t-elle, outrée.

— Justement, comme il avait en apparence vécu tous ces entraînements intenses, tout le monde pensait qu'il était réellement la personne qu'il prétendait être. Nous n'avons jamais remis en cause son identité. Le vrai Ryan Hanson et notre Mouse avaient quelques caractéristiques en commun. Ils étaient tous les deux grands, fins, dégingandé… dit-il en mimant le tout. Ce genre de silhouette. Il est aussi fort probable que Mouse ait subi quelques opérations chirurgicales sur le visage afin de ressembler le plus possible à sa nouvelle identité volée.

— Et visiblement, il était doué pour se réinventer une vie, non ?

— Très doué, répondit Jager. C'est ce que nous découvrons.

— Alors, durant l'année où vous avez travaillé avec lui, l'avez-vous déjà vu dans l'eau ?

Jager hocha la tête.

— Évidemment, dit-il avant de s'interrompre. Enfin sûrement.

Il sortit son téléphone de sa poche et envoya un message à Erick en mettant en copie le reste de l'équipe.

L'un d'entre vous a-t-il réellement vu Mouse s'entraîner dans l'eau ?

Puis, il posa son téléphone sur l'accoudoir.

— Durant l'année qu'il a passé dans notre unité, Mouse était souvent malade. Et nous nous entraînions beaucoup sur la terre ferme. Nous avons passé quelque temps en Italie et aussi en Australie. Nous étions aussi en Afghanistan pour nous entraîner dans le désert. Mais nous avons tout de même atterri quelquefois sur la plage ou alors nous avons dû prendre des zodiacs pour aborder de gros bateaux. Mais nous étions toujours en groupe.

— Et il n'y a jamais eu de mission où Mouse aurait été amené à nager ?

Jager fixa l'horizon.

— Il y a bien eu une mission sur les côtes africaines alors que les pirates y sévissaient. Et j'essaye de me souvenir si Mouse était avec nous à ce moment-là.

— Ou alors il était malade ou absent pour éviter ces moments-là.

Il lui lança un regard brisé et son téléphone sonna. Il le prit dans les mains et lut la réponse de Badger :

Non.

Celle d'Erick :

Je ne me souviens plus.

Ainsi que celle de Geir lui demandant :

Quand s'est déroulée notre mission où nous avons secouru les croisiéristes ?

— Je viens justement de poser la question à mon équipe, répondit-il doucement. S'ils ont déjà vu Mouse dans l'eau ou s'ils ont déjà effectué une mission de sauvetage en mer avec lui.

— Et même si vous étiez en mission de sauvetage en mer, l'un des membres de l'unité ne devait-il pas rester à terre ou sur le bateau ?

Il lui lança un regard surpris.

— Si, bien sûr.

Il la regarda alors qu'elle hocha lentement la tête comme pour s'assurer qu'il avait bien compris. Et il avait compris. Il s'affala alors dans le fauteuil.

— Et cela voudrait dire que Mouse était bien le Mouse que nous connaissions. Punaise, j'espérais encore me tromper.

Il l'observa un bon moment sans prononcer un mot.

— Je vois bien tout ce qu'il aurait pu tirer de cette situation, dit-il doucement. Mais il n'aurait jamais pu entretenir ce mensonge. Cette façade aurait fini par tomber un jour ou l'autre.

— À moins qu'il se retrouve blessé et qu'il devienne invalide en tant que SEAL. Il aurait alors atteint le sommet, devenir SEAL, avant de se blesser, de toucher une pension d'invalidité complète tout en se retirant avec tous les éloges.

— Je suis certain que n'importe quel psy toucherait le jackpot avec ça.

— Il existe un terme, mais impossible de m'en souvenir. Beaucoup de personnes créent une réalité qu'ils n'arrivent pas à entretenir pour toujours. Et alors que l'étau se resserre et que la vérité menace d'éclater, ils se sentent alors sur le point d'être démasqués. Ils doivent ensuite faire quelque chose pour s'extirper de la situation dans laquelle ils se sont mis, comme provoquer une explosion touchant toute une unité pour éviter que la vérité ne ressorte au grand jour.

Jager était abasourdi. Ni lui ni les autres n'y avaient déjà pensé. Son téléphone sonna. Il le regarda et vit un appel de Laszlo.

— Excusez-moi une minute, dit-il avant de porter son téléphone à son oreille.

— Laszlo, quoi de neuf ?

— C'est à propos de la question que tu nous as posée.

— Oui. Et j'en ai une autre.

Il expliqua alors la théorie d'Allison.

— D'où sors-tu ça ? Et punaise, il devait avoir une sacrée raison de faire une chose pareille.

— Je sais. Mais ça nous permettrait de comprendre beaucoup mieux ce qui lui est arrivé.

— Et ensuite ? Devons-nous croire que c'est lui qui aurait positionné la mine terrestre ? Qui aurait ordonné le changement de trajet ? Qu'il aurait dû en ressortir simplement blessé, mais pas trop ? Et qu'au lieu de ça il serait mort ? Ou bien qu'il aurait prévu de mourir en tant que héros, en nous embarquant dans sa chute ?

— J'ai du mal à croire tout ça.

— Écoute. Je vais avertir tout le monde et nous reverrons tout ça point par point. Nous devons remonter aux missions que nous avons faites durant cette année à ses côtés. Et à celles qui nous attendaient après l'Afghanistan. Je crois qu'il nous restait encore deux semaines là-bas et qu'ensuite nous étions censés rentrer au Colorado pour un entraînement de plongée ou d'opération nocturne, il me semble.

— C'est vrai. J'imagine ce que cela signifiait pour une personne terrifiée par l'eau. Il savait que la vérité allait être découverte, dit Jager. Je ne me souviens plus trop des jours précédant l'accident, et tu sais bien que j'ai occulté une grosse partie de l'explosion.

— Je sais, je sais. Nous allons en parler avant de revenir vers toi.

Puis Laszlo raccrocha.

Jager posa doucement le téléphone près de lui.

— Qu'avez-vous fait pour obtenir des réponses ? demanda Allison.

— Je n'en avais aucune idée pendant de longs mois. J'avais quelques soupçons que quelqu'un était derrière l'accident, mais je n'avais aucune preuve. Je n'arrivais pas à obtenir la vérité, alors je me suis mis en chasse. J'ai contacté le plus de personnes possibles à la recherche de matière. J'ai vérifié les dossiers de tous les hommes composant la deuxième unité de cette mission. Il y avait huit hommes répartis dans deux autres camions qui formaient notre convoi. Et puis, même si je détestais l'idée de le faire, j'ai dû également faire des recherches sur tous mes amis de notre unité. C'est seulement au moment où j'ai terminé ces recherches que je me suis rendu compte qu'eux aussi avaient des soupçons sur l'accident. Puis, quand nous avons entendu l'enregistrement audio que Badger a trouvé en Angleterre, nous avons compris que le message redirigeant notre camion vers une route différente où se trouvait la mine terrestre fut émis depuis notre véhicule.

Elle poussa un petit cri étouffé.

— Depuis votre propre camion ? Ce qui veut dire que l'un de vos amis vous a trahi ?

— Et maintenant… Je dois envisager que Mouse lui-même ait pu tout mettre en place.

CHAPITRE 7

ALLISON N'EN REVENAIT pas de ce qu'elle venait d'apprendre. C'était tellement affreux, douloureux et tordu qu'elle sentit le besoin de se recroqueviller dans un coin pour pleurer. Mais ceci n'aiderait en rien Jager. Et visiblement, le problème qui lui importait le plus à ce moment-là était de lui venir en aide. Elle se connecta sur son ordinateur alors qu'il notait les informations obtenues dans les messages qu'il recevait afin de replacer les événements avant les blessures des membres de son unité. L'année qu'il avait passé aux côtés de Mouse. Elle leva les yeux et observa le salon en se demandant combien il aurait été difficile de mettre tout ça en place.

— Il a certainement reçu de l'aide.

— Oui, mais on obtient presque tout avec de l'argent, répondit Jager. Nous avons déjà retrouvé Poppy, qui maintenant ne peut plus nous donner la moindre information étant donné qu'il est mort.

— Sauf si on fouille dans ses contacts, son ordinateur, etc., dit-elle. La police vous laisse-t-elle accéder à ces informations ?

Il secoua la tête.

— Nous obtenons ce que nous pouvons, mais nous n'y avons pas l'accès complet.

Elle hocha la tête et se reconcentra sur son écran. Mais

elle anticipait sa question.

— Pourriez-vous y avoir accès ?

— Je peux demander à obtenir plus d'informations.

— Ce n'est pas une base de données nationale ? Si c'était le cas, vous pourriez.

Elle rit.

— Nous avons déjà suffisamment de soucis à garder toutes les affaires de chaque État en ligne. Une fois que vous franchissez la limite de l'État, alors les choses deviennent bien plus compliquées. En général, c'est le territoire du FBI.

Il hocha la tête.

— Nous sommes restés à l'écart du FBI pour garder le contrôle. Mais le NCIS nous met des barrières avec leur enquête navale. Et il nous est très compliqué de donner des preuves de ce que nous faisons à qui que ce soit. Personne ne nous croirait. Bien que maintenant que nous avons obtenu plus de preuves, certains policiers pourraient nous croire.

— Eh bien, je n'arrive pas à accéder à la base de données pour l'instant, dit-elle en observant l'écran et en fronçant les sourcils. Il se trouve que mon accès est refusé.

Elle sortit son téléphone et appela le poste.

— Salut, Henry, as-tu des problèmes pour accéder au site ? Je n'arrive pas à me connecter.

Henry était un jeune homme qui ne travaillait que depuis six mois, mais elle l'avait pris sous son aile et l'avait aidé à s'adapter. Il baissa le ton de sa voix pour lui chuchoter :

— Le commandant est furieux contre toi.

Surprise, elle lui demanda :

— Pourquoi ?

— Quelque chose en rapport avec Margery.

Allison se pinça l'arête du nez en y réfléchissant.

— Furieux à quel point ?

— Je n'en sais rien. Il n'a pas arrêté de fanfaronner, de délirer et de se plaindre plus tôt dans la journée.

— Il n'a rien dit à propos de moi ?

— Tu devais te charger d'un problème.

— Je suis allée lui parler mais elle refuse de porter plainte alors qu'attend-il de plus de ma part ? Son ami me menace, s'exclama-t-elle.

Elle posa son ordinateur sur le coussin près d'elle sur le canapé avant de se lever en ignorant complètement Jager. Même si elle savait qu'il l'écoutait et la regardait.

— Roger m'a accosté sur le parking aujourd'hui. Il m'a menacé en me demandant de rester à l'écart.

Henry poussa un petit cri étouffé.

— En as-tu parlé au commandant ?

— Pas tous les détails.

— Mais tu sais que Roger est son ami.

— Que devons-nous faire ? Attendre que Margery finisse à la morgue pour qu'il se calme enfin ?

— Je sais, ça craint, répondit Henry. Nous avons aussi eu une vague d'entrée par effraction. Trois maisons visitées en une nuit. Je ne suis arrivé au bureau qu'à midi aujourd'hui. Et nous étions tous convoqués en réunion.

— Que se passe-t-il ?

— La rumeur court que ta place est en danger.

Elle se tapa la tête contre le mur.

— Il n'oserait quand même pas, si ?

— Oh que si ! Tu le sais bien.

— Il faut que je me connecte à la base de données pour obtenir des informations sur un accident de voiture d'il y a quelques mois.

— Je ne peux pas débloquer ton accès, mais tu peux utiliser mes identifiants.

Il lui communiqua son identifiant et son mot de passe.

Elle les tapa avant d'appuyer sur la touche Entrée.

— C'est bon, je suis connectée. Merci beaucoup, Henry.

Elle raccrocha et posa le téléphone près d'elle sur le canapé.

— Que se passe-t-il ?

— C'est ce maudit commandant, répondit-elle. On dirait qu'il essaye de se débarrasser de moi.

— Comment ça ?

Elle soupira et leva les yeux vers lui.

— Bon, vous m'avez raconté vos problèmes, alors peut-être que je devrais vous raconter les miens. Elle lui expliqua la situation de Margery et Roger. Et le fait que Roger et son chef soient meilleurs amis.

— C'est grave de savoir que le seul moyen d'arrêter un salaud pareil est d'attendre qu'il envoie sa femme à la morgue.

— Et selon vous, que se passera-t-il dans ce cas-là ?

— Je pense fortement qu'elle disparaîtrait du jour au lendemain et qu'il dirait qu'elle s'est enfuie à cause de moi. Il l'enterrerait alors quelque part dans les bois, quelque part où nous ne la retrouverions jamais.

— Et le commandant le croirait ?

— Je n'en ai aucune idée, dit-elle. Je pensais qu'il était juste et honnête, mais on dirait bien qu'il ferme les yeux devant le cas de Margery et Roger.

— C'était l'homme sur le parking ?

Elle hocha la tête.

— C'était lui.

— Il essayait de faire pression sur vous, n'est-ce pas ?

— C'est une ordure.

Elle ouvrit une nouvelle fenêtre de la base de données et se mit à la recherche de n'importe quelle information qu'elle pourrait trouver sur Freddie. Elle l'avait déjà fait une première fois, mais qui sait, peut-être qu'il y avait quelque chose de nouveau.

— Le logiciel vous indique-t-il si quelqu'un a fait des recherches sur cette personne ? demanda-t-il soudainement.

Elle leva les yeux au-dessus de son écran.

— Les recherches sont gardées en mémoire. Mais je ne sais pas si l'identité des utilisateurs est indiquée.

Il hocha la tête.

— Évidemment, vous n'avez pas accès aux données des autres départements. Ce qui aurait été très utile.

Elle secoua la tête.

— Non, officiellement je ne peux pas. Je pourrais me rendre dans un autre poste et demander l'accès mais je devrais me justifier.

Il hocha la tête.

— Je suppose que vous ne connaissez personne au Nouveau-Mexique ? demanda-t-il sur le ton de l'humour.

Elle le fixa quelques secondes.

— Voulez-vous dire Santa Fe ? Parce que mon frère travaille là-bas.

Il la fixa d'un air surpris.

— Vraiment ?

— Oui. Il est inspecteur au compte de la ville.

Il se pencha en avant.

— Vous pensez qu'il pourrait faire des recherches sur cette personne ?

— Freddie, vous voulez dire ?

Il hocha la tête.

— Et peut-être même d'autres personnes. Mais c'est

Freddie qui m'importe le plus. S'il se rend au Nouveau-Mexique, Badger vit à Santa Fe. Tout comme le reste de l'équipe.

Elle le fixa du regard.

— Pardon ?

— Avez-vous de bons rapports avec votre frère ?

— Oui, mais il vient d'arriver au Nouveau-Mexique. Il a passé quelques années dans le Kansas.

— Pourquoi est-il venu au Nouveau-Mexique ?

— Il a suivi sa femme. Elle voulait se rapprocher de sa famille.

Jager hocha la tête.

— Après avoir subi un grand traumatisme, je comprends tout à fait. Je n'y accordais pas assez d'importance avant.

Allison hocha la tête.

— Parfois, il faut traverser ce genre d'épreuves pour réaliser que beaucoup de choses comptent.

Il hocha la tête.

Elle prit son téléphone et envoya un message à son frère.

Il lui répondit immédiatement.

Tout dépend de ce que tu cherches, mais je devrais pouvoir t'aider.

L'air troublé, elle fronça les sourcils en regardant son écran.

— Comment vais-je pouvoir lui expliquer ça ?

— Demandez-lui s'il connaît… Jager s'interrompit en fronçant les sourcils. Il y a de grandes chances qu'il ne connaisse pas les mêmes personnes que moi.

Il observa l'horizon.

— Nous ne connaissons pas beaucoup de monde là-bas. Il doit y avoir quelques inspecteurs. Ils étaient très impliqués quand la maison de Kat fut prise pour cible par une fusillade.

Elle le fixa avec des yeux ronds.

— D'abord Badger et maintenant un chat ?

Il rit doucement.

— Badger est l'un de mes amis de l'unité. Kat, K-A-T, est une ingénieure prothésiste. C'est pour elle que nous avons atterri au Nouveau-Mexique, pour nous rapprocher d'elle, puisque nous avions tous besoin de son aide et qu'elle est l'une des rares personnes dans le monde qui est réellement présente pour nous.

Allison fronça les sourcils.

— Il la connaît peut-être.

Elle envoya un nouveau message à son frère.

Elle lut sa réponse :

Oui, j'en ai entendu parler mais je ne la connais pas personnellement.

Elle lui répondit :

Et son petit ami, Badger Horley ?

Une réponse négative lui parvint quelques secondes plus tard.

— Il ne connaît pas du tout Badger.

Quand son téléphone se mit à sonner, elle jeta un œil au numéro.

— C'est mon frère, dit-elle à Jager. Salut Dennis. D'où connais-tu Kat ?

— J'ai entendu parler de cette affaire. Il y a eu une fusillade chez elle, il y a peu de temps. Son oncle a été assassiné. Elle a hérité de quelques pièces rares et son frère a tenté de les lui voler.

— Et je suppose qu'il a également assassiné son oncle ?

— Non, c'était la deuxième épouse de son oncle, répondit Dennis avec un petit rire.

Elle sourit en entendant le ton chaud de sa voix. Il avait

toujours eu ce genre de voix apaisante. Il avait beaucoup de succès avec les filles grâce à celle-ci.

— Bon, la serveuse, l'ancienne petite amie d'un type vivant dans le même coin du monde que moi, il se rendait au Nouveau-Mexique, à la recherche de Badger.

— Des badges ?

— Oui, en ce moment je suis avec un homme nommé Jager, il fait des recherches sur cette affaire. Il dit que l'un de ses amis s'appelle Badger. Ils étaient dans la même unité alors que leur camion a explosé en Afghanistan. C'était il y a deux ans.

— D'accord, deux petites secondes. Ça devient compliqué.

— Il est tard. Je ne sais pas quelle heure il est chez toi, mais serait-il possible que tu te rendes chez Badger et que tu leur parles ?

— Leur parler de quoi ?

— De ce Freddie. Pour s'assurer qu'ils soient au courant qu'il en a après Badger. Il pourrait bien s'en prendre à leurs petits amis en particulier.

— Houla. Tu es consciente que c'est incompréhensible, n'est-ce pas ?

— Honnêtement, si tu entendais le reste de cette histoire, tu resterais assis bouche bée en disant aussi que ça n'a aucun sens. L'ennui, c'est que nous devons nous en charger. Je sais que c'est compliqué, avec six des huit membres de l'unité en ce moment à Santa Fe au Nouveau-Mexique. Et ce type veut s'en prendre à Badger, le chef d'unité.

Jager l'interrompit.

Elle dit alors à son frère :

— Deux secondes Dennis, avant de se tourner vers Jager. Que disiez-vous ?

— S'il s'en prend à Badger, il s'attaquera aussi au reste de l'équipe.

— Jager dit que si ce type, Freddie Brown, s'en prend à Badger, il s'en prendra également au reste de l'équipe.

— Donc quelqu'un se venge de l'unité entière ?

— L'un d'entre eux est mort il y a deux ans lors de l'explosion d'une mine terrestre en Afghanistan, expliqua-t-elle. Et maintenant, ils se rendent compte, après des semaines d'enquête, que tout est potentiellement relié à la mort de cet homme.

— Une peu comme pour dire que si lui n'a pas survécu, pourquoi les autres le devraient ? C'est tordu.

— Oui, quelque chose de ce genre.

— Je ne suis pas certain de pouvoir officiellement m'occuper de ce cas, mais je peux contacter Kat et avoir une discussion avec elle.

— Peu importe ce que tu peux faire, j'apprécierais beaucoup.

— Je présume que vous avez déjà contacté Badger pour lui dire de surveiller ses arrières ?

— Oui. Kat aussi est au courant. On l'a déjà prise une fois pour cible à cause de lui. Plusieurs des autres femmes du groupe ont aussi été prises pour cible à cause de leurs relations avec les hommes qui constituait l'unité.

— Seigneur. Et pourquoi en entends-je parler que maintenant ? demanda-t-il. Ces gens-là ne savent pas qu'ils peuvent parler à la police ?

— Ils faisaient partie des Forces spéciales dans la Navy, dit-elle.

— Punaise. Ces gars-là ne veulent jamais faire confiance à d'autres gens qu'eux-mêmes.

Elle rit.

— C'est assez juste. Et n'oublie pas. Ce genre d'enquête, c'est leur travail. Ils savent probablement déjà beaucoup plus que ce que tu trouveras dans la base de données. Mais, si Freddie se pointe, j'aimerais que tu me le dises. Je ne pourrais pas réouvrir une de mes anciennes affaires, mais je suis presque sûre qu'il a causé un accident de la route qui a tué un couple de personnes âgées.

— Est-il déjà recherché pour meurtre ?

— Mon chef a classé l'affaire en déclarant que c'était un accident. Mais Jager a trouvé de la peinture noire sur le pare-chocs arrière et nous avons trouvé le véhicule correspondant à cette peinture. Il appartient à un des types partageant une maison avec quatre autres personnes, y compris Freddie à qui il l'aurait prêté. En revenant, le pare-chocs avant noir était enfoncé.

Son frère se mit à jurer.

— Je ne mettrai pas les fédéraux sur cette affaire.

— Ce n'est pas ce que je t'ai demandé.

— Je vais devoir les informer si je le vois franchir les limites.

— Eh bien, si tu le vois, tu ne peux pas t'assurer qu'il ait franchi les limites, si ?

Puis elle raccrocha et se tourna vers Jager.

— Il va parler à Kat et Badger demain. Il était au courant pour la fusillade devant chez Kat. Apparemment, il y aurait eu d'autres dégâts derrière.

Jager hocha la tête.

— Je n'étais pas là, alors je n'y ai pas pris part, mais j'en ai entendu parler.

— On dirait que vous savez comment vous amuser les gars.

Cette phrase provoqua un regard étrange dans ses yeux.

Elle le regarda.

— Quoi ?

Il haussa les épaules.

— Ça fait très longtemps que je ne me suis pas amusé.

— Quand nous aurons le fin mot de cette histoire, vous devriez faire un grand barbecue. Tout le monde pourrait se réunir autour d'une table, décapsuler une bière et se détendre pour la première fois depuis longtemps.

— Quand nous avons commencé tout ça, c'était pour venger la mort de notre ami, lui dit Jager. Et maintenant, nous en sommes à chercher qui était réellement Mouse. Et chaque nouvelle information a l'effet d'une bombe, pourtant nous sommes toujours aussi loin de la vérité.

— Mais si, vous avancez. Vous vous en approchez pas à pas. Vous avez presque coincé cet homme.

Il hocha la tête.

— Mais vous savez bien que *presque* ne signifie rien.

— Bon, je suis entrée dans la base de données. J'ai entré le nom de Freddie mais je n'ai absolument rien trouvé sur lui. Elle attrapa un bloc-notes et un stylo sur lequel elle nota le nom de l'hôtel.

— Je devrais pouvoir trouver quels étaient ses jours de congés.

Elle composa le numéro de l'hôtel et s'adressa à la réceptionniste. Cette dernière se montra bien plus coopérative après avoir compris à qui elle avait affaire. À la fin de l'appel, elle avait noté ses jours de congé des deux derniers mois. Ils lui enverraient ses plannings horaires des deux dernières années par e-mail. Ils ne les gardaient pas plus longtemps.

Elle observa Jager.

— Ils ont conservé ses horaires des deux dernières années dans leur calendrier virtuel.

Il la regarda l'air surpris.

— Serait-il possible d'en obtenir une copie ?

Elle hocha la tête.

— Ils me les envoient. Mais ce que je peux déjà vous dire, c'est qu'il est parti pour quelques jours la semaine dernière. Il ne leur a pas indiqué où il se rendait, seulement qu'il prenait quatre jours de congé pour se rendre quelque part.

— Quand exactement ?

Elle relut les dates. Jager les nota sur son carnet, ouvrit le calendrier de son téléphone et composa un numéro.

— Geir, tu confirmes bien que nous étions en Californie de mardi à vendredi, n'est-ce pas ?

Geir confirma.

— Pourquoi ?

— Parce que l'ordure que je suis venue chercher à Vail s'est absentée de son travail durant ces quatre jours.

— Tu penses donc qu'il aurait fait un rapide passage en Californie ?

— Oui. Pourrais-tu appeler les compagnies aériennes pour voir si tu peux trouver une preuve ?

— Je m'en occupe.

Puis il raccrocha.

Allison le fixa du regard.

— Est-ce aussi facile pour vous et vos amis d'obtenir des informations ? Comme savoir si une personne a réservé un vol, où et quand ?

Il haussa les épaules.

— Je ne sais pas si c'est réellement facile. Mais nous avons accès à certaines de ces informations, dit-il en lui lançant un regard. Vous devez sûrement aussi y avoir accès. Voulez-vous savoir quel vol Freddie a pris, à quelle destination et à quelle date ?

Elle hocha la tête.

— Ça, je peux le savoir. J'en ai déjà trouvé deux. Un à destination du Texas et l'autre pour la Norvège quelques mois plus tôt.

Le visage sombre, il lui demanda :

— Donnez-moi les détails si c'est possible. Des captures d'écran seraient parfaites.

Elle prit plusieurs captures d'écran qu'elle lui envoya après lui avoir demandé son adresse e-mail.

— Pourriez-vous vérifier si vous trouvez quelque chose d'autre à son nom durant les deux dernières années ? Et pourriez-vous aussi vérifier d'autres noms ?

— Quels noms ?

— D'abord, Mickey Mouse O'Connor.

Elle le regarda d'un air surpris.

Il haussa les épaules.

— Ne posez pas de questions, s'il vous plaît.

Ses doigts parcoururent le clavier alors qu'elle entra la recherche dans la base de données avant de secouer la tête.

— Je n'ai rien trouvé de plus sur Freddie ces deux dernières années. Et rien non plus au nom de Mickey Mouse.

— D'accord, très bien. Et si vous essayez Ryan Hanson ? Y a-t-il quelque chose à ce nom ?

Elle cliqua sur l'écran et s'exclama :

— Bingo.

IL LA FIXA du regard.

— Qui est-ce ? demanda-t-elle d'un ton curieux.

— Le faux nom de Mouse, notre ami et partenaire ayant

perdu la vie dans l'accident.

— Ce Freddie est donc réellement relié à cette histoire, n'est-ce pas ?

Jager hocha la tête.

— On dirait bien que oui. Mais nous devons absolument surveiller le nom d'Hanson en plus de celui de Freddie.

— Freddie aurait-il pu voler l'identité de Mouse ? Ou alors ferait-il tout ceci pour le venger ?

Son ton sonnait à la fois fasciné et horrifié.

— Il est aussi possible qu'ils aient travaillé ensemble avant la mort de Mouse… Si Mouse savait comment se procurer une nouvelle carte d'identité et une nouvelle vie, alors peut-être que Freddie savait aussi le faire.

— Freddie doit sûrement aussi savoir que le vrai nom de Mouse était Mickey Mouse O'Connor avant qu'il vole l'identité d'Hanson.

Elle hocha la tête.

— Mais Freddie pourrait voyager beaucoup plus facilement à travers le monde avec deux cartes d'identité.

— Et honnêtement, s'il a déjà deux cartes d'identité, alors il pourrait facilement s'en procurer une troisième.

— Vouliez-vous vérifier d'autres noms ?

Il réfléchit quelques secondes.

— Pourriez-vous chercher à Reginald Henderson ?

— Bien sûr. Venez-vous juste de pondre ce nom ?

Il rit.

— Non, il y a une bonne raison pour chacun de ces noms.

Elle cliqua plusieurs fois avant de lever les yeux.

— Parce que si c'était simplement une supposition alors vous avez un don pour deviner les choses.

Il se pencha en avant.

— Vraiment ?

— Mais gardez en tête que ce nom est assez commun.

Il hocha la tête.

— Y a-t-il des informations ?

Jager sentit une vague d'excitation monter en lui. Ça y est, la chasse était lancée. Maintenant, ils trouvaient enfin les pièces dont ils avaient besoin. Il se leva et fit les cent pas.

— Ce qui veut dire que Poppy, alias Reginald Henderson, est venu ici pour rendre visite à Freddie, alias Ryan.

— Étaient-ils amis ?

— Ils avaient un ami en commun. *Mouse.* Mais pendant que Poppy était ici, il a soit donné à Freddie une pièce d'identité, ou même plusieurs. Ou bien Freddie aurait volé et copié celle de Poppy. Mais il y avait un grand décalage d'âge entre eux.

— Oui. Mais il est facile de se grimer.

Il l'observa.

— Vous voulez dire qu'un homme de trente ans peut paraître en avoir soixante ?

Elle hocha la tête.

— Il peut très bien porter une perruque, du maquillage et que sais-je ? Ils ont peut-être réussi à changer la photo sur la pièce d'identité. Parfois, il suffit d'assombrir les cheveux sur une photo pour paraître plus jeune.

— S'il voyage au sein des États-Unis, il n'a pas besoin d'un passeport. Il lui faut simplement un permis de conduire. Et on peut facilement changer les photos sur les permis.

Elle hocha lentement la tête.

— Il a utilisé son propre nom pour voyager en Norvège.

— Exactement.

— Wahou, c'est fou.

— Je n'aurais peut-être pas utilisé ce mot mais, ce qui est sûr, c'est que nous avançons. Et, évidemment, nous trouverons les réponses à Santa Fe.

Il se balança en ouvrant et serrant les poings alors qu'il tentait d'ordonner le chaos dans sa tête.

— J'ai une photo de Freddie, c'est l'un de ses colocataires qui me l'a donné. Je vais la scanner et l'envoyer à mes amis. Pour l'instant, je peux simplement la prendre en photo avec mon téléphone mais la qualité est déjà basse.

— Nous pourrons le faire au bureau si vous le souhaitez.

Il hocha la tête.

— J'ai peur de le faire demain. Attendre une nuit de plus, c'est aussi mettre mon ami en danger une nuit de plus.

Elle ouvrit son dossier de personnes disparues et afficha la photo digitale. Puis, elle tourna son ordinateur vers lui.

— Est-ce utile ?

Il se leva et sortit un bout de papier de sa poche qu'il déplia. Visiblement, il s'agissait du même homme sur cette photo et celle qui se trouvait sur le mur de chez lui.

— Ils se ressemblent. Je dois appeler l'équipe.

— J'imagine que je dois donc me rendre au poste. Nous pourrons y imprimer cette image.

— Pouvez-vous me l'envoyer par e-mail ? Je la transférerai aux autres.

Elle hocha la tête avant de s'exécuter.

Jager appuya sur son deuxième contact dans la liste des favoris et appela Erick.

— Les pièces du puzzle s'assemblent rapidement.

— Très bonne nouvelle, répondit Erick. J'en ai plus qu'assez de ce merdier.

— Vous devez surveiller vos arrières cette nuit. Je vais

essayer de rentrer demain, mais il sera sûrement tard. Je dois m'occuper d'une dernière chose pendant que je suis ici.

— Serait-ce en rapport avec cette intrigante Allison ?

Jager secoua la tête.

— Ce n'est pas tes affaires.

Erick rit.

— Emmène-la avec toi.

— Non, je ne pense pas pouvoir faire ça.

— Mais bien sûr. Ce n'est pas comme si nous n'avions pas déjà entendu ça, hein ?

Jager leva les yeux au ciel, parce qu'évidemment, ils avaient vu le même cas se produire pour leurs amis.

— Je t'envoie une photo de Freddie Brown. Il voyage sous le nom de Ryan Hanson, sans compter qu'il utilise aussi le nom de Poppy, Reginald Handerson.

— Quoi ?

— Oui, nous avons vu des vols à ce nom. Mais peut-être que Poppy est venu lui rendre visite ici. Je n'en sais rien. Mais il y a de grandes chances que Freddie utilise également cette pièce d'identité pour voyager où il veut.

— Penses-tu qu'il était en couple avec Poppy ? Ou alors qu'ils avaient simplement un ami en commun ? Mouse semblait attirer des amis très fidèles, dit Erick. Regarde Minx et nous.

Jager regarda dans le vide.

— Oui, n'est-ce pas ? Mais ça ne change rien. Fais des recherches sur tout ce que tu peux trouver à ces noms correspondant aux voyages aux moments où les accidents de nos familles se sont déroulés. Et fais attention. Freddie Brown est déjà à Santa Fe. Il est déjà à votre poursuite. Je t'envoie la photo. Assure-toi de la communiquer aux autres. Si on croit une de ses ex-petites amies, il est à la recherche d'un badge. Il s'est également absenté pour faire des recherches sur une certaine guerre, alias les amis et la famille de Geir. Et s'il pourchasse l'un d'entre nous, alors il nous pourchasse tous.

— J'ai compris, répondit Erick d'un ton sombre. Je pense que nous allons tous nous réunir et surveiller nos arrières.

— Tu devrais dormir chez Badger ce soir. Il est toujours alité et il ne peut pas encore vraiment se battre. Tu sais très bien qu'il lui botterait les fesses et se ferait mal pour protéger Kat.

— Nous le ferions tous, répondit Erick. Maintenant, nous avons tous quelqu'un à protéger.

— Nous regrouper serait la meilleure option pour rester en sécurité. Comme je te l'ai déjà dit, réunis tout le monde au même endroit.

— Badger risque de ne pas apprécier, répondit Erick en riant.

— Alors, ramène de la bière et des pizzas. Tu sais très bien que ça le fera craquer. À la minute où tu lui expliqueras la situation, il sera d'accord.

— Sa maison est aussi la plus grande, ajouta Erick. Je ne sais pas s'il a la place pour nous tous, mais nous allons nous arranger. Fais attention à toi. Et assure-toi de ramener ta fraise aussi vite que possible.

Erick raccrocha.

Jager se dirigea vers le canapé où il s'assit près d'Allison.

— Il me faudrait deux ou trois choses. Il faudrait que je parle à votre commandant et aussi à quelqu'un d'autre.

Elle le regarda en fronçant les sourcils.

Il haussa les épaules et secoua la tête.

— Vous ne pouvez pas refuser.

— Il est vingt et une heures trente.

— C'est vrai. Trop tard donc ?

Elle haussa les épaules.

— Je pense, oui.

Il se leva de nouveau.

— Je vais retourner à l'hôtel pour dormir un peu. Je pourrais peut-être me rendre au poste de police tôt demain matin.

— Mon chef ne sera pas là avant huit heures, peut-être même neuf heures, dit-elle.

Il fronça les sourcils.

— Où va-t-il le soir ?

— Au pub. Roger et lui y vont ensemble.

Il la regarda.

— Voulez-vous m'accompagner au pub ?

Elle le fixa du regard.

— Qu'avez-vous en tête ?

Il haussa les épaules.

— Je ne tolère pas l'injustice.

Se demandant où tout cela la mènerait elle lui répondit :

— J'ai de grande chance de me faire virer au pub.

— Qu'est-ce que ça change que ce soit au pub ou demain matin au poste ? Et, s'il vous vire sans une bonne raison…

Elle hocha la tête.

— Je pense qu'il me pousse à démissionner depuis un bon moment. Mais je n'ai pas cédé.

Il rit.

— Mais vous n'avez toujours pas à le faire.

— Je veux vraiment connaître le fin mot de l'histoire, dit-elle. Je n'arrive pas à croire qu'un gamin que l'on prenait pour un fêtard soit en réalité un tueur en série.

— Un tueur en série très talentueux, qui plus est. La vérité explosera à Santa Fe et j'aimerais y être. Si je peux partir demain matin alors je le ferai.

Elle grimaça.

— Vous pouvez venir avec moi si vous voulez. Mais je pense qu'il serait mieux que vous me rejoigniez dans quelques jours, quand le pire sera passé.

Elle lui lança un regard noir.

— C'était quoi ça ? Ça veut dire que je dois rester là où tout va bien et où il n'y a pas de danger pendant que vous, vous pouvez y aller et jouer au héros ?

Il la regarda d'un air surpris.

— Non. C'est vous qui portez un flingue, pas moi.

Elle éclata alors de rire.

— N'est-ce pas la vérité ?

Elle se leva.

— D'accord pour le pub. Si je me fais licencier, je préfère que ce soit fait tout de suite.

— Et s'il le fait vraiment ?

— Je porterais sûrement plainte et le forcerais sûrement à se justifier auprès des médias.

— Pour ?

— Pour Roger d'abord. Son comportement n'est pas acceptable, peu importe qui est son ami.

— Était-ce la première fois qu'il vous menaçait ?

Elle hocha la tête.

— Il m'a déjà hurlé dessus plusieurs fois, m'a aussi mise en garde. Mais jamais rien d'aussi direct que cette fois-ci.

— C'est inadmissible.

Elle rit.

— Vous êtes un dinosaure dans le monde moderne, vous savez ?

Il passa son bras sous le sien.

— Votre voiture ou la mienne ?

— La mienne, comme ça c'est moins officiel.

Elle hocha la tête.

Ils sortirent. Il déverrouilla son pick-up et l'aida à monter à bord.

— Et je ne suis pas un dinosaure, dit-il doucement. Vous fréquentez simplement les mauvaises personnes.

Surprise, elle l'observa dans la pénombre de l'habitacle.

— Que voulez-vous dire ?

— Mon unité croit en l'honneur, l'intégrité et la monogamie. Ce sont nos trois règles de vie. Nous ne frappons pas des femmes sous prétexte que nous avons passé une mauvaise journée. Nous ne trichons et ne volons pas sous prétexte que quelqu'un possède ce que nous voulons. Nous savons défendre ce qui nous appartient et nous le protégeons coûte que coûte, mais le tout en restant honnête. Jamais je n'arriverai à mes fins en prenant un raccourci ou en payant quelqu'un pour y arriver.

— Sauf pour Mouse ?

Il poussa un grand soupir de tristesse avant de hocher la tête et de répondre.

— Sauf pour Mouse.

CHAPITRE 8

ILS SE RENDIRENT au pub en silence. Au fond d'elle, elle sentait son estomac se nouer. Allait-elle se faire licencier ? Elle ne savait même pas pourquoi. Son commandant et elle avait sûrement dû se disputer à propos de Roger et Margery, et l'attitude de son chef laissait plus qu'à désirer. Mais Allison connaissait beaucoup d'hommes qui se comportaient de la sorte envers les femmes. « Si elles se laissent frapper, c'est sûrement parce qu'elles aiment ça ». Comment était-ce possible ? Elle ne comprenait pas, parce qu'aucune femme au monde n'aimait ça. Mais on ne pouvait pas changer les gens, même s'il était déplorable de voir que cette attitude macho existait toujours.

Ils entendirent de la musique et des rires alors qu'ils s'approchèrent de l'entrée. Elle sourit et dit à Jager :

— Ce pub a toujours eu du succès.

Il passa un bras autour de ses épaules et la tira contre lui de façon à se faufiler dans la foule.

— On dirait bien que nous ne trouverons pas de table.

Elle hocha la tête.

— Nous pouvons nous asseoir au bar si vous voulez.

Il jeta un coup d'œil en direction du bar et y vit une place. Il lui prit délicatement la main et lui ouvrit le passage alors qu'il la guida vers les tabourets libres.

Elle lui lança un regard.

— Comment avez-vous fait ?

Il lui adressa un regard neutre.

Elle renifla.

— Vous devez m'apprendre cette astuce pour séparer la mer rouge.

— Quelle astuce ?

— Tout le monde ici s'est écarté de votre passage.

Il lui lança un regard en coin.

— Très bien.

Elle rit.

— Vraiment, vous devriez m'apprendre.

— Vous venez de me voir le faire.

Elle secoua la tête et se faufila jusqu'au bar.

Le barman les regarda et Jager lui tendit deux doigts avant de désigner le tonneau de bière. Le barman hocha la tête et remplit deux verres qu'il fit ensuite glisser sur le long comptoir en verre.

Elle sourit.

— Comment avez-vous deviné que j'aimais la bière ?

— Je ne sais pas, dit-il avec un sourire malicieux. Je boirais les deux verres si vous ne voulez pas du vôtre. Je peux vous commander autre chose.

Elle éclata de rire.

— Donc c'est comme ça que ça marche, c'est votre excuse pour boire deux verres.

— Vous pouvez aussi en boire deux, dit-il.

— Mais ça voudrait peut-être dire que vous essayeriez de me saouler. Impossible.

Il lui lança un regard, se pencha près d'elle et chuchota dans son oreille :

— Seriez-vous en train de me draguer ?

Elle sentit une vague instantanée de chaleur lui monter

aux joues. Il posa alors délicatement un doigt sur sa joue et suivit sa peau rosée.

Elle secoua la tête et lui lança un regard irrité.

— Ce n'est pas gentil d'embarrasser une dame.

— Vous ai-je embarrassé ? Je pensais plutôt dire la vérité. Je suis plutôt du genre direct.

Elle éclata de rire.

— Vous êtes tout sauf direct.

Il la regarda d'un air surpris et lui demanda :

— Vraiment ?

Elle rit de nouveau.

— Oui. Vous êtes mystérieux, comme les fonds marins.

Il secoua la tête.

— C'est bien trop sophistiqué.

— D'accord. Vous êtes la pénombre nocturne du monde des ombres. Vous vous déplacez souvent dans l'ombre et vous n'en sortez que quand ça vous arrange. Vous êtes à l'aise dans la pénombre, beaucoup moins dans la lumière. Vous êtes vous-même, bien dans votre peau. Et cette peau a dû changer, s'adapter. Vous n'avez peut-être plus la même apparence que ces dernières années, mais vous vous y êtes habitué. Et si les autres n'y parviennent pas, alors vous vous en moquez parce que vous direz que c'est leur problème, dit-elle avant de plisser les yeux. Ne me regardez pas avec ces yeux brillants.

Surpris, il écarquilla les yeux et l'observa.

— Mes yeux brillants ? demanda-t-il. Vous voulez plutôt dire mes yeux sombres et plissés ? fit-il justement remarquer.

Elle prit sa bière et avala une grosse gorgée. Il la regarda alors que la mousse se déposa au-dessus de la courbe de ses lèvres. Elle les lécha et fit disparaître sa moustache blanche avant de rire.

— Vous feriez mieux de faire attention, on dirait bien que vous allez vous attirer des ennuis.

— Quel genre d'ennuis ?

Elle se pencha vers lui.

— Seriez-vous en train de me draguer ?

Il rit. Puis ses rires se transformèrent rapidement en fou rire. Et même si le bar était bruyant, plusieurs personnes se tournèrent vers lui pour écouter les éclats de rire rauques, presque brumeux, de cet homme qui semblait avoir oublié que son corps pouvait produire des éclats de rire aussi bruyants. Après avoir repris le contrôle, il la regarda.

— Merci. J'en avais besoin.

— Votre rire sonnait très rouillé, comme si vous n'aviez pas beaucoup ri durant ces dernières années.

— Non, effectivement je n'ai pas ri, surtout ces six derniers mois.

Elle hocha la tête.

— Trinquons au tournant dans votre vie, dit-elle en levant son verre.

— Trinquons au tournant dans *votre* vie.

Il indiqua de la tête la table du fond où Roger et le commandant buvaient une bière.

Elle se tourna vers eux alors que les deux hommes levèrent la tête et affichèrent le même froncement de sourcils. Elle soupira.

— Je n'ai pas besoin de leur parler, n'est-ce pas ?

— Pourquoi le feriez-vous ? demanda-t-il. Vous êtes ici avec moi, pas avec eux.

Il rit.

— Et vous valez bien eux deux à vous tout seul.

Il la regarda d'un air horrifié.

— Seulement eux deux ? Chacun d'entre eux fait deux

fois ma taille.

Elle secoua la tête et fit le rapport.

— Seulement en termes de corpulence. Mais en ce qui concerne votre virilité, vous valez bien le double de chacun d'eux.

— Vous me flattez, murmura-t-il.

— Exactement.

Puis, il rit de nouveau. Ils dégustèrent leur bière alors qu'ils discutèrent de l'heure à laquelle il pourrait décoller le lendemain matin.

— Vouliez-vous faire quelque chose à propos du rapport d'accident de vos parents ? demanda-t-elle.

Il hocha la tête.

— C'est de ça que je dois discuter avec votre chef.

— Alors vous devez le faire de façon officielle, demain matin. N'en parlez pas ce soir. Il déteste que l'on perturbe ses soirées ou sa vie privée.

— D'un côté, je comprends, mais s'il faisait son métier correctement, je n'aurais pas à le faire. Je vais également embaucher un conducteur de grue pour sortir le camping-car du ravin. Je n'ai pas pu assister aux obsèques de mes parents et je n'ai pas pu être présent pour eux au moment de l'accident, dit-il doucement. Mais je ne dois pas laisser le véhicule à l'origine de leur perte, cabossé et couvert de leur sang dans ce ravin.

Elle hocha la tête.

— Que voulez-vous en faire ?

— Probablement le faire remorquer à la casse. Le recycler. M'assurer que personne ne se blesse en montant dessus.

— Il y a peut-être des affaires personnelles à l'intérieur.

— Oui. Mais rien dont j'ai besoin. Après six mois, rien ne vaut la peine d'être récupéré. J'ai le plus important, les souvenirs. J'ai aussi la certitude que ma mère m'aimait et ça vaut tout l'or du monde.

IL SE DEMANDA s'ils allaient se décider à venir vers eux. Il connaissait la mentalité des hommes comme Roger. Mais le commandant devait sûrement cacher plus derrière son tempérament explosif et le reste. Ils commandèrent deux bières de plus. Il était heureux qu'Allison profite de sa soirée à ses côtés. Ils partagèrent un bon moment.

Il se demanda alors ce qui la convaincrait de venir au Nouveau-Mexique. Mais il se passait tellement de choses au sein de son unité qu'il se sentait coupable de rester au bar. Il devrait mener sa partie de l'enquête. Il pourrait se rendre au poste pour discuter avec l'officier de garde, mais c'était comme discuter avec un portier de nuit plutôt que le directeur de l'hôtel. Et il refusait de faire ça.

Son téléphone sonna. Il le sortit de poche et lut le message que lui avait envoyé Erick.

Tout est en place. Nous sommes tous en sécurité pour la nuit. Fais attention à toi.

Il posa le téléphone sur le comptoir face à lui en pensant au message.

— Y a-t-il un problème ? demanda Allison en se penchant près de lui.

Il tourna la tête et la trouva tout près de lui. Il déposa un baiser sur tempe et chuchota :

— Non, tout va bien.

Elle le cherchait du regard.

Avait-elle regardé le téléphone avant de le regarder dans les yeux ?

— En êtes-vous sûr ?

Il hocha la tête.

— Ils sont tous à l'abri pour la nuit. Ils me demandent de faire attention.

Au même moment, quelqu'un lui agrippa l'épaule et le poussa à se retourner. Il sentit ses muscles hurler d'indignation. Il se leva de façon si fluide que n'importe qui n'aurait pas remarqué l'uppercut qu'il lança sous le sternum de cet homme, juste à côté de l'os qu'il aurait brisé s'il avait loupé la partie du visage qu'il visait. L'homme se pencha alors en avant en poussant un soupir de douleur.

Jager sourit et lui demanda :

— Que voulez-vous ?

Le commandant se tenait derrière Roger, confus par la scène à laquelle il venait d'assister. Et c'était une bonne chose. Jager aimait cette situation. Il releva aussi l'expression d'Allison. Elle avait remarqué le geste de Roger.

Roger se redressa.

— J'aimerais vous parler, dehors.

— Absolument, répondit Jager en souriant. Dès que j'aurais fini ma bière.

— Vous avez déjà fini, dit-il en ricanant.

Jager fit glisser son regard de Roger vers le policier derrière lui.

— Est-ce aussi votre avis commandant ? demanda Jager d'un ton calme tout en espérant véhiculer le bon message.

En d'autres mots, si le commandant se rangeait du côté de Roger, Jager s'assurerait de le lui faire payer.

Le commandant observa autour de lui d'un air nerveux. Ils commençaient à attirer l'attention.

— Eh, Roger. Ce n'est pas le moment.

Roger repoussa la main que son ami venait de poser sur

son épaule.

— Cet enfoiré vient de me frapper.

— J'ai dit que *ce n'était pas le moment*, rétorqua le commandant.

Roger repoussa une nouvelle fois sa main.

— Alors, va-t'en, si tu ne veux pas t'attirer des ennuis.

Allison se leva et leur dit :

— Laissez-moi résumer la situation. C'était une attaque de deux hommes contre un. Et vous, mon chef refuse de donner votre accord mais vous y participiez tout de même ? dit-elle en faisant signe aux spectateurs fascinés.

Jager admirait son ton calme et curieux.

Le commandant se contenta de lui lancer un regard noir, bouche bée.

— À votre place, je ferais attention à ce que je m'apprête à dire devant tous ces témoins, lui dit-elle en garde d'un ton sévère.

Déstabilisé par son assurance, le commandant ferma la bouche avant de répondre :

— De quoi parlez-vous ?

— Je viens juste de déposer une plainte, contre vous évidemment, contre votre comportement, contre la façon dont vous venez de traiter mon ami juste ici. Et aussi à propos d'une affaire que vous avez classée, qui en réalité était un meurtre.

Jager la fixa du regard d'un air surpris. Mais il remarqua son petit sourire et se rendit compte qu'elle venait de tout déballer sans lui en avoir parlé.

— Vous voyez, ça fait un moment que je vous observe, poursuivit-elle. Que je vois comment vous traitez les autres, les affaires que vous choisissez de suivre et de classer, ainsi que l'argent qui disparaît à votre gré.

Il secoua la tête.

— Mais de quoi parlez-vous ? Vous semblez bien trop sûre de vous. Je vous ai donné un travail quand personne ne l'aurait fait.

— Ce n'est pas vraiment ce qu'il s'est passé. Mon mari et moi avons tous les deux étés muté ici. Et ça n'avait rien à voir avec vous. C'est votre patron qui nous a embauchés. Et d'ailleurs, je l'ai appelé pour l'avertir de la situation.

Jager ignorait si elle bluffait ou non. Mais il espérait que ce ne serait pas le cas. Il espérait qu'elle avait fait exactement ce qu'elle venait de dire car c'était énorme. Cela voudrait dire qu'elle avait pris en main son futur. Et il le respecterait beaucoup. Même s'il éprouvait déjà beaucoup de respect pour elle. C'était une femme incroyable.

Le commandant, de son côté, la fixait du regard, sa fureur à peine dissimulée. Il tendit une main et Jager saisit la deuxième en exerçant un point de pression entre les os de son poignet. Le commandant devint alors blanc comme un linge. Jager le relâcha.

— Désolé, je croyais que vous étiez en train de tomber.

Le commandant le fixa du regard et lui dit d'un ton bas :

— Était-ce une menace ? Une attaque ?

Jager se leva.

— Non, pas du tout. Mais si vous pensez qu'intimider cette femme vous mènera quelque part, alors vous feriez mieux d'y penser à deux fois. Donc soit vous et votre petit con d'ami sortez d'ici, soit vous en subirez les conséquences. Et oui aussi, j'ai des amis, beaucoup d'amis, et ils sont bien plus haut placés que vous.

Le visage de l'homme se referma. Il se retourna et s'éloigna d'une démarche crispée en appelant son ami :

— Roger, on s'en va, *tout de suite !*

Roger jura et le suivit alors qu'ils quittèrent le bar.

Jager se tourna vers Allison.

— Alors ? Pensez-vous qu'ils se calmeront ?

Elle secoua la tête.

— Oh que non.

CHAPITRE 9

ALLISON SE TENAIT près de Jager alors qu'ils sortirent du bar. Instinctivement, elle savait que son chef l'attendrait dehors. S'il était intelligent, il serait rentré chez lui. Mais après la petite intervention de Jager, elle suspectait son ego d'être incapable de subir cet affront. Il dirigeait une équipe assez nombreuse et la plupart de ses hommes le respectaient. En tant que l'une des deux femmes du service, elle en particulier, en avait assez de ses foutaises.

Elle pensait honnêtement avoir donné le meilleur d'elle-même au travail. Elle avait traversé une période difficile après la mort de son mari, mais elle s'était présentée tous les jours au bureau et accomplissait son travail. Son chef ne semblait pas considérer que sa place était ici et ceci la démoralisait.

Jager posa sa main sur ses reins alors qu'ils avancèrent.

— Où allons-nous ? demanda-t-elle.

— À la voiture, répondit-il à voix basse. Préparez-vous à agir vite.

— Que voulez-vous que je fasse ?

— Rien du tout, dit-il d'un ton presque joyeux. Ça fait des années que je n'ai pas participé à une bonne baston.

Elle se tourna légèrement vers lui en lui adressant un regard inquisiteur.

Il baissa les yeux vers elle et lui sourit.

— Les hommes resteront toujours des hommes, ce qui

veut dire qu'il existe des garçons, et des garçons plus grands.

Elle rit.

— J'avais remarqué.

— Très bien. Alors quand nous arriverons à la voiture, vous entrerez et me laisserez me charger d'eux.

— Les deux hommes ?

Au fond d'elle, elle savait que ce n'était pas une bonne idée. Elle était officière de police. Elle était censée le protéger. Et elle avait quelques talents, mais elle n'avait pas son arme sur elle, pas quand elle n'était pas en service. En même temps, elle le pensait capable de se débrouiller sans arme, peu importe la situation.

— Où avez-vous appris vos techniques ?

— Où à votre avis ? L'armée nous entraîne bien. C'est vos impôts qui paient tout ça.

— Bon, pour une fois je ne me plaindrais pas que nos impôts finissent dans des choses inutiles, mais, le met-elle en garde, je ne suis pas non plus du genre demoiselle en détresse.

Il rit d'une voix douce et pourtant si masculine, surtout lorsqu'il s'approchait de son oreille. Elle lui adressa un regard.

— Où pensez-vous que l'attaque aura lieu ?

Elle ne put s'empêcher d'analyser les alentours. Ils avaient déjà dépassé l'endroit où elle s'attendait à les voir les attaquer.

— Juste en face, dit-il doucement. Je vois un pied dépasser.

Surprise, elle observa devant elle alors que la lumière était très basse et il avait raison, une botte à peine visible dépassait du coin du bâtiment.

— Waouh, s'exclama-t-elle.

Il hocha la tête.

— Mais pendant que nous sommes distraits par la présence de l'un d'entre eux, je soupçonne le deuxième de surgir de nulle part, dit-il d'une voix très basse et pourtant très claire.

Elle sourit.

— Vous êtes doué.

— Non, murmura-t-il, je suis *très* doué.

Puis il disparut soudainement.

Elle continua d'avancer vers le pick-up en face d'elle. Il déverrouilla le véhicule et, au moment où elle atteignît la porte côté passager, elle entendit un bruit de pas sur le trottoir. Elle se baissa et se jeta sur sa gauche alors qu'elle entendit son chef rugir. Elle l'immobilisa avant de lui demander :

— Vraiment ? Que comptez-vous faire ?

— Vous apprendre une leçon. Comment ça, vous avez osé parler au chef pour vous plaindre de moi ?

Elle haussa les épaules.

— Si je ne vous connaissais pas, je dirais que vous agissez sous le coup de la peur. Vous pouvez peut-être gagner un peu de respect de la part de votre équipe, mais il est certain que personne d'autre ne peut vous en montrer.

— *De vous*, vous voulez dire, parce que je ne vous considère pas comme un membre de l'équipe. Il voulait engager votre mari. Vous étiez juste un parasite que nous devions accepter pour le convaincre. C'était sa condition.

Surprise, elle le fixa du regard.

— Quoi ?

Il hocha la tête.

— Vous ne pensiez tout de même pas que quelqu'un voulait vraiment de vous ici ?

Cette seconde attaque verbale faillit la mettre à terre car elle essayait toujours de digérer la douleur que sa première phrase avait provoquée.

— Houla. Attendez une minute. Qu'est-ce que vous racontez ?

— Punaise, êtes-vous complètement débile ? demanda-t-il en ricanant. Je suis ravi que ce subterfuge soit enfin fini. Tout le monde devrait savoir que vous êtes bête comme un manche à balai.

Elle le fixa du regard.

— Qu'avez-vous dit à propos de Tony ?

— Tony a passé un entretien avec nous. Nous le voulions vraiment dans notre équipe. Mais il a répondu qu'il ne viendrait pas à moins que nous vous engagions aussi. À l'époque, nous avions deux postes vacants, alors le chef avait trouvé cette idée géniale. Je m'y suis opposé. Pas tant parce que vous êtes une femme, mais parce qu'en tant que partenaire méprisée vous êtes également devenue une officière de police méprisée.

— Mais qu'est-ce que vous racontez ? Tony ne m'a jamais méprisée.

— Bien sûr que si. Tony se moquait tout le temps de vous.

— Il se moquait peut-être de moi, mais il m'aimait et il me respectait.

— Ça, c'est ce que vous pensez. Mais vous n'entendiez pas ce qu'il racontait sur vous.

Elle espérait que son chef lui racontait tout ça simplement pour l'énerver. Parce que s'il y avait bien une chose dont elle était sûre, c'était que Tony l'aimait. Et elle l'aimait en retour. Sa mort l'avait dévastée.

— Vous mentez, dit-elle d'un ton assuré. Vous faites

tout pour me mettre en colère, pour me faire du mal.

Il rit.

— Vous pensez si bien me connaître.

Elle hocha la tête.

— En effet. Un petit garçon dans un corps d'homme. Un gamin qui essaye de se comporter comme un adulte, fou de rage lorsqu'il n'arrive pas à obtenir tout ce qu'il veut.

Il s'avança vers elle, alors que la furie s'empara de son visage.

Elle hocha la tête.

— Vous voyez ? Exactement comme ça. Comme Roger. Vous êtes incapables de communiquer autrement qu'avec vos poings.

— Foutaise. Je n'ai rien à voir avec cette ordure.

Elle rit.

— L'ordure qui se tient juste derrière vous ?

Le commandant se retourna, Roger lui faisait alors face, le regard noir.

— Est-ce vraiment ce que tu penses de moi ? cracha Roger.

Allison rit.

— Et voilà. Partenaires et voleurs, à vous deux, vous formez la paire, dit-elle avant de regarder Roger. Qu'avez-vous fait de Jager ?

Il ricana à son tour.

— Vous aimeriez le savoir ?

— Non, je soupçonne fortement que ce serait plutôt vous qui aimeriez le savoir.

Il lui lança un regard confus.

Elle soupira.

— Si vous pensez qu'il en a fini avec vous, alors vous vous trompez.

— Et qu'est-ce que ça peut lui faire ?

Elle rit.

— Sérieusement ? Vous vous demandez pourquoi un vrai homme aurait un problème avec une brute ?

Il secoua la tête.

— Je ne suis pas une brute.

— Oh que si, vous l'êtes, dit-elle de façon claire et distincte.

Son chef rit.

— C'est ce que tu fais de mieux.

Roger haussa les épaules, ce titre semblait lui convenir.

— Quel est le problème Roger ? demanda Allison. N'avez-vous pas compris que c'était ce que vous étiez ? Ne comprenez-vous pas que les gens vous voient de la sorte ? Ne voyez-vous pas le peu de valeur que vous avez, tout ce que vous avez fait pour mériter ce statut péjoratif ?

Il se contenta de lui lancer un regard noir alors qu'il était furieux.

Elle observa autour d'elle, mais aucun signe de Jager.

— Votre nouveau petit ami vous a laissé tomber, lui dit son chef. À quoi vous attendiez-vous ? Tout le monde vient ici pour un petit séjour. Ils se lassent très vite.

Elle se contenta de sourire alors qu'il la bombardait d'insultes.

— Si vous le dites. Évidemment, c'est votre propre expérience.

Elle le piqua volontairement sur son manque de vie sentimentale.

— Évidemment, vous devez sûrement frapper les femmes de la même façon que votre meilleur copain ici même.

Son chef secoua la tête.

— Vous ne savez pas de quoi vous parlez.

— Peut-être pas, répondit-elle d'un ton joyeux. Mais je sais que Roger n'est pas en sécurité, s'il ne tue pas Margery, un de ces jours c'est lui qui se fera tuer.

— Vous avez encore parlé à Margery ? demanda Roger en haussant les épaules.

Son cou prenait presque l'apparence de celui d'une bête sauvage.

Elle le regarda, croisa les bras et s'adossa contre le pick-up.

— Non. Je n'en ai pas eu besoin. Les types comme vous ça court les rues.

— Pourquoi… dit-il en se penchant en avant comme pour l'attraper.

Son chef le retint en arrière.

— Elle est bien trop détendue et sûre d'elle. Son foutu partenaire est toujours là quelque part.

— Très bien, répondit Roger. J'aimerais bien voir cet enfoiré.

— Vraiment ? demanda Allison en souriant. Vous devriez peut-être vous retourner dans ce cas-là.

Évidemment, l'homme se retourna. Elle rit alors qu'elle s'était déjà éclipsée de leur champ de vision. Elle se trouvait dorénavant de l'autre côté du pick-up. Elle ignorait d'où lui vint ce courage. Peut-être parce qu'elle savait qu'un ange gardien était là, quelque part, et qu'il la surveillait.

— Tu vois, aussi bête que deux manches à balai.

Elle continuait d'attiser leur colère. Elle voulait qu'ils passent à l'action, qu'ils fassent quelque chose de stupide qui révélerait le tout au grand jour, pour que le chef réalise qui était réellement son commandant.

— J'ai entendu dire que vous aviez coupé mon accès à la

base de données.

— Vous n'étiez même pas en service. Alors ça ne change rien.

— C'est donc comme ça que ça fonctionne ? Amusant. Une fois que le chef comprit ce qu'il s'est passé, il a dit qu'il y jetterait un œil.

Le visage de son chef se gonfla et devint rouge écarlate. Il détestait qu'on lui rappelle qu'il n'était que le deuxième en charge de l'autorité et que, comme tout le monde, lui aussi devait rendre des comptes à quelqu'un.

Elle hocha la tête.

— Ça vous va bien. Ce côté mi énervé, mi frustré, et mi « je bâterais bien cette pétasse jusqu'à la mort. »

— Vous avez raison sur le dernier point, dit-il d'un ton terriblement calme.

Elle rit.

— N'est-ce pas ? Vous êtes un petit garçon qui n'a jamais grandi. Un petit garçon qui n'a jamais appris à jouer correctement dans le bac à sable.

Son chef secoua la tête.

— Qu'essayez-vous de faire ?

— Moi ? Je suis juste adossé contre ma voiture, je profite de l'air frais. Mais vous, visiblement, avez eu l'idée de venir me voir pour me menacer.

— Je ne vous ai pas menacé.

— Oh que si, vous l'avez fait tout à l'heure. Mais ce n'est pas grave. Je comprends. Vous avez peur des femmes. Peur d'être en compagnie de quelqu'un plus intelligent que vous. Et évidemment, vous êtes terrifié par Jager. Parce qu'il vous surpasse, qu'il est plus fort et bien sûr bien plus sexy aussi.

Son chef la regarda de travers.

— Vous avez quelque chose en tête.

Elle sourit.

— Ah oui ? Et quoi ?

Il secoua la tête telle une boule de bowling d'un mouvement lourd et lent.

— Je n'en sais rien mais vous avez quelque chose en tête.

Roger ricana.

— Foutaise. Elle n'a pas le cerveau pour prévoir quoi que ce soit.

— Je n'en sais rien. Elle est seule et c'est assez effrayant.

Son commandant commença à se replier mais Roger lui lança :

— Hors de question. Nous sommes venus ici pour lui apprendre une bonne leçon, dit-il avant de pousser le commandant vers elle. Hors de question que tu m'abandonnes maintenant.

Le commandant se tourna vers lui et grogna :

— C'est un piège, ne vois-tu pas ?

— Non, je ne vois rien. Tout ce que je vois, c'est une poule mouillée. C'est quoi le problème ? As-tu peur ? Peur de frapper une femme ?

Le commandant secoua la tête.

— Bon sang, tu es un idiot.

— Ah oui ? Eh bien, je te défis. Je te défis de la frapper.

Il secoua la tête.

— Non, hors de question que je la gifle sans savoir ce qu'il se trame.

— Pourquoi ? Pourtant tu m'avais dit que tu ferais bien plus que ça, que tu lui donnerais une bonne leçon au lit. Et ce n'est pas tout. Tu as dit qu'elle n'était qu'une vieille prune desséchée depuis la mort de son mari. Que tu ne l'avais jamais vu avec un autre homme et que c'était parce que les hommes étaient bien trop intelligents pour elle. Tu cours derrière ses fesses depuis son premier jour ici. Alors qu'elle ne t'a jamais regardé en retour, dit Roger en riant.

Elle eut la nausée. Rien que l'idée que cet homme voulait la traiter de la sorte lui donnait envie de vomir.

— Vous me donnez la nausée, finit-elle par lui dire.

C'était la phrase de trop. Il fit le tour du pick-up et lui donna une gifle.

Elle ne l'avait pas vu venir. Sa tête tapa contre le toit du pick-up et entra en collision avec la barre de toi métallique. Elle vit alors des étoiles. Elle tenta de secouer la tête mais le commandant la poussa dans la remorque du pick-up, baissa le hayon et la tira vers le bord en lui écartant les jambes.

Elle comprit ce qu'il s'apprêtait à faire. Elle commença à se débattre, mais il était bien plus entraîné qu'elle et bien plus costaud. Elle se tortilla, roula sur le côté, remua les jambes et s'assit avant de le frapper, avant qu'il ne lui donne une autre gifle violente.

— Comme un foutu moustique, dit-il.

— Maîtrise-la, l'encouragea Roger. Aller. Sois un homme, montre-lui où est sa place.

Maintenant désespérée, refusant d'appeler Jager à l'aide mais se demandant où il était maintenant qu'elle avait besoin de lui, elle parvint à libérer l'un de ses pieds et à mettre un coup de botte sous le menton de son commandant, ce qui projeta sa tête en arrière. Mais cela ne fit qu'amplifier sa rage. Il la traîna vers lui, les jambes écartées, jusqu'à les enrouler autour de ses hanches. Il fit glisser ses mains en direction de sa poitrine avant de la presser.

Elle rugit, se redressa et lui griffa le visage. Puis, il lui donna une troisième gifle. Dans sa position, il lui était impossible de joindre les jambes ni de lever un genou ou un pied suffisamment haut pour le frapper. Il avait bien plus de force qu'elle. Elle roula sur le côté, agita les jambes et se mit à crier. Elle ouvrit les yeux et vit quelqu'un le soulever alors que ses pieds ne touchaient plus le sol.

Sous le choc, elle observa Jager enrouler un bras autour d'elle et la serrer contre lui. Elle se retourna et vit les deux hommes étalés au sol. Elle enroula ses bras autour de Jager à son tour. Au même moment, une voiture de patrouille s'arrêta près d'eux.

Henry et le chef de la police en sortirent. Le chef prit de ses nouvelles alors qu'Henry examina les deux hommes à terre.

Elle pleurait dorénavant en silence dans les bras de Jager. Il parvint à la calmer suffisamment pour qu'elle puisse raconter sa version de l'histoire.

Jager resta silencieux, puis il vit le chef de la police s'approcher et secouer la tête. Il dit à Henry :

— Embarquez-les. Direction la prison.

Henry observa son commandant avant de lancer un regard hésitant au chef de la police.

Allison se glissa hors des bras de Jager et descendit du hayon. Elle lui adressa un sourire courageux, se dirigea vers son commandant et le retourna non sans difficulté avant de joindre ses mains dans son dos et de tenter de lui passer les menottes d'Henry. Henry dut lui donner un coup de main pour les refermer.

— Personne ne peut soulever cet enfoiré, dit-il. Pas tant qu'il est inconscient.

Puis il revint à lui, lui adressa un regard et lui donna un grand coup de tête.

Elle se retourna et tendit sa botte droite pour lui donner un grand coup de pied dans le menton. Puis sa tête retomba à terre. Il était de nouveau dans les vapes. Elle le regarda et cracha sur son visage avant de se retourner et de rejoindre Jager.

JAGER L'AVAIT OBSERVÉ l'assommer en un coup et la félicita dans sa tête.

— Vous sentez-vous mieux ? chuchota-t-il.

Elle pencha la tête en arrière et sourit.

— Oh que oui.

Le chef de la police s'avança vers eux et leur dit :

— Nous parlerons plus tard de ce qui vient de se passer.

Elle hocha la tête.

— Je sais. Je vous suis vraiment reconnaissante d'être intervenu, monsieur.

— J'ai reçu votre message quand vous étiez au bar. Ainsi que votre e-mail dans la journée, mais j'aurais préféré que nous en parlions avant tout ceci, dit-il en désignant les deux hommes gisant sur le bitume.

— Vous étiez occupé ces derniers jours. Et tout ceci est arrivé si rapidement que nous n'avions pas le temps.

Il soupira, retira sa casquette et se frotta les cheveux.

— Ça ne va pas plaire au département.

— Navrée monsieur. Mais vous devez savoir que le commandant couvrait Roger alors qu'il bat Margery. Il disait que Roger n'aurait pas de problème s'il dépassait la limite, qu'ils pourraient simplement l'enterrer quelque part dans les bois. Margery est sûrement chez elle encore une fois battue et dévastée, comme Roger a l'habitude de le faire tous les soirs, dit-elle doucement. Roger m'a menacée et, au lieu de me défendre, cette ordure de commandant m'a menacé de m'y faire ou de dégager. Que je n'étais même pas censée faire partie de ce département. Que la seule raison pour laquelle j'ai obtenu ce job était parce que mon mari avait insisté pour que j'obtienne également un poste.

Le chef de la police secoua la tête.

— Ce n'est pas vrai, dit-il avant de secouer la tête de nouveau. J'ignore pourquoi il a dit ça. Ce n'est qu'un pur mensonge.

— Alors j'ai été engagée pour mon propre mérite ?

Jager remarqua qu'elle tenta de garder de l'espoir dans sa voix. Il lui caressa délicatement la main qui se trouvait dans son dos. Elle se rapprocha de lui jusqu'à ce qu'il enroule une nouvelle fois ses bras autour d'elle.

Le chef de la police hocha la tête.

— Absolument. J'étais ravi de vous compter tous les deux parmi les rangs parce que cela vous permettrait d'être plus stable. Nous n'aurions pas eu à faire face à une nouvelle démission. Vous avez fait du bon boulot au sein du département. Je ne sais pas ce qu'il s'est passé ces derniers jours. J'étais absent à cause de ma femme qui est malade. Mais je ne m'attendais pas à trouver ça à mon retour, dit-il en désignant le pick-up. Vous a-t-il menacé de viol ?

En entendant le mot « viol », elle haussa les épaules. Jager la serra contre lui et répondit :

— Oui, tout à fait.

— Seigneur.

Le chef de la police se tourna de nouveau vers Jager et Allison.

— Pourriez-vous venir au poste demain matin pour nous donner votre témoignage ? Je dois tirer cette affaire au clair et, Allison, il vous faut quelques jours de repos pour vous remettre de tout ça, dit-il avant de s'adresser à Jager. Avez-vous prévu de rentrer chez vous ? Et si oui, où vivez-vous ?

Jager hocha la tête.

— Je rentre chez moi, à Santa Fe.

— Et vous ? demanda-t-il à Allison. L'accompagnez-vous ?

Gênée, elle haussa les épaules.

— Nous n'en avons pas encore discuté, répondit Jager. Mais son frère est déjà sur place. J'espérais qu'elle viendrait lui rendre visite.

— Dennis ? demanda le chef de la police. Allez le voir.

Elle désigna son ordure de commandant étalé au sol.

— Henry a dit que j'étais licenciée.

Henry toussota avant de se tourner.

— Henry ? s'exclama le chef de la police.

Ce dernier afficha un air coupable et désigna son commandant inconscient au sol.

— Il nous a tous dit qu'il la licencierait, que c'était presque acté.

Le chef de la police remit sa casquette avant de se frotter le visage.

— Houla, je m'absente quelques jours et voyez ce qui arrive. Mon département tout entier se divise, dit-il avant de se tourner vers Allison. Je comprendrais que vous ne vouliez peut-être plus revenir après ces quelques jours à Santa Fe, mais votre poste ici vous attendra toujours quoi qu'il arrive. Nous devons juste régler cette affaire. Et si vous refusez de revenir, sachez juste que je vous écrirai une excellente lettre de recommandation quoi qu'il arrive. Et je pense très fortement que Dennis fera le maximum pour vous convaincre de rester.

Elle sourit.

— J'avais oublié que vous le connaissiez.

— Punaise, c'est le meilleur joueur de poker que j'ai

jamais croisé.

Puis elle s'esclaffa.

— Il est doué.

Le chef de la police hocha la tête.

— J'ai perdu une montagne d'argent face à lui, dit-il d'un ton affectueux. Mais c'est aussi un bon tireur. Et on ne peut pas en dire autant pour ces deux-là.

Puis, son commandant se mit à gémir avant de se réveiller. Le chef de la police s'approcha d'Henry.

— Baissez-vous pour attraper son bras. Nous allons le conduire dans la voiture de patrouille.

Les deux hommes le traînèrent jusqu'à la voiture et le firent monter à l'arrière. Jager s'avança vers Roger, se baissa et l'attrapa par la ceinture avant de le faire passer par-dessus son épaule. Il se dirigea alors vers l'autre porte de la voiture où ils le firent monter.

Le chef de la police lui adressa un regard.

— Nous aurions aussi besoin de vous.

Jager sourit.

— Je dois retourner à Santa Fe.

Le chef hocha la tête.

— Je comprends, dit-il avant de les observer tous les deux en hochant de nouveau la tête. On se voit demain matin avant votre départ pour votre témoignage.

Jager sourit et lui serra la main.

— Je vous promets que nous serons tous les deux présents.

CHAPITRE 10

ELLE REGARDA LA voiture de patrouille s'éloigner avant de se tourner vers Jager.

— J'aurais préféré que vous interveniez quelques minutes plus tôt.

— Je suis désolé. Même trente secondes plus tôt vous auraient évité de vivre un tel traumatisme.

— En réalité, ce qui m'énervait le plus était de ne pas réussir à lui lancer un bon coup de pied. Je faisais du kickboxing, mais comme mes jambes n'étaient pas dans une position utile, je n'avais pas la force nécessaire dans le haut de mon corps pour me débattre correctement. Je dois travailler là-dessus.

Il rit doucement.

— Je peux vous aider si vous le souhaitez.

Elle repoussa légèrement son torse et leva les yeux vers lui. Évidemment, il la taquinait, mais elle sentit tout de même une flamme dans son regard et une part de vérité dans le ton de sa voix.

— Ah oui ? Et quand allons-nous en avoir l'occasion ?

— Allez-*vous* nous en laisser l'occasion ? la défia-t-il.

Gênée qu'il ait repris le dessus, elle se contenta de lui donner un petit coup de menton et de lui répondre :

— Je ne sais pas.

Il lui donna également un petit coup de menton et lui

lança :

— Alors je ne sais pas non plus.

Elle se mit à rire.

— Je ne sais pas ce que vous en pensez, mais j'aimerais bien savoir si ce sera le cas.

— Et si demain matin nous allions porter plainte, dit-il en lui tendant les bras, avant de partir ensemble à Santa Fe ?

— Je ne pourrai rester que quelques jours, l'avertit-elle.

Il hocha la tête.

— Ça me laissera quelques jours pour vous convaincre de rester plus longtemps.

— Sérieusement ? demanda-t-elle avant de s'interrompre pour le regarder. Ne serait-ce pas un peu rapide ?

— Laissons-nous les prochains jours avant de voir où cela nous mène, non ? De plus, si j'arrive à rallier votre frère de mes côtés, nous serions alors deux.

Elle grogna.

— Dennis me supplie de le rejoindre à Santa Fe pour travailler avec lui depuis des mois.

— Et où est le mal ? demanda-t-il.

— Nulle part. Surtout maintenant que je n'ai plus Tony à mes côtés.

— Exactement. La famille passe avant tout.

— Que pensez-vous trouver à Santa Fe ?

— Je pense que nous allons jouer à perdu-retrouvé.

— N'est-ce pas plutôt censé être cache-cache ?

— Non, dans cette affaire c'est plutôt perdu-retrouvé, dit-il d'un ton mystérieux en l'aidant à monter à bord du pick-up avant de se diriger vers son hôtel.

— Vous ne m'avez pas demandé de vous raccompagner chez vous, lui dit-il. Je prends ceci comme un bon signe, dit-il avant d'ajouter à voix basse, ça m'a brisé le cœur de vous voir vous débattre face à votre commandant.

— Mais je m'en suis plutôt bien sortie, même en étant plus petite que lui, répondit-elle d'un ton léger. C'est la position dans laquelle il me retenait qui limitait mes capacités.

— C'est vrai. Mais vous vous en êtes tout de même bien sortie et j'ai adoré vous observer.

Elle ignorait quoi lui répondre, mais ça lui fit plaisir de l'entendre le dire.

Il se gara devant l'hôtel. Elle descendit du pick-up et attendit qu'il la rejoigne sur le trottoir. Alors qu'ils se dirigeaient vers la réception, il s'arrêta pour dire deux mots au gardien de nuit.

— Je m'en vais demain matin.

— Voulez-vous donc régler votre note tout de suite ?

Il régla la note avant de monter dans sa chambre.

— Vous n'êtes pas obligée de rester ici si vous n'en avez pas envie, dit-il. Vous pouvez toujours rentrer chez vous.

Il lui ouvrit une porte de sortie. Mais elle refusa de l'emprunter. Encore moins ce soir…

— J'ignore ce que nous faisons ici et ce qu'il vient de se passer. Mais c'est comme si vous veniez de débarquer dans ma vie en vous imposant et que cette dernière venait de changer.

Il rit.

— C'est vrai. Vous allez vous y habituer, dit-il d'un ton confiant. Les hommes de mon unité sont tous dans des relations similaires.

— Comment ça similaires ?

Il lui adressa un regard neutre.

— Je pourrais vous montrer si vous vous rapprochiez.

Elle le défia du regard.

Mais elle se jeta dans ses bras à la seconde où il les ouvrit. Il la serra contre lui un long moment en lui caressant les cheveux.

— Vous étiez fantastique ce soir, chuchota-t-il.

Elle secoua la tête.

— Non, c'est faux. Je n'arrivais pas à croire qu'il essayait vraiment de faire une chose pareille.

— Je comprends. Et je pense que c'est souvent le problème. Quand une femme se retrouve piégée dans ce genre de situation, elle n'arrive pas à croire que l'agresseur s'apprête vraiment à lui faire du mal. Et pourtant, on ne peut pas faire grand-chose quand on se retrouve dominée comme vous l'étiez ce soir.

— Mais ça craint, marmonna-t-elle.

Il se dirigea vers le minibar.

— Voulez-vous boire quelque chose ?

Elle secoua la tête.

— Non. L'alcool n'a jamais été une solution pour moi.

Il hocha la tête, enleva sa veste qu'il jeta sur une chaise vide.

— Ah bon, et quoi alors ?

IL SE RETOURNA et la vit là, devant lui, alors qu'elle avait enlevé sa veste et son sweatshirt. Elle se tenait debout face à lui avec un magnifique soutien-gorge en dentelle couleur prune. Soudain, sa langue semblait trop imposante pour sa bouche et son cœur trop gros pour son torse. Il essaya de déglutir. En vain. Il poussa un grognement en la serrant contre lui et en l'embrassant fougueusement.

Elle enroula ses bras autour de son cou auquel elle

s'agrippa.

Il ne voulait pas perdre son temps avec des mots. Inutile de lui demander si elle était sérieuse, car la femme fougueuse qu'il tenait dans ses bras enroula ses jambes autour de ses hanches. Il aurait beaucoup de chance s'il parvenait à se retenir d'exploser dans son jean compte tenu de ce rythme. Il tenta de la faire ralentir, mais elle fut comme possédée par ses mouvements, comme si elle avait épuisé tout son calme et sa retenue habituelle durant l'attaque qu'elle avait subie plus tôt. Et il pensait la comprendre.

Il la calma, lui caressa les cheveux et effleura délicatement ses joues jusqu'à ce qu'elle reprenne son souffle, qu'elle déroule ses jambes et qu'elle repose les pieds à terre. Le tout alors qu'elle tremblait légèrement.

— Pardon. Je crois bien que c'était plus une attaque qu'autre chose.

Elle n'arrivait pas à croire qu'elle venait de faire ça. Maintenant, elle ne pensait qu'à une seule chose, se blottir à nouveau dans ses bras.

— Tu peux m'attaquer quand tu veux, dit-il doucement. Mais ce n'est pas équitable si tu portes plus de vêtements que moi.

Il enleva sa chemise, ses chaussures et, alors qu'elle l'observait, il dénoua sa ceinture avant d'ôter son jean. Il se trouvait dorénavant face à elle, simplement vêtu de son caleçon. Elle sourit et se dandina pour faire tomber son jean sur ses chevilles. Le simple mouvement de ses hanches déclencha une vague brûlante dans ses veines et son érection, déjà dure comme la pierre et compressée dans son caleçon, menaçait d'exploser à tout moment. Il jura à voix basse.

— Oh, ça te plaît ? demanda-t-elle en ôtant ses bottes, ses chaussettes et son jean en même temps.

Il jeta un œil à ses affaires avant de rire.

— Pas mal comme technique.

— Effectivement.

Puis, elle enleva son soutien-gorge et sa culotte tout aussi vite.

— Mon Dieu !

Il observa la poitrine ferme et ronde sous ses yeux ainsi que sa magnifique taille de guêpe et ses hanches rondes. Il la souleva et la porta jusqu'au lit où il se baissa et tira d'une main les couvertures.

Elle rit.

— Regardez-moi ça. Je croyais que la galanterie était morte.

— Certainement pas, dit-il avant de lui adresser un grand sourire. C'est simplement que les occasions se font rares.

Elle enroula les bras autour de son cou et le tira vers elle.

— Mais tu peux toujours être mon chevalier.

Il embrassa ses lèvres d'un baiser brûlant alors que leurs langues se battaient en duel. Il voulait ralentir la cadence, mais il savait pertinemment que ce ne serait pas possible. Il écrasa son corps de tout son poids alors que ses cuisses étaient déjà écartées et enroulées autour de ses hanches.

Elle glissa les doigts sous l'élastique de son boxer et secoua la tête.

— Et pourquoi as-tu gardé ceci ?

Il rit.

— Pour que tu puisses l'enlever.

Il roula sur le dos.

Elle rit et lança en moins de deux secondes son boxer à travers la pièce. Puis, avec la même impatience, ses mains se dirigèrent à nouveau vers son membre.

Il se retint de ne pas crier.

Elle secoua la tête.

— Doucement, murmura-t-elle. Je ne vais pas te faire de mal.

Mais ce fut comme si ses douces caresses l'avaient tué avant de l'envoyer au paradis alors qu'elle faisait doucement glisser ses doigts de haut en bas. Puis, elle les enroula autour de lui avant de le serrer, le relâcher, le caresser. Il poussa ses hanches vers sa main à chaque mouvement.

— Tu as des pouvoirs, gémit-il.

Elle rit et murmura.

— Non, je suis simplement affamée.

Il ouvrit les yeux et l'observa alors qu'elle se dressa prudemment au-dessus de lui avant d'utiliser le poids de son corps pour glisser doucement le long de son mât. Il gémit et lui attrapa les hanches pour la tenir près d'elle alors qu'il plongeait de plus en plus profondément en elle.

Elle poussa un gémissement, repoussa ses cheveux en arrière et lui murmura :

— Punaise, ça faisait une éternité.

— Ne me laisse pas te faire mal alors, prends ton temps.

Elle le regarda, les paupières mi-closes.

— Tu rigoles ? Je suis faite pour ça.

Puis, elle se mit à le chevaucher. Elle le chevaucha avec force, rapidité et profondeur, avant de ralentir, en le faisant presque glisser hors d'elle, puis de le plonger soudainement au fond d'elle.

Il cria de peur en pensant avoir perdu le contact de son fourreau étroit, seulement pour crier de plus belle alors qu'il s'enfouit de nouveau au fond d'elle. Il ne supportait plus la façon dont elle le provoquait. Alors, il la retourna et se plaqua contre elle avant de les conduire tous les deux sur la route du plaisir. Il la sentit exploser entre ses bras et attendit juste le temps nécessaire pour apprécier toute l'étendue de son extase. Puis, il le suivit avant de se perdre dans les abysses.

Quelques heures plus tard, Jager serrait Allison entre ses bras. Son corps frissonnait encore de plaisir. Il était insatiable. Mais, Dieu merci, elle l'était tout autant.

— J'ignore ce que c'était, dit-elle, mais j'en veux encore.

Il rit doucement.

— Dans cinq minutes, ça te va ?

Elle éclata de rire en le regardant.

— Je ne voulais pas dire tout de suite…

Il lui adressa un regard triste.

Elle se pencha en avant et embrassa ses lèvres.

— Je voulais dire à l'avenir.

— Moi par contre, j'étais sérieux.

Il repoussa quelques mèches de cheveux de son visage.

— Viens avec moi à Santa Fe. Pour voir si ça te plaît, pour rendre visite à ton frère. Tu n'es pas obligée de prendre une décision. Ton travail et ta maison sont ici.

— Serais-tu en train de changer d'avis sur cet éventuel futur en commun ?

Il secoua la tête.

— Non. Mais je ne veux pas que tu te sentes forcée. Tout ce que je veux, c'est que le choix vienne de toi et qu'il te rende folle de joie. Mais ça doit venir de toi. Je peux seulement te dire que ça m'intéresserait. Nous ne nous connaissons pas assez pour nous projeter plus que ça. Mais si ce futur t'intéresse, alors sache que c'est aussi le cas pour moi.

— Te confies-tu toujours autant sur tes sentiments ?

Cette question le surprit. Il resta silencieux quelques secondes en y réfléchissant.

— Non. Pas du tout. C'est peut-être dû au fait d'être ici, avec toi.

— Peu importe la raison, ça me plaît beaucoup.

Elle se pencha en avant et déposa un doux baiser sur ses lèvres.

— Les cinq minutes sont passées.

Il s'esclaffa, la prit dans ses bras et lui fit l'amour une deuxième fois. La profondeur des sentiments qui le traversaient le fascinait… Et le terrifiait peut-être aussi… un peu. Ressentir tant de choses et savoir où ils allaient, ce qu'elle ressentait…

— Waouh, murmura-t-elle, toujours à bout de souffle.

— Je confirme.

Émerveillé, il sentit les battements de son cœur contre sa poitrine.

— Je ne trouve rien d'autre à dire à part « waouh ».

Elle soupira.

— C'est presque dommage que nous ayons à nous lever demain matin.

— Tu es consciente qu'il est maintenant presque deux heures du matin ?

— Oui je sais. Le poste est ouvert toute la nuit, mais le chef n'arrivera pas avant huit heures, alors inutile d'y aller plus tôt.

— Alors, ce sera huit heures. En attendant, il nous reste quelques heures. Qu'aimerais-tu faire ?

Elle se redressa sur un coude et l'observa.

— Vraiment ? Encore ?

Il traça une ligne en direction du bout de son nez.

— À moins que tu n'en aies pas envie.

— Oh que si, j'en ai envie. Mais si nous faisions les choses différemment cette fois-ci ?

Elle le provoqua alors en déposant lentement des baisers sur son corps en direction de son entrejambe où elle glissa profondément son intimité dans sa bouche.

Il gémit.

— C'est toi qui décides, c'est toi la chef.

Puis, il fut incapable de parler.

CHAPITRE 11

L E LENDEMAIN MATIN, Allison se réveilla avec un sentiment de paix qu'elle n'avait plus ressenti depuis longtemps. Mais elle ressentait aussi de la peine. Soudain, elle sentit une vague submerger son cœur. C'était le premier homme avec qui elle avait fait l'amour depuis la mort de son mari. Elle avait aimé Tony de tout son cœur. Ils avaient vécu une vie incroyable ensemble, aussi courte fût-elle. Elle pensait que ça durerait pour toujours. Mais parfois les choses ne se déroulent pas de la façon prévue, et ça lui brisa le cœur. Elle avait passé de longs mois chez elle à se réconforter en se remémorant leurs souvenirs. Elle s'était enfin remise à draguer, mais sans grand succès.

Jusqu'à ce jour. Et rien n'était normal dans cette relation. Jager était si différent de Tony. Son mari était amusant, extraverti, solaire et pétillant, tout le monde l'adorait. Jager était taciturne, sombre et pourtant il lui montrait la même loyauté et le même dévouement que Tony. Évidemment, sa relation avec son mari était amusante, et il était présent pour elle. Mais la personnalité de Jager était si irrésistiblement différente qu'elle ne douterait jamais de son couple avec lui. Cela ne voulait pas dire qu'ils ne traverseraient pas des hauts et des bas, mais ils chercheraient toujours à les régler car leur relation en valait la peine.

Elle se leva et prit une douche rapide alors que Jager

dormait toujours. En sortant de la salle de bain, elle le trouva assis sur le lit. Elle l'observa alors qu'il enfilait sa prothèse sur sa jambe. Elle s'assit près de lui et le regarda.

Il lui lança un regard.

— Cela te gêne-t-il ?

Elle lui lança un regard surpris.

— Non, pas du tout. J'étais fascinée par la façon dont tu l'attachais.

Il prit le temps de lui montrer le rembourrage en coton doux qui entourait son moignon, puis la façon dont la jambe reposait dans le creux au sommet.

— Comme je me rends simplement à la douche, je ne l'attache pas.

Il se leva et fit quelques pas.

Elle l'observa un instant.

— Ça n'a pas l'air très stable.

Il sourit.

— En réalité, ce n'est pas si mal.

Il entra dans la salle de bain.

Elle entendit l'eau couler et, quelques minutes plus tard, elle s'habilla et fit le tour de la chambre pour s'assurer qu'elle n'avait rien oublié. Jager avait déjà vérifié la veille, pour qu'ils n'aient pas à revenir dans la chambre après leur départ, surtout qu'ils étaient dans un tel état de frénésie la veille. La seule chose qui l'intéressait était d'enlever ses vêtements et de se jeter dans son lit. Elle, c'est ce qu'elle avait fait, encore et encore. Elle se regarda dans le miroir et découvrit sans surprise et sans colère la teinte rose de ses joues et la lueur dans ses yeux. Elle avait passé une nuit magnifique. Mais ce n'était pas tellement une question de sexe. Mais plutôt une histoire d'intimité, de connexion. Et elle savait qu'il avait ressenti la même chose.

Elle s'assit au bord du lit et parcourut son téléphone avant de lever les yeux de surprise quand elle le vit sortir bien plus tôt qu'elle ne l'aurait imaginé.

— C'était rapide.

Il sourit.

— Je me sentais seul sous l'eau, expliqua-t-il.

Elle rougit.

— Si j'avais su que j'y étais invitée…

Il rit doucement.

— La prochaine fois peut-être.

— Un jacuzzi, ce serait pas mal aussi, dit-elle.

Il s'habilla alors qu'elle le regardait. Puis, il emballa ses quelques affaires dans un sac de voyage.

— Tu voyages léger.

Il hocha la tête.

— En effet.

Il lui lança un regard, prit son sac et tendit la main avant de poursuivre :

— C'est l'habitude.

— Voyageais-tu beaucoup lors de ton service dans la Navy ?

— Tout le temps.

— Ça devait être génial, murmura-t-elle. Je ne suis allée presque nulle part.

— Eh bien, tu vas au Nouveau-Mexique, alors c'est un début.

Elle rit.

— Mais ma voiture est en ville.

— Si tu décides de déménager au Nouveau-Mexique, mais que tu ne veux pas faire le trajet seule, je viendrai en avion pour faire le trajet avec toi.

Elle lui lança un regard.

— Tu ferais ça ?

— Absolument. Et si tu n'as pas envie de conduire, on peut facilement remorquer ta voiture jusqu'à Santa Fe.

Elle y réfléchit avant de hocher la tête.

— Je pense que ça fait partie de toutes les options dont nous allons discuter sur la route, dit-elle naturellement.

Il ne répondit rien mais, une fois dehors, il se dirigea droit vers son pick-up. Elle passa de nouveau du côté passager en évitant de regarder la remorque. Après quoi, il la regarda et lui demanda :

— Tout va bien ?

— Oui, répondit-elle fermement. Mais je pense que je ne regarderai plus jamais une remorque de la même façon.

— Nous pouvons aussi y remédier si tu veux.

— Que veux-tu dire ?

Il lui lança un regard en coin.

— Nous pourrions aller pique-niquer et utiliser la remorque dans un tout autre but de celui auquel tu penses.

— Je dois rectifier ça alors. Si cette option inclut toi, des couvertures et une bouteille de vin, alors ça ne devrait pas être si mal après tout.

— C'est l'idée.

Il se rendit droit au poste de police.

Elle fut surprise de voir qu'il savait si bien se repérer. Elle descendit du véhicule.

Il laissa son sac dans le pick-up et le verrouilla avant de la rejoindre.

— Combien de temps allons-nous rester ici ? Le sais-tu ? demanda-t-il.

— Je n'en ai aucune idée. Nous devrions faire notre déposition assez rapidement, avant qu'ils les saisissent. Ensuite, nous devons passer chez moi pour que je prépare des affaires.

— Oui. Au moins quelques heures.

Il sortit son téléphone et vérifia une fois de plus ses messages, du moins c'est ce qu'elle pensait.

— Nous devons réserver un vol.

— Non, nous avons déjà deux billets.

Elle s'arrêta sur les marches devant le poste et le regarda en haussant les sourcils.

— Les garçons les ont réservés. Ils sont impatients de te rencontrer.

Soudain, elle se sentit perdue et gênée.

— Mais ce sont tes meilleurs amis, dit-elle en fronçant toujours les sourcils, incertaine d'être déjà prête pour cette étape.

Il passa son bras sous le sien.

— Ils vont t'adorer.

— Je n'en suis pas certaine, marmonna-t-elle. Je ne me sens pas vraiment entourée d'amour ces derniers temps.

— Eh bien, je leur raconterai comment tu as assommé le commandant en lui donnant un coup de pied dans le menton. Ils seront morts de rire. Et tu te sentiras intégrée.

Elle se sentit immédiatement mieux.

— J'espère. C'était un bon coup de pied, n'est-ce pas ?

Il rit doucement.

— Oh que oui.

Une fois à l'intérieur du poste, elle se dirigea droit vers Henry.

— Est-ce toi qui vas prendre nos dépositions ?

Il hocha la tête en rougissant légèrement.

— Comment vas-tu ?

Son inquiétude la fit sourire.

— Je vais bien. Heureusement qu'il n'a pas réussi à aller jusqu'au bout.

Henry hocha la tête alors que sa tête se dandina de haut en bas ?

— Le chef de la police m'a averti que vous passeriez ce matin.

Elle hocha la tête.

— Nous devrions peut-être commencer par nos dépositions.

Elle tira une autre chaise pour Jager alors qu'ils s'assirent tous les deux près d'Henry. Elle ignora délibérément le reste de l'équipe présente dans le bureau. Elle savait qu'ils les regardaient, mais elle ne leur reprochait rien mis à part leur silence lorsqu'ils auraient dû la défendre. Ils ne s'étaient jamais pliés en quatre pour elle histoire de se montrer gentils. Henry, lui, par contre, lui manquerait.

Elle fut surprise de penser aussi tôt à son départ. Elle était restée ici parce que Tony y avait vécu et il serait dur d'adresser ses au revoir. Mais maintenant, elle se disait qu'il ne s'agissait pas vraiment de dire au revoir, mais plutôt d'avancer. Tout comme Tony avait avancé après ce que la mort réservait, et Dieu sait qu'elle espérait revoir son mari un jour. Qu'elle continue de travailler au poste ou non, elle refusait de passer le reste de sa vie coincée dans cette ville. Mais elle était trop effrayée pour faire le premier pas seule.

La déposition dura peu de temps. Les deux dépositions saisies, il les imprima et ils signèrent chacun la leur sous les yeux d'Henry.

Il leur dit ensuite :

— Le chef de la police est sûrement prêt à vous recevoir maintenant.

— Peux-tu l'appeler pour l'informer que nous sommes là ?

Il lui lança un regard surpris. Puis il observa les autres

officiers avant de demander à voix basse :

— Devrais-je ?

Elle lui adressa un doux sourire.

— Oui, vas-y.

Il prit le téléphone et composa le numéro du bureau du chef. Une fois l'appel terminé, Henry leur annonça :

— Vous pouvez y aller.

Jager et Allison traversèrent les bureaux et, une fois de plus, elle regarda droit devant elle. Elle n'avait aucune raison de sourire à tout le monde. Visiblement, la rumeur avait déjà fait le tour du poste. Elle ignorait ce qu'ils pensaient de son problème et, Dieu merci, elle fut soulagée de passer ces prochains jours loin d'ici et d'éviter la situation.

Une fois à l'étage, elle se dirigea vers le bureau du chef de la police avant de frapper à la porte.

— Entrez, s'exclama-t-il avant qu'elle ouvre la porte.

Elle passa la tête dans l'entrebâillement.

— Ce n'est que nous.

Il se leva, leur fit signe d'entrer et lui demanda :

— Comment vous sentez-vous ?

— J'ai quelques courbatures et blessures, admit-elle. Mais sinon à part ça tout va bien. Je suis reconnaissante que vous soyez intervenu au bon moment.

— Je pense que Jager avait bien la situation en main avant notre arrivée.

Il se pencha en avant et serra la main de Jager.

— Vous vous connaissez ? demanda-t-elle en les observant l'un après l'autre.

Jager secoua la tête.

— Non, mais nous avons des amis en commun, répondit-il.

Le chef de la police hocha la tête.

— Oui, il se trouve que je connais Ice depuis très long-temps.

— Ice ? demanda Allison.

Jager lui attrapa la main.

— C'est la compagne de Levi. Et Levi est un autre bon ami qui a lancé sa société de protection rapprochée au Texas. Tout le monde dans son équipe a déjà travaillé dans la Marine.

— C'est aussi une excellente conductrice, ajouta le chef, ainsi qu'une excellente pilote. Son père est quant à lui un excellent médecin. Ma fille a eu un accident très grave dans les montagnes et les médecins du coin ont réussi à stabiliser son état, mais ils ne purent rien faire pour ses blessures. Le père d'Ice s'est proposé, il a jeté un œil à son dossier et l'a ensuite transféré en Californie où elle a subi une opération reconstructrice. Et *tadam* elle était de nouveau sur pied.

Allison le regarda et lui demanda :

— Il s'agit d'Elsa ?

Il lui adressa un sourire.

— Elle était jeune à l'époque. Je crois qu'elle n'avait que onze ans lors de son accident.

Allison s'assit et secoua la tête.

— Que le monde est petit.

— En effet, répondit Jager. Et plus je vieillis, plus il me paraît petit.

Les deux hommes discutèrent quelques minutes. Puis, le chef de la police regarda Allison et lui demanda :

— Avez-vous réfléchi à ce que vous voulez faire ?

— Je vais prendre quelques jours pour y réfléchir, répondit-elle prudemment.

Il hocha la tête.

— Vous avez raison, parlez-en avec votre frère. Votre

poste reste disponible ici. Mais si vous êtes prête à avancer, dites-le-moi pour que je puisse vous aider.

Elle sourit.

— Merci.

— Je vous en prie. J'aurais dû ouvrir les yeux sur la situation il y a bien longtemps. Je suis navré d'avoir mis autant de temps à comprendre quelle ordure il était.

— Je pense qu'en travaillant avec quasiment que des hommes, on n'aurait jamais vu cette facette de lui. Mais pour je ne sais quelle raison, je l'ai visiblement énervé dès mon arrivée.

— Je ne pense pas qu'il ressentait de la colère en vous regardant, dit le chef en souriant. Mais peu importe. Vous aviez le droit de refuser ses avances.

Elle lui adressa un regard horrifié.

— Il ne m'a jamais fait d'avances. Hier soir, il m'a tout révélé d'un coup.

— Ah oui ? Ou peut-être que vous n'y avez jamais fait attention à cause de votre deuil, lui dit le chef. Nous aimions tous votre mari. C'était un type génial. Et j'aurais dû vous accorder plus de repos, mais je me suis dit que vous gueririez plus vite en travaillant.

— Absolument. Et c'était le cas. Mais c'était également douloureux de venir au travail tous les jours et de voir son fantôme à son bureau, puis son remplaçant. Et aussi d'entendre tous les commentaires des autres dans mon dos.

— Je comprends. Ce n'est jamais facile de perdre un collègue. Mais quand il s'agit aussi d'un ami, cela devient encore plus compliqué. Dans votre cas, c'était votre époux. Ce qui rendait la situation triplement plus dure. C'est le côté négatif de travailler avec son mari ou sa femme.

Elle sourit.

— J'ai quand même adoré chaque jour passé avec lui. Mais il n'est plus là dorénavant, et je dois avancer.

— Alors on dirait bien que vous avez déjà pris une décision.

Elle rit.

— Non, j'aimerais bien profiter de ces quelques jours dans une autre ville pour me décider, dit-elle avant de se lever. Notre avion part dans quelques heures.

Il sourit.

— Profitez-en bien. Nous nous verrons à votre retour.

Puis il se tourna vers Jager.

— Et je comprends très bien que nous devons relancer l'affaire de l'accident de vos parents. Rassurez-vous, je vais tout examiner de mes propres yeux, surtout avec les nouvelles informations qu'Allison et vous avez récoltées. Je vous tiendrai au courant.

Les deux hommes échangèrent une poignée de main, puis Jager passa son bras sous celui d'Allison et ils se dirigèrent vers l'entrée du poste. Une fois dehors, elle se tourna vers lui et lui adressa un sourire.

— Ça va me manquer, tu sais, mon travail va me manquer, mais je ne ressens pas le besoin de revenir ici.

— Allons chez toi pour préparer tes affaires. Nous devons encore rendre le véhicule de location à l'aéroport avant de prendre notre vol.

Et c'est ce qu'ils firent.

Au moment de monter dans l'avion, Jager à ses côtés, elle ressentit un sentiment d'excitation monter en elle comme elle n'en avait pas ressenti depuis longtemps.

— C'est un petit séjour mais ce ne sont pas des vacances, dit-il. Je ne sais même pas comment appeler ce voyage.

Il la regarda et lui adressa un petit sourire.

— Et si on appelait simplement ça « un moment à deux » ?

— Ça me va très bien.

IL SAVAIT QUE ce voyage l'enchantait, mais plus ils se rapprochaient de Santa Fe, plus l'inquiétude montait en lui. Oui, il s'agissait de sa ville, mais il se faisait du souci sur ce qu'il allait y trouver. Il savait que ses amis s'étaient barricadés et que personne ne pourrait s'en prendre à eux sans y laisser des plumes. Mais ce Freddie avait toujours une avance sur eux depuis le début. Il s'était également révélé être un vrai caméléon et s'en était sorti avec plus de situations que Jager l'aurait envisagé. Il serait dévasté si quelqu'un d'autre se faisait tuer.

Trop de personnes avaient déjà perdu la vie. Trop *d'innocents* avaient déjà perdu la vie. Il connaissait ses amis, les membres de son unité, et ils n'avaient rien fait pour mériter une telle chose. Ils n'étaient coupables de rien. Il s'agissait de quelqu'un appliquant une vengeance et Jager prévoyait de le stopper dès qu'il mettrait la main sur lui.

Mais pour le moment et pour la première fois depuis longtemps, Jager réalisa ce qu'avaient ressenti ses amis alors qu'il ne devrait pas emmener Allison. Il la traînait dans une situation dangereuse. Même si elle avait montré qu'elle était capable de se débrouiller dans d'autres situations, cela ne voulait pas dire qu'elle ne finirait pas victime d'un autre meurtre.

— À quoi penses-tu ?

Il la regarda.

Elle secoua alors la tête.

— Oh non, tu regrettes. Mais nous sommes déjà dans l'avion.

— Je ne suis pas certain de devoir t'emmener à Santa Fe. C'est dangereux.

Elle grogna.

— Être flic ce n'est pas dangereux peut-être ?

— Mais n'oublie pas que ce Freddie en a après nous.

Elle hocha la tête.

— Je sais, alors je serais très vigilante et je m'assurerais qu'il ne s'en prenne pas à toi. Il ne sait rien sur moi, tu te souviens ?

Il l'observa, l'air pensif alors qu'il se demandait s'ils pouvaient compter là-dessus.

Elle hocha la tête.

— C'est bien, fais chauffer ce cerveau. Trouve une solution. Il ne sait rien sur moi, je suis donc la carte joker. Je sais me servir d'une arme. Je sais aussi me défendre. Surtout quand je ne suis pas sur le point de me faire violer par un enfoiré, dit-elle d'un air écœuré.

Il sourit.

— Tu t'en es bien sortie.

— Non. Et je m'en veux pour ça.

— Détourne cette colère, dit-il calmement. Et concentre-la sur ce qui t'attend. Ça rendra la situation bien plus facile.

— Ce n'est pas un problème. Je vais me concentrer sur cette ordure qui a gâché ta vie.

Il tendit la main et enlaça ses doigts avec les siens. Elle était tellement combative et féroce. Il n'arrivait pas à croire qu'il avait réussi à trouver une personne aussi unique en seulement deux jours. Mais au-delà de ça, en plus d'avoir eu le coup de foudre pour elle, il savait aussi que ce serait solide.

Il ignorait comment le décrire, mais c'était comme s'il venait de retrouver une partie de lui qu'il avait perdu. Il ne l'avait jamais vu auparavant, et pourtant elle représentait maintenant une grosse partie de sa vie. Il espérait juste pouvoir mettre fin à ce cauchemar et poursuivre sa vie tranquillement en sachant que tout était fini. Il adorait les énigmes, mais celle-ci durait depuis trop longtemps. Et les conséquences étaient bien trop mortelles.

Une fois atterrit à Santa Fe, ils sortirent de l'aéroport sous la chaleur du soleil, et elle rit.

— Tout est tellement différent, l'air, le paysage et même les odeurs.

Il glissa ses doigts entre les siens.

— J'ai laissé mon pick-up dans un parking longue durée.

— Tu possèdes donc un pick-up ?

— Eh oui, mais il n'est pas très gros.

Après un trajet en navette à destination du parking où il avait garé sa voiture et qui se trouvait à l'opposé du terminal, il lui ouvrit la porte de son petit pick-up afin qu'elle puisse y monter.

Elle le regarda et lui adressa un sourire.

— Il est plus qu'efficace.

— Il est ce qu'il est.

— Pas de siège arrière, ça me plaît.

Il rit.

— J'ai deux véhicules. C'est celui que j'utilise pour ma vie de tous les jours. Hors de question que je laisse ma Jeep Wrangler dans un parking longue durée où n'importe quel salaud pourrait la démonter.

— C'est vrai. Le crime existe toujours, peu importe où l'on vit, n'est-ce pas ?

Il rit.

— Les parkings comme celui-ci sont censés être sécurisés, mais il y a toujours un doute. Ou peut-être que non en fait.

Ils entamèrent un trajet de quinze ou vingt minutes. Il sourit en l'écoutant commenter tout ce qu'elle voyait. Santa Fe était résolument une ville différente des autres. Le Nouveau-Mexique avait vraiment son propre style et mode de vie. Cet état était vraiment unique comparé au reste du pays. Plus Jager passait de temps là-bas, plus il appréciait cet environnement. Il était reconnaissant que Badger et Kat aient trouvé un endroit où vivre pour toute la bande. Ils étaient tous des âmes en perdition alors qu'ils formaient de nouveau un groupe d'estropiés, à la recherche d'un endroit où s'installer. Grâce à ces deux-là, ils avaient tous un endroit où se réunir dorénavant. Et ils leur devaient beaucoup.

D'abord, il se rendit chez lui avant de descendre du véhicule. Elle en descendit également et demanda :

— Est-ce ta propre maison ?

Il hocha la tête.

— Je ne l'ai pas depuis longtemps, mais comme elle n'est pas très loin de celles de mes amis, je n'ai pas pu résister.

— Chanceux.

Il observa son expression alors qu'elle observait cet énorme et vaste ranch en terre ainsi que ses grosses tuiles en argile. Il la guida vers la porte d'entrée, qu'il ouvrit.

— Vis-tu seul ?

— Oui. Je la louais, mais quand j'ai compris que j'allais revenir, j'ai mis fin au bail.

— C'est beau.

Elle posa son sac sur le sol de la cuisine et emprunta la porte à double battant en verre qui menait vers le jardin.

— Il y a même une piscine ? s'exclama-t-elle, sous le

choc.

Il sourit et hocha la tête.

— Tu as vu le climat ici ?

Elle le regarda d'un air émerveillé.

— Punaise, ce sont vraiment des vacances en fin de compte.

Il rit.

— Je n'en suis pas certain. Mais j'espère que tu apprécieras ton séjour ici.

Elle sourit et se jeta dans ses bras en répondant :

— J'en suis certaine. Et si nous rendions visite à tes amis maintenant ?

CHAPITRE 12

L LUI TENDIT la main.

— Ils ne sont pas très loin à pied. Si tu es prête.

Elle lui attrapa la main et sourit.

— Absolument.

Ils empruntèrent la porte d'entrée et il se retourna afin de la fermer à clé. Sa maison était la troisième après le virage. Il la guida vers ce virage avant de tourner à gauche et de se diriger vers la grande maison face à eux.

Elle le regarda.

— Sommes-nous loin ?

— Nous nous rendons chez Badger. Il habite au bout de cette rue. Il y a une impasse, il vit au centre de celle-ci.

— C'est vraiment génial pour vous.

— Au moment où j'ai acheté cette maison, c'était celle la plus proche. Mais elle l'est bien assez. Du moment que nous pouvons nous rendre visite à pied, ça me va. Mais nous allons nous voir souvent, pour des barbecues, des après-midi à flâner ensemble. C'est donc pratique d'être des voisins, mais en même temps ce n'était pas facile d'habiter aussi près l'un de l'autre.

Elle rit.

— J'imagine. C'est génial pour vous.

Elle sourit en regardant leurs mains jointes. C'est une chose que son mari n'avait jamais voulu faire. Il était toujours mal à l'aise. Chaque fois qu'il lui prenait la main, ça ne durait que quelques minutes avant qu'il secoue la sienne pour la lâcher. Jager semblait à l'aise, ils semblaient même vouloir la lui tenir. Elle ne pensait pas qu'il s'agissait d'une façon de la protéger ou de montrer qu'elle lui appartenait, mais plutôt une agréable façon d'être en contact avec elle. Ce qui lui plaisait car c'était exactement ce qu'elle voulait.

Il la regarda.

— Tout va bien ?

Elle haussa un sourcil.

— Évidemment. Pourquoi ce serait le contraire ?

— Beaucoup de choses ont changé en l'espace de ces deux derniers jours, admit-il. Même pour moi.

— Savent-ils qui je suis ?

Il sourit.

— Un petit peu, oui.

Elle hocha la tête.

— As-tu bien dit que tous tes amis avaient trouvé une petite amie durant ces derniers mois ?

— Eh bien, Badger connaissait déjà Kat et vivait avec cette vie sentimentale problématique depuis des mois. Tout comme nous tous, il se sentait mal dans sa peau alors que son corps n'était pas complet à cent pour cent. Cet état d'esprit a eu un effet plus que négatif sur notre capacité à avancer sur ce point, dit-il d'une voix basse et pensive. Mais c'était plus qu'évident qu'il y avait quelque chose entre eux. Kat parvenait à aider Badger à surmonter ses problèmes de vengeance alors qu'il se moquait pertinemment de son futur.

— Ça devait être dur pour elle car chaque femme veut se sentir suffisante, que son homme souhaite rentrer à la maison pour la retrouver.

— N'est-ce pas ? Mais je ne pense pas que ce soit un

problème uniquement masculin. Je pense qu'on le retrouve dans toutes les relations.

Il lui serra doucement les doigts.

— Je détesterais envisager une relation où l'un des deux ne souhaiterait pas rentrer chez lui.

Elle y pensa.

— Je pense qu'avec le temps, beaucoup de relations tombent dans la routine et c'est à ce moment-là qu'on oublie les petites choses et qu'on devient de moins en moins démonstratif.

Il rit.

— C'est logique. Pourtant l'idée d'un couple qui vieillit ensemble et qui se retrouve assis l'un à côté de l'autre sur des rockingchairs dans une véranda alors qu'ils observent le quartier me semble parfaite.

— As-tu déjà vécu assez d'action dans ta vie ?

Il lui lança un regard coquin qui la fit éclater de rire.

— Mais non, pas ce genre d'action.

— Je n'en sais rien. Mais si on y réfléchit bien, j'ai effectué beaucoup de missions. J'ai vécu beaucoup d'entraînements intenses, y compris des entraînements de tir et de self-défense qui n'en finissaient jamais. Et la plupart étaient géniaux. Le fait de passer beaucoup de temps loin de la maison ne représentait pas un problème puisque pendant longtemps je n'avais aucune femme à retrouver en rentrant chez moi. Mais quand j'ai eu une vraie petite amie, je sais que je n'aimais plus partir aussi souvent.

— Donc tu peux comprendre. L'un d'entre vous a-t-il déjà été marié ?

— Non.

— Intéressant, répondit-elle.

— Pourquoi ?

Elle lui serra les doigts.

— Parce que ça me paraît étonnant, tu es tellement beau et bien éduqué.

Il désigna l'impasse face à eux.

— Cette maison à l'aspect victorien au milieu est celle de Badger.

Elle sourit et regarda l'heure sur sa montre.

— Il est seize heures. Nous aurions peut-être dû prévenir.

— C'est eux qui ont réservé le vol, tu te souviens ?

Son expression s'éclaircit.

— J'avais oublié. Je ne suis pas habituée à ce que l'on fasse les choses pour moi.

— Eux et moi avons géré cette histoire comme une mission. L'un d'entre nous reste sur place pour tout gérer à distance. À chaque nouvelle étape, nous avons trouvé celui qui était le mieux placé pour poursuivre la mission.

— Et pour Vail, c'était toi ?

— Oui. Et j'espère que nous allons enfin trouver le fin mot de cette histoire, dit-il doucement. Si l'un de mes amis s'en va, alors il prend le risque d'exposer sa petite amie à une attaque. Nous savons que ce Freddie en a aussi après nos proches. Et nous refusons que ça arrive. Plusieurs femmes se sont retrouvées impliquées dans notre cauchemar, et nous ne voulons pas que ce schéma se reproduise. Nous sommes à deux doigts de tout découvrir. Je le sais. Freddie est à Santa Fe et il est à notre recherche.

— Toi ? Nous ? Je croyais qu'il en avait simplement après Badger et Geir ?

— S'il est à la recherche de deux des membres de notre unité, alors il en a après tout le groupe ainsi que nos partenaires, nos familles et nos amis, dit Jager d'un ton sévère.

« Douleur maximale » est une devise que nous retrouvons beaucoup.

Elle le crut sans se poser de question, ou du moins elle savait qu'il le pensait vraiment.

— Abattre sept SEALS serait énorme.

Il hocha la tête.

— En effet, mais ce n'est pas impossible.

— Penses-tu qu'il vous attaquera l'un après l'autre ? Par exemple, sommes-nous en danger en traversant cette rue ? Un sniper serait-il en train de nous prendre pour cible ?

Il la regarda d'un air surpris.

— Oui, c'est possible. Mais je ne pense pas que ce soit probable. Il ne voudrait pas montrer son jeu aussi rapidement et tirer sur l'un d'entre nous aurait l'effet inverse.

Elle fronça les sourcils en y réfléchissant.

— S'il a suivi un entraînement militaire, alors il peut avoir beaucoup de tactiques auxquelles nous ne penserions pas forcément.

— Il a reçu moins d'entraînement que le reste d'entre nous, lui assura Jager. Ou du moins je l'espère.

— Tu ne veux pas les avertir en avance que nous arrivons ? demanda-t-elle d'un ton inquiet. Je sais que tu as dit qu'ils nous attendaient après notre vol, mais quand même.

— Difficile à dire. Je leur ai envoyé un message. Erick sait que nous avons atterri. Il sait combien de temps prend le trajet en direction de chez moi. Je soupçonne fortement qu'ils nous aient déjà repérés.

— Tu veux dire qu'ils nous regardent peut-être ? dit-elle avant de soupirer. Punaise, j'espère qu'ils vont m'apprécier. J'ai intérêt à être à la hauteur face à vous.

Surpris, il se tourna vers elle.

— Tu ne dois en aucun cas te comparer à l'un d'entre

nous. Et encore moins te sentir inférieure. Surtout qu'ils vont t'adorer pour une raison particulière.

Elle fronça les sourcils, incapable de trouver de quoi il pourrait s'agir.

— Pourquoi ?

Il sourit.

— Parce que tu m'aimes.

Elle éclata de rire, en s'exclamant :

— Je n'ai jamais dit ça.

— Non, c'est vrai, dit-il avant de lui adresser un petit sourire. Mais tu le feras bientôt.

IL SOURIT ET serra ses doigts en l'entendant s'étouffer.

— Il faut t'y faire.

Elle l'observa, les yeux écarquillés.

— Es-tu toujours aussi déterminé et ambitieux ?

— Était-ce ambitieux ? Déterminé sûrement. Oui, je comprends assez. Mais je ne pense pas être ambitieux. Je pense juste que c'était une façon de présenter les faits.

Puis elle se mit à rire.

— Ce n'est pas vraiment ce que j'appelle présenter des faits. C'est plutôt une façon de supposer quelque chose en attendant que je m'y plie.

Il y réfléchit quelques secondes.

— D'accord, c'est une autre façon de voir les choses.

Ils étaient presque arrivés devant la porte d'entrée de Badger. Parler de choses légères était un moyen de divertir son attention du fait qu'un sniper pouvait très probablement observer leur arrivée. Mais il avait confiance en son équipe. Quelqu'un les surveillait alors qu'ils approchaient de la maison. Ce qui voulait aussi dire que quelqu'un surveillait la personne qui pourrait bien les observer. Inutile d'avoir une équipe si on ne pouvait pas avoir confiance en ses partenaires. Pour Badger, c'était la même chose qu'avec les amis et la famille. La confiance était primordiale. Tout découlait de là.

Il pensa alors à Mouse. Ils lui avaient instinctivement accordé leur confiance. Il était l'un des leurs. Et pourtant aucun d'entre eux ne comprenait vraiment comment il avait pu passer le BUD/S. Évidemment, maintenant, ils comprenaient mieux, et tout semblait évident quand ils repensaient à tous les problèmes qu'il avait vécus. Pendant un moment, ils s'étaient demandé s'il n'était pas dyslexique ou s'il ne souffrait pas d'un trouble de l'apprentissage. Mais ils avaient croisé beaucoup de militaires qui ne possédaient pas les compétences qu'ils jugeaient nécessaires. Mouse était loin d'être le seul à ne pas réussir. L'unité de Jager avait déjà vu ce cas plusieurs fois. Certaines unités étaient incroyablement bien menées, tout le monde était bien entraîné. Mais Jager avait aussi croisé certaines unités qui étaient simplement correctes.

Il la sentit se crisper alors qu'ils traversèrent l'allée en direction des marches du porche.

Elle leva les yeux vers la maison.

— Elle est immense.

Il rit.

— Attends de voir l'intérieur.

Elle lui lança un regard.

— Pourquoi ?

— Badger et son père ont rénové la quasi-totalité de la maison.

— Il est chanceux.

Jager secoua la tête.

— Pas tant que ça. Ses parents se sont également fait assassiner il y a un peu plus d'un an… il y a dix-huit mois je dirais.

Jager se sentait mal d'avoir perdu la notion du temps. Après tous ces mois passés loin des autres, les dates de tout le monde tournaient en boucle dans sa tête.

Elle s'arrêta et lui lança un regard horrifié.

Il hocha la tête.

— Exactement. Nous pensons que tout a commencé avec ses parents après notre accident.

Il ouvrit la porte sans s'annoncer ni sonner.

Elle fronça les sourcils et hésita à entrer chez un inconnu.

Il savait que tout le monde savait déjà à peu près qui elle était et qu'elle se trouvait à l'entrée. Il lui fit signe d'entrer.

— Entre. Ils nous attendent.

Elle tenta de faire quelques pas en avant. Dotty accourut vers eux en aboyant. En voyant Jager, elle devint tout excitée jusqu'à ce qu'il lui dise bonjour.

Allison poussa un petit cri étouffé.

— Elle est adorable.

— C'est Dotty, le chien de garde de Badger, dit-il affichant un sourire ironique.

— Quel chien féroce, dit-elle en s'accroupissant pour caresser le coonhound.

Une fois relevée, son appréhension initiale disparut. Elle lui adressa un grand sourire.

— Aller, c'est parti.

Il sourit et la tira contre lui. Elle n'avait pas encore eu le temps de s'adapter à lui, et encore moins de se préparer à rencontrer le reste de l'équipe. Et même s'ils étaient très sympathiques et aimables, ça ne l'empêcherait pas de se retrouver intimidée par cette bande de mâles alpha anciennement SEAL.

— Ils ne mordent pas.

Elle lui attrapa la main posée sur son épaule et glissa les doigts entre les siens.

— Si tu le dis.

Il sourit et traversa la cuisine en direction de la porte à doubles battants à moitié ouverte sur le jardin. Dès qu'il mit un pied dehors, il entendit des cris de bienvenue. Et évidemment, Morning Blossom se leva et courut vers lui. Il lâcha la main d'Allison et ouvrit les bras.

Morning se jeta dans ses bras et il la serra très fort contre elle.

— Te voilà. Je me faisais tellement de soucis pour toi.

— Comme si tu avais besoin de t'inquiéter pour moi, dit-il en la taquinant. Tu ferais mieux de surveiller Geir.

— Oh, mais c'est ce que je fais, dit-elle d'un ton empathique. Mais la famille n'était pas au complet jusqu'à ton retour.

— Eh bien, elle est encore un peu plus grande que prévu.

Morning s'était déjà tourné vers Allison en lui adressant un grand sourire. Il savait qu'il était impossible que quelqu'un gâche cette bienveillance apparente. Morning était comme une brise fraîche.

Elle ouvrit les bras et enlaça Allison.

— Bienvenue ! s'exclama-t-elle. Nous espérions tellement que Jager rencontre quelqu'un.

Jager leva alors les yeux au ciel.

— Vous feriez mieux de vous préoccuper de vous plutôt que moi.

Il tendit une main vers Allison, qui s'y agrippa avec joie comme à une corde de sécurité alors qu'il fit le tour de tout le monde pour la présenter.

— Ici, nous avons Geir, là-bas c'est Laszlo. Le type avec le moignon en piteux état c'est Badger.

Celui-ci grogna. Il se leva sur sa jambe valide, tendit la main et serra celle d'Allison.

— Ravi de te rencontrer. Ne te fais pas de soucis à propos de Jager. Nous sommes une famille et personne ne mord.

Allison éclata de rire.

— Si je peux faire face au sombre, silencieux et vieux Jager, alors je suis presque sûre de pouvoir faire face au reste d'entre vous.

Jager lui lança un regard, haussa les sourcils et repensa à sa description de lui avant de hausser les épaules.

— Pourtant, je n'ai encore rien fait de sombre à tes côtés.

Elle lui lança un regard en coin.

— Mouais.

Il rit et se dirigea vers Kat qui était assise près de Badger. Jager présenta les deux jeunes femmes. Clary sortit en poussant un chariot sur lequel se trouvait une carafe de thé glacé et une rangée de verres déjà remplis qu'elle distribua à tout le monde. Derrière elles apparurent Erick et Honey. Une fois toutes les présentations faites, Jager trouva enfin un siège à Allison.

— Assieds-toi et détends-toi.

Reconnaissante, elle s'affala avec un peu plus de force que nécessaire et adressa un sourire à tout le monde.

— Merci de m'avoir invitée, dit-elle doucement.

— Nous sommes heureux de faire la connaissance de

tous ceux qui supportent Jager, dit Erick avec un sourire malicieux. Ce type est un électron libre.

Jager grogna.

— Tu me traites d'électron libre alors que c'est toi l'idiot qui est parti à Kaboul pour retrouver ta copine qui se trouvait toujours là où tu l'avais quittée.

Erick leva les yeux au ciel.

— Oui, mais elle avait englouti ma Mustang 69. Il était hors de question que je passe du temps avec elle à cette époque.

Honey qui se trouvait près d'eux sourit.

— On ne me laissera jamais tranquille avec ça, n'est-ce pas ?

Tous les hommes secouèrent la tête alors que les femmes se contentèrent de rire.

— Tu es plus courageuse que le reste d'entre nous. La plupart n'ont pas le droit de conduire les voitures de leur copain, dit Kat en souriant. Je n'ai jamais vu un groupe d'homme autant sur la défensive avec leurs joujoux.

— Nous ne sommes pas du tout sur la défensive. Mais, grâce à Erick, nous avons retenu la leçon. Je ne te laisserais jamais l'occasion d'engloutir ma Jeep, s'exclama Badger.

— Vraiment ? Je l'ai déjà conduite, tu te souviens ? murmura Kat.

Sous le choc, il la fixa du regard.

— Quand ? grogna-t-il.

— Quand je suis venue te chercher à l'hôpital. J'avais pris ta Wrangler car il était plus facile d'y monter et d'en descendre, et je t'ai conduit à la maison. Mais tu étais trop dans les vapes pour t'en rendre compte, dit Kat avant de se tourner vers Allison. Si j'ai bien compris, tu es officier de police ?

Allison hocha la tête.

— Oui. Je travaille actuellement au département de la police de Vail.

— Waouh. Tu dois adorer skier et faire du snowboard.

Allison plissa le nez.

— Pas vraiment. C'était plutôt la passion de mon mari.

Suivit un silence gênant avant que Jager reprenne la conversation.

— Son mari est décédé quelques années plus tôt dans un accident de ski.

Des murmures de sympathie se firent entendre.

— Et tu es tout de même restée ? demanda Honey.

Allison semblait avoir du mal à répondre.

Jager mourait d'envie de répondre à sa place et de la leur présenter.

Elle abandonna enfin son combat pour trouver ses mots et répondit :

— Je serais partie si j'avais trouvé une raison. Mais alors que je traversais ma période de deuil, il me semblait que quitter Vail serait comme le quitter lui. Et je ne pouvais pas faire une chose pareille.

— Je pense que c'est pour ça que l'on enterre nos morts, poursuivit Morning. Ça permet aux personnes toujours vivantes de rendre visite à leurs êtres perdus, de leur parler, de trouver des réponses tout en maintenant ce lien. Rester là-bas était sûrement le meilleur moyen pour entamer ton deuil.

Allison la regarda en souriant.

— Merci. Ça m'aide à envisager les choses sous une autre perspective.

— Et aimes-tu Vail ?

— Vail compte beaucoup d'endroits touristiques mais a tout de même su garder le soutien des locaux.

— D'accord. Et vous y avez aussi vécu un traumatisme, je comprends, dit doucement Kat. Bienvenue au club des femmes ayant subi une attaque d'une sorte ou d'une autre et en ayant survécu.

— Je ne suis pas certaine de vouloir faire partie de ce club, dit Allison avant de rire. L'ennui, c'est qu'une partie de mon travail m'expose à des risques. Et cette fois-ci la menace venait de quelqu'un que je connaissais.

— Malheureusement, c'est souvent le cas.

Allison se leva, se dirigea vers la carafe et se servit un autre verre de thé glacé. De nouveau assise, Dotty s'approcha d'elle et s'allongea à ses pieds en haletant de joie. Jager observa Allison se pencher pour caresser le poil doux de la chienne. Elle lui adressa un petit regard et lui sourit en lui tendant la main.

Les doigts enlacés, Jager observa ses amis tous regroupés dans le jardin de Badger.

— Rien de nouveau ?

Ils secouèrent tous la tête.

— Non. Nous avons juste appris grâce à toi qu'il est en route ou déjà ici.

— Non, c'est aussi grâce à moi, rectifia doucement Allison. Nous savons déjà qu'il est arrivé à Santa Fe il y a quatre jours. Il est possible qu'il soit déjà reparti ou qu'il se cache. Il est aussi probable qu'il soit en train de prévoir sa prochaine attaque.

— Et vous pensez réellement qu'il s'agit de ce Freddie Brown ? demanda Badger.

Jager lui adressa un regard sérieux.

— De ce que nous avons pu étudier, ça correspond à lui. Les jours où il a pris des jours de congé et les dates auxquelles il a voyagé correspondent aux événements que nous connaissons. Il me manque simplement des informations sur lui.

— Nous sommes toujours sur le coup. Ah, voilà Minx.

Badger s'interrompit alors que la jeune femme sortit dans le jardin en leur souriant.

— Minx était l'amie de Mouse quand ils étaient enfants. Elle est en couple avec Laszlo.

Minx échangea une poignée de main avec Allison avant de s'asseoir près de Laszlo.

— Le nom de Freddie Brown ne me dit rien. De ce que je sais, Mouse l'avait soit rencontré à l'école, ou bien après son départ de mon coin du monde, dit Minx.

— Et où était-ce ? demanda Allison.

— Au Texas.

Allison hocha la tête.

— Nous avons relevé que Freddie a pris un vol en direction du Texas.

— Et nous avons tous une photo de Freddie, alors nous pourrons le reconnaître. Nous devons nous attendre à ce qu'il soit très fort en déguisement.

— Mais cela demanderait beaucoup de talent, non ? demanda Morning. Poppy avait quoi ? Soixante ans ? Les cheveux gris ? Évidemment, il est décédé maintenant, mais n'importe qui de ton âge aurait du mal à se grimer de la sorte.

— Poppy était aussi plus imposant, ajouta Geir avant de se tourner vers Minx. Mais souviens-toi quand nous étions dans ce café avec toi, quelqu'un avait utilisé un col de chemise retourné ainsi qu'une fausse barbe pour se donner l'apparence d'être plus grand et plus costaud, dit Geir.

Minx hocha la tête.

— Je m'en souviens. C'était assez effrayant.

— Eh bien, c'est aussi facile que ça. Il suffit de quelques

vêtements, comme rajouter une veste légère en été ou une casquette pour drastiquement changer l'apparence d'une personne.

— Donc, en d'autres mots, tout le monde peut être suspect, dit Allison sur le ton de la blague.

— Jager t'a-t-il déjà tout raconté ? demanda Badger.

— Je ne peux pas vous répondre que oui car qui sait ce que représente ce « tout » ? Je peux vous dire qu'il m'a parlé de votre accident avec la mine terrestre ainsi que tous les décès de vos familles et amis respectifs depuis ce jour.

— D'accord, ça résume à peu près tout.

— Je suis toujours curieuse de savoir comment Mouse a pu subtiliser cette identité.

Erick hocha la tête.

— Une enquête top secret est actuellement en cours. Mason, un de nos amis, se charge de jeter un œil de plus près à ce qui vient de se dérouler. Ce que nous aimerons, c'est trouver le corps de l'homme dont Mouse a volé l'identité. De ce que nous savons pour l'instant, le vrai Ryan Hanson est porté disparu et nous ignorons où il est.

— Ça doit être éprouvant pour sa famille.

— C'est éprouvant pour nous tous.

CHAPITRE 13

ALLISON NE SAVAIT pas trop quoi penser du groupe. Les hommes semblaient tous sortis du même moule que Jager. Ils étaient forts, blessés et visiblement terrifiés, autant intérieurement qu'extérieurement. Ils étaient réunis près d'une piscine dans un jardin incroyable. Elle ne put s'empêcher de pousser un petit cri étouffé en y pénétrant alors qu'on l'avait présentée et qu'elle tentait de retenir tous les noms en les associant aux bonnes personnes. Et Badger, celui qui se remettait de plusieurs opérations, était assis au bout de la piscine comme s'il était à la tête de ce groupe, ou bien cette entreprise, cette famille. Un peu à la façon d'une table de réunion ou de déjeuner.

Mais ils avaient autre chose en commun. Hormis ce qui sautait aux yeux, ils avaient tous cet air de pouvoir, d'assurance. Elle se demanda s'ils avaient tous tiré ça de l'armée.

Elle leva les yeux de Dotty qu'elle caressait alors que Jager lui attrapa la main. Elle sourit.

— Tout va bien.

Il hocha la tête, mais elle le sentit nerveux.

— Alors quelle est la prochaine étape ? demanda-t-elle en s'adressant doucement au groupe. Avez-vous cherché dans tous les coins, poussé les pistes jusqu'au bout ? Je sais que dans n'importe quelle enquête on a l'impression de se retrouver coincé, avant que quelque chose apparaisse soudainement.

— Nous pensons avoir épuisé toutes les pistes plausibles. Tout nous ramène à ce Freddie Brown. Il est ici, il nous observe. Il « cherche un badge », et visiblement il fait aussi des recherches sur une certaine « guerre », dit Erick avec un sourire tordu. Ce qui selon moi veut dire qu'il est à la recherche des proches de Geir, puisque Freddie n'a pas encore abattu un membre de sa famille ou un de ses amis. Mais Geir nous considère comme sa famille et ses amis réunis et n'a personne d'autre. Alors il faut spécialement surveiller Morning. Et Freddie a dû entendre parler de la maison de Badger directement de la bouche de Mouse. L'une des choses dont Badger parlait toujours dans notre unité était les différents projets de rénovation qu'il avait accomplis avec son père chez eux. Et Mouse a facilement pu transmettre ces informations à quelqu'un d'autre.

— Délibérément ? demanda Allison.

Erick la regarda en fronçant les sourcils.

— Que veux-tu dire ?

— Il l'aurait fait de façon anecdotique ou pensez-vous qu'il transmettait des informations à quelqu'un qui les utiliserait dans un but précis après sa mort ?

Erick se pencha en avant.

— Ce qui voudrait dire que nous pourrions envisager un suicide ?

— Je pense que c'est une possibilité, effectivement, répondit Allison en avançant pas à pas. L'autre chose est que, s'il s'agissait d'un suicide, alors il ne prévoyait pas de vous faire du mal après l'explosion. Ce qui nous ramène donc à quelqu'un proche de Mouse, que sa mort aurait mis en colère ou qui ressentirait une forme de culpabilité en pensant qu'il aurait trahi Mouse, ou se sentirait coupable d'avoir survécu, quelque chose dans ce genre.

— La culpabilité étant de plus une émotion difficile à encaisser, ajouta Morning. Mais peu importe la motivation de cet homme, il est tordu et perdu. Et il n'est sûrement pas normal en sachant ce qu'il fait en ce moment.

Allison hocha la tête et s'assit de nouveau avant de boire une gorgée de thé glacé et de sourire. C'était un vrai thé glacé, fait à partir de feuilles de thé infusées. Elle avait passé trop de temps Vail où leur thé glacé n'était qu'une poudre instantanée versée dans un verre.

— L'autre solution, poursuivit-elle, serait de nettoyer le terrain et de se débarrasser de tous les témoins.

— Mes parents n'étaient pas témoins de l'accident, répondit doucement Jager.

Elle hocha la tête.

— Mais qu'auriez-vous pensé s'il avait attaqué toutes les personnes se trouvant ici ? Il a déjà provoqué la « douleur maximale ». Il a déjà fait souffrir toutes les personnes à qui il prévoyait de faire du mal. S'en prendre à vous tous, éradiquer son unité de la surface de la Terre, cela pourrait s'expliquer par le fait qu'il vous déteste encore et qu'il voudrait mettre fin à cette histoire. Ou alors c'est peut-être parce qu'il voudrait passer au niveau supérieur et qu'il a peur qu'en vous laissant en vie, vous le couperiez dans son ascension.

Les hommes hochèrent la tête.

Et après tout ce temps, poursuivit Badger, c'est ce que nous en déduisons, ces deux options. Mais nous devons toujours trouver et arrêter cet enfoiré, puis découvrir laquelle de ces deux options est la vérité.

Puis, le téléphone d'Erick se mit à sonner.

— C'est Cade.

Erick se leva et s'éloigna un peu.

— Si vous deviez réaliser une mission comme celle de Freddie, vous descendre tous, demanda Allison à Jager, combien de temps vous faudrait-il ?

Il lui adressa un regard surpris.

— Tout dépend si nos recherches étaient déjà faites. Mais pour abattre sept hommes ? Sept anciens SEAL ? Je me dépêcherais.

Elle secoua la tête.

— Ce serait le meilleur moyen pour éveiller des soupçons dans le reste de l'unité.

— C'est vrai. Il devrait alors tout faire en un seul jour.

Elle fronça les sourcils.

— La solution la plus facile pour lui serait de vous abattre tous dans cette maison.

Badger hocha la tête.

— Je suis de la même opinion. Je refuse que quelque chose arrive à ma maison. Mais si cela arrive, c'est exactement ce que c'est, une maison. Ce n'est pas une personne faite de chair et de sang.

— Un autre point serait de vous faire complètement dérailler, dit-elle. Comme en tirant sur vos partenaires en face de vous. Parce que ce serait un moyen de vous rendre vulnérable, de vous mettre suffisamment en rogne pour faire quelque chose de stupide.

Badger l'observa avec beaucoup de respect.

— Je n'aime pas du tout la direction que tu prends, mais je respecte le fait que tu en parles.

Elle haussa les épaules.

— On voit presque de tout en travaillant dans les forces de l'ordre. J'ai eu la chance de faire face à peu de choses, mais les motivations derrière un crime sont souvent très simples.

Laszlo grogna.

— L'argent, le sexe et la cupidité.

— Et aussi le pouvoir, ajoute-t-elle. Souvent, c'est simplement une démonstration de pouvoir, juste parce qu'ils en ont l'occasion, l'envie et qu'ils refusent que quelqu'un les empêche de s'amuser. Ce type n'est plus en mission. C'est comme si toute cette histoire lui avait permis de comprendre qui il était. Comme s'il appréciait vraiment le pouvoir qu'il ressent en décidant qui vit et qui meurt. Si j'étais lui, je m'assurerais que personne ne puisse m'arrêter car un plus grand monde s'offre à moi et que je pourrais continuer d'abattre qui je veux. L'argent ne serait pas une motivation car il serait facile d'en obtenir dès que je le souhaite. Une fois que l'on se débarrasse du sens de l'honneur et de la dignité, le monde devient alors une aire de jeu pour psychopathe.

— Donc tu penses que notre tueur évolue ?

— Qu'il se libère ? dit-elle d'un ton hésitant.

Elle fit tourner ce mot dans sa bouche avant de hocher la tête.

— Il se libère, de tout ça. Pour je ne sais quelle raison, c'est l'acte final. Il abattra autant d'entre vous qu'il le pourra. Puis il passera à autre chose. Sa vengeance sera accomplie, si c'est ce qu'il a en tête, ou bien son envie de rectifier ses dégâts, de laisser derrière lui de potentiels témoins ou ennemis qui chercheraient de futures représailles. Puis il s'attaquera à son prochain grand projet.

— Sur quoi te bases-tu ? demanda Erick.

Elle se pencha en avant, fit la moue et reformula ses pensées.

— On dirait presque qu'il coche des cases une par une, pour confirmer ce qu'il aurait vécu et qui lui permettrait de s'assurer qu'il aurait tout fait. Il vous a tous fait sauter, a blessé chacun d'entre vous. Il a infligé, c'est quoi la devise déjà ? demanda-t-elle en se tournant vers Jager. La « douleur maximale » ? C'est donc pour ça qu'il s'en est pris à la plupart de vos familles, vos proches. C'est un acte personnel. Et qu'il s'en soit pris à tout le monde, c'est presque comme s'il venait de réaliser qu'il pouvait frapper à n'importe quel moment avec n'importe qui. S'il voulait rejouer au même jeu avec vous, il n'aurait qu'à revenir.

— C'est tordu, s'écria Erick.

Dotty se leva en entendant le ton de sa voix, avant de se diriger vers l'homme qui se baissa pour lui gratter l'arrière des oreilles. De nouveau heureuse, elle s'affala au sol et s'endormit de nouveau.

— Mais c'est comme ce que nous disions plus tôt, Jager et moi. Mouse avait peut-être prévu de se retrouver blessé lors du premier accident pour pouvoir prendre sa retraite en tant que SEAL. En espérant échapper à tous ceux qui découvriraient sa déception. Il aurait atteint son but, grimpé au sommet en devenant SEAL, avant de se blesser et de toucher une pension d'invalidité et de se retirer avec la gloire.

— Et, poursuivit Jager, sa pension servirait à financer son prochain plan de s'emparer du pouvoir sans avoir à fournir des efforts pour l'obtenir.

— Maintenant, je pense qu'il doit se décider entre vous laisser endurer toute la souffrance et les dégâts qu'il vous a déjà infligés, ou alors de vous abattre pour ne plus avoir à se soucier que vous lui fassiez subir les répercutions. Il pourrait alors recommencer la même chose dans ce vaste monde. Mais il ne s'arrêtera plus de tuer maintenant.

— Vous avez dit que Freddie était jeune ? demanda Badger.

— Dans les trente ans, dit-elle. Nous pouvons vérifier sa

date de naissance, en présumant qu'il n'a pas modifié son acte de naissance, mais il est dans cette tranche d'âge.

— Ça représente beaucoup de colère et une grande vengeance personnelle pour un homme de cet âge, dit Jager. Pendant tout ce temps, nous étions à la recherche d'une personne qui *nous* détestait au possible. Quelqu'un qui voulait que nous mourions *tous*. Et la seule raison qui nous venait en tête était qu'il s'agissait d'une personne proche de Mouse, quelqu'un à qui Mouse manquait énormément et qui nous en voulait à mort pour avoir survécu après son décès et que nous étions alors devenus la cible de cette colère.

— Je pense qu'organiser son plan était un moyen de faire le deuil. Et je crois que son *deuil* est presque fini. Mais maintenant… maintenant, je pense qu'il aime infliger la « douleur maximale ».

Allison sentit tous les regards posés sur elle. Elle haussa les épaules.

— Ce n'est que mon avis.

Badger hocha la tête.

— Si seulement quelqu'un savait qui est cette ordure. Freddie Brown était peut-être l'un des amants de Mouse, mais a-t-il un rapport avec notre accident ou Mouse en était-il l'auteur ? Et le saurons-nous un jour ?

— Vous avez parlé aux ambulanciers, n'est-ce pas ? demanda Allison.

Les hommes la regardèrent.

— Quels ambulanciers ?

Elle haussa les épaules.

— Je ne sais pas comment on les appelle car je n'ai jamais été dans l'armée. Mais qui est venu vous secourir sur la route ?

— Deux autres véhicules étaient en mission de reconnaissance avec nous, répondit Erick. Il y avait quatre hommes dans chaque véhicule. Quand l'explosion a eu lieu, les deux autres véhicules étaient déjà arrivés à destination ou aux alentours. Ils avaient chacun emprunté un trajet différent. Un des deux était plus proche de nous et est arrivé en premier. Puis, le deuxième est arrivé en moins de trente minutes. Ils ont tous les deux fait demi-tour pour nous venir en aide. Ils ont alors appelé les médecins et un hélicoptère fut envoyé pour nous transporter jusqu'à l'hôpital le plus proche, dit-il avant de pencher la tête. En tout cas, c'est ce qu'on nous a raconté.

— Avez-vous discuté de l'état physique de tout le monde avec les médecins ?

— Non. J'ai parlé à tous les hommes présents dans les autres véhicules, répondit doucement Jager.

Elle fut surprise de voir les autres hommes de son équipe l'observer.

— Ils n'étaient pas au courant ? demanda-t-elle à Jager.

Jager observa tout le monde d'un regard vide.

— Quand j'ai réalisé que quelque chose clochait dans cette histoire, j'ai fait des recherches sur tous les hommes. J'ai discuté avec eux. Ils étaient très émus par la situation. L'un d'entre eux est venu à ton secours Badger, il t'a attaché à un brancard avant que l'on t'évacue par hélicoptère. Mais il était à deux doigts de pleurer quand je lui en ai parlé, même un an plus tard.

Badger déglutit bruyamment avant de hocher la tête.

— J'aurais dû penser à le remercier. Ça ne m'est jamais venu à l'idée.

— Je pense qu'il aimerait savoir que tu es toujours en vie. Je le lui ai dit, mais ça n'a pas eu le même impact que si c'était toi qui le lui annonçais. Peu importe, j'ai parlé à chacun d'entre eux, mais ils n'ont pas su me dire grand-chose de plus, à part le fait qu'on nous ait tous séparés. Il a fallu plusieurs hélicoptères pour tous nous emmener là aux endroits où l'on pouvait nous venir en aide.

Tout le monde hocha la tête.

— Quand tout sera fini, dit Jager, nous devrions contacter ces hommes pour les remercier.

Puis, il adressa un regard à Badger.

— J'en connais quelques-uns, mais pas très bien. J'ai aussi vaguement fait des recherches sur eux mais je n'en ai rien sorti d'intéressant.

— Ce n'est pas grave. Je l'ai fait. Et pendant que nous partageons tout ce que nous savons, poursuivit Jager d'un ton sec, j'ai également fait des recherches sur vous.

Allison observa leurs réactions et fut étonnamment surprise de voir que personne ne semblait étonné.

— Ça ne vous dérange pas ?

Ils se tournèrent tous vers elle, le regard sombre.

— Nous avons décidé de nous faire confiance mais nous ne sommes pas non plus stupides. Nous avons tous fait des recherches sur chacun d'entre nous. Et personne n'a rien trouvé. Nous avons aussi cet enregistrement, ajouta Badger. Et j'ai reconnu quelques-unes d'entre elles à l'intérieur du véhicule. Il datait d'avant l'explosion.

Allison se pencha en avant.

— Je sais que c'est personnel et que vous n'êtes pas obligé d'accepter, mais pourrais-je entendre cet enregistrement ?

Badger hocha la tête. Il attrapa son ordinateur sous le patio près d'eux et se mit à cliquer sur deux trois icônes.

— Le voilà.

Elle entendit des rires à bord d'un véhicule en mouvement, puis une voix métallique se fit entendre alors que des gens discutaient dans le fond. Elle reconnut la voix de Badger, ainsi que celle d'Erick. Elle ne connaissait pas les autres.

— Qui n'est pas présent sur cet enregistrement ?

— Mouse dormait. Nous étions quatre à l'arrière et quatre à l'avant. Talon conduisait. Badger était derrière le fusil de chasse. Mais la partie avant du véhicule était ouverte sur celle arrière, alors certains d'entre nous pouvaient entendre les autres. Je crois bien que je somnolais tout du long, dit Laszlo.

Geir hocha la tête.

— Moi aussi.

— Et Cade ? demanda Allison en observant autour d'elle. Est-ce bien le nom de celui qui faisait le guet ?

Ils hochèrent tous la tête.

— Cade était à l'arrière.

— Ce qui peut une fois de plus prouver que Mouse était derrière tout ça ?

Les autres hochèrent la tête d'un air triste.

— Oui, donc la meilleure théorie reste celle du suicide, dit Allison. Un suicide efficace et violent. Sans compter que tous les autres passagers en ont subi les conséquences, à la fois mentalement et physiquement. Je suppose que vous avez déjà fait des recherches sur tout son entourage ?

— Toutes les personnes qui étaient proches de lui, oui. Mais nous n'avons trouvé personne de plus.

— Eh bien, dans ce cas, nous devons capturer Freddie avant qu'il ne se rapproche de nous car je déteste être considérée comme une cible facile.

Jager rit.

— Et as-tu un plan ?

— Vous devriez vous servir de moi car je suis la seule

personne dont il ignore que je fais partie de votre groupe, sans compter qu'il y a peu de chance pour qu'il me reconnaisse. À l'heure qu'il est, il a déjà fait des recherches sur chacun d'entre vous. Mais Jager et moi sommes un couple si récent que Freddie ne me connaîtra pas encore. À moins qu'il surveille cette villa en ce moment même. Mais je présume que vous avez déjà fouillé partout, sinon vous ne seriez pas assis dehors au moment où nous parlons, dit-elle avant de se pencher en avant. Nous devons élaborer un plan d'attaque. Il veut Badger ? Alors, donnons-lui Badger. Et je me ferai passer pour Kat, ou l'une de ses amies, ou peu importe. Je resterai aussi proche de lui que possible et, dès qu'il tentera de s'en prendre à Badger ou à moi, vous pourrez le coincer.

Le reste de l'équipe la fixa du regard.

Erick marmonna :

— Eh bien, dis donc, Jager, quand tu te décides à en choisir une, tu en choisis une bonne.

Jager s'assit de nouveau, un sourire aux lèvres.

— En effet.

Elle leva les yeux au ciel.

— Arrêtez vos commentaires de macho. Il faut absolument éviter que ce type rentre dans cette maison et puisse s'en prendre à l'un d'entre nous. Il en est hors de question. Il a déjà eu son quota. C'est fini maintenant. Combien de noms ai-je recherchés parmi les compagnies aériennes pour toi ? Quatre, non ?

Jager hocha la tête.

— Nous devons faire le tour des hôtels, poursuivit Allison. Si nous divisons le nombre d'hôtels pouvant se trouver dans les environs par… combien de personnes sommes-nous ici ? Douze et maintenant quatorze avec nous ? … Ça ferait quoi, dix, quinze ou vingt hôtels chacun ? Je peux également demander de l'aide à mon frère.

— Ton frère ?

Elle lança un regard à Badger.

— Mon frère travaille dans le département de la police de Santa Fe.

Il hocha la tête.

— Ça nous aiderait beaucoup.

— Il aurait déjà dû nous communiquer des informations à l'heure qu'il est. Je devrais peut-être l'appeler.

Elle sortit son téléphone et, une fois qu'il répondit à son appel, elle lui dit :

— Dennis, je suis à Santa Fe.

— Punaise. Quelle bonne nouvelle !

Elle croisa le regard de Jager et sourit.

— Oui, nous sommes arrivés il y a à peu près une heure. Tu te souviens de l'information que je t'ai demandée ? As-tu trouvé ce Freddie ?

— On dirait bien que je ferais mieux de le trouver avant que tu retournes toute la ville, dit son frère en riant.

— Je ne vais pas retourner ta ville, protesta-t-elle. Honnêtement, poursuivit-elle en riant, je vais plutôt te laisser le faire toi-même. Il faut absolument coincer cet homme. Il en a après moi et tous mes amis ici.

Elle entendit son frère pousser un cri à l'autre bout de la ligne.

— Toi ? Pourquoi ?

— Parce que je suis ici avec Jager. Et que Jager fait partie des sept hommes à qui Freddie en a après.

— Comment ? Pourquoi ? hurla-t-il dans son oreille.

— Je sais que je t'ai envoyé quelques dossiers. Si tu n'as pas eu le temps de les consulter, ce n'est pas grave, *mais* tu dois tout de suite t'informer car la seule chose importante est de localiser cette ordure et de l'arrêter. Il me faut le nom de son hôtel, je veux savoir quand il est arrivé et combien de temps il compte y rester. Je veux savoir précisément dans quelle chambre il se trouve.

— Et si je ne parviens pas à trouver ces informations tout de suite ? demanda-t-il d'un ton exaspéré.

— Préfères-tu coincer cet enfoiré ou assister aux obsèques de ta sœur ?

Puis elle raccrocha. Elle rit en se tournant vers eux en leur lançant :

— En réalité, je ne suis pas une brute. C'est juste notre façon de nous parler.

Tout le monde la regarda, même Dotty.

Puis Kat, assise près de Badger, se mit à applaudir. Et les autres la suivirent rapidement.

Elle rougit et se redirigea vers sa place près de Jager.

— Je ne fais rien de plus que vous n'auriez pas pu ou voulu faire.

Il passa un bras autour de ses épaules avant de la serrer contre lui et de déposer un baiser sur sa tempe.

— Ce que tu viens de faire est énorme. Tu t'es battu pour nous.

Elle haussa les épaules.

— Je ne peux quand même pas laisser cet enfoiré venir ici et vous tuer, si ? J'ai déjà enterré mon mari. Je refuse d'en enterrer un autre avant même que nous entamions notre histoire.

Ses yeux s'écarquillèrent alors qu'elle réfléchit à ce qu'elle venait de dire. Puis elle devint rouge écarlate. Elle lui lança un regard sombre.

— Et non, je ne l'ai pas dit.

Il se pencha en avant et lui murmura :

— Tu pourras me le dire ce soir.

Elle secoua la tête.

— Je ne le dirai pas.

Il se contenta de sourire. Et elle savait qu'elle s'était attiré des ennuis. Mais peu importe ce qu'il se passerait, elle ne le dirait pas aussi facilement. Mais alors qu'elle l'observait, elle vit Badger imprimer quelque chose. Il s'agissait sûrement d'une liste des hôtels des environs.

— Il sait probablement déjà où vous habitez, dit-elle. Il ne doit pas être loin. J'ignore quel genre de véhicule il doit avoir cette fois-ci. Alors nous aurons du mal à le repérer.

— Que conduisait-il à Vail ? demanda Badger.

— Une Audi bleue. Mais les pneus étaient usés, alors il empruntait les pick-up de tout le monde. Son Audi est restée à Vail.

Ils froncèrent les sourcils.

— L'Audi bleue qu'il possédait est sûrement impliquée dans plusieurs accidents, dit Talon. Quel genre de véhicule louerait-il ?

— Je parierais sur une Porsche noire, répondit Badger. Il serait alors fidèle à son habitude.

JAGER ÉTAIT SI fière de voir Allison prendre leur défense. Sans compter le fait qu'elle ait également impliqué son frère. S'ils avaient la police de leur côté, non seulement ils seraient avertis de leur problème, mais en plus ils pourraient leur venir en renfort si besoin.

Quelques minutes plus tard, ils passaient tous des appels à de multiples hôtels.

Honey fit un signe de la main, se tourna vers les autres d'un air impatient et répondit :

— Merci beaucoup, avant de sourire et de raccrocher. Un Freddie Brown s'est enregistré il y a quelques jours à l'hôtel Oasis. Ce n'est qu'à environ deux kilomètres d'ici.

— As-tu dit un hôtel ou un motel ? demanda Jager.

Il pianotait déjà sur son ordinateur pour trouver l'adresse.

— C'est un motel. Il peut alors se garer sur le parking à côté et accéder à sa chambre depuis l'extérieur. Il évite alors de traverser un hall et de se faire repérer. Il a réservé la chambre par téléphone. La réceptionniste a fini par se montrer très coopérative. Mais j'ai mentionné le nom de ton frère pour la pousser.

— Ha. Et je pense qu'elle ignore le genre de véhicule qu'il conduit n'est-ce pas ?

Honey rit.

— C'est sûrement l'une des raisons pour lesquelles elle s'est montrée aussi gentille. Il conduit une Porsche noire.

Suivit un silence.

Allison leva les yeux.

— Évidemment, ce n'est pas par hasard. Quelqu'un pourrait-il me raconter les détails ?

— Nous sommes à la recherche d'une Porsche noire depuis le début de ce cauchemar, répondit Badger. Ce qui confirme que nous sommes sur la bonne voie. Nous allons finir par attraper ce type.

Sa voix raisonnait d'excitation alors qu'il pianotait sur son clavier.

Allison sourit.

— Maintenant, les voitures de location ? Voulez-vous que je fasse des recherches parmi les agences de locations ?

Jager hocha la tête.

— Si tu en as envie. Il n'existe pas beaucoup d'endroits en ville où louer une Porsche.

Elle prit son téléphone et, trois appels plus tard, elle leur annonça :

— Freddie Brown a loué une Porsche noire il y a quatre jours. Il l'a loué le temps d'une semaine et doit la rendre dans trois jours.

— D'accord, je note ces informations, dit Erick. J'ai récolté toutes les informations depuis le début. Il nous reste plus qu'à élaborer un plan pour découvrir qui est ce Freddie.

— Nous savons déjà qui il est, répondit doucement Allison. Mais nous devons découvrir son lien par rapport à Mouse.

Le reste du groupe hocha la tête.

— Bien vu.

Puis, Kat se leva, chuchota quelque chose à Badger et se rendit dans la cuisine. Badger observa autour de lui.

— Il est l'heure de dîner. Restez-vous tous avec nous ?

Allison haussa les sourcils.

Jager la comprenait. Il y avait beaucoup de monde ici.

— Je n'ai pas envie de t'en empêcher, murmura-t-elle.

Jager hocha la tête.

— Nous restons. Plutôt barbecue ou livraison à domicile ?

Kat se tenait dans l'encadrement de la porte.

— Les steaks sont déjà prêts. J'ai cuisiné des pâtes pour réaliser une salade de pâtes à la grecque si quelqu'un veut venir m'aider. Il y a des avocats et des tomates à couper et aussi de la feta. J'ai déjà fait cuire les pommes de terre. Je vais les mettre sur le grill pour les réchauffer.

Tout était organisé. Badger, Allison et Jager poursuivirent leur chasse aux informations sur leurs ordinateurs, mais Laszlo, Talon et Geir se levèrent et se dirigèrent vers les barbecues. C'est alors qu'Allison vit trois énormes barbecues alignés les uns à côté des autres.

— Je ne pense pas avoir déjà vu autant de barbecue dans ma vie.

Badger rit.

— Comme nous vivons les uns à côté des autres, il nous faut beaucoup de place pour cuisiner.

Elle observa Jager.

— Y a-t-il autre chose sur laquelle tu aimerais que je fasse des recherches ou devrais-je plutôt donner un coup de main aux filles ?

Il lui sourit.

— Tu peux faire ce que tu veux.

Elle s'assit à côté de lui quelques instants en y réfléchissant.

— Non, je ne peux pas, dit-elle à voix basse.

Il lui lança un regard confus.

— Pourquoi ?

— Parce que trop de personnes nous regardent.

CHAPITRE 14

ALLISON SE LEVA et se rendit à l'intérieur. Elle entendit Badger rire alors qu'elle passa devant lui et lui lança un regard pétillant. La dernière chose qu'elle entendit fut le commentaire que Badger fit à Jager.

— Elle est vive.

La réponse sincère de Jager la fit sourire :

— Et Dieu merci.

Une fois dans la cuisine, elle demanda aux autres :

— Que puis-je faire ?

— Tu peux amener les assiettes et les couverts dehors. Et demander aux hommes de mettre la table. Ensuite, nous aurons juste à tout sortir et tout le monde se servira soi-même.

— Je peux faire ça.

Elle sortit de nouveau et demanda à Talon qui se tenait près des barbecues.

— Je suis censée vous demander de l'aide pour mettre la table.

Les hommes sortirent deux grandes tables pliantes et les installèrent en face des barbecues.

Elle retourna dans la cuisine et sortit les assiettes, les couverts et mit de l'eau en bouteille. Kat s'approcha derrière elle, un grand plat de pomme de terre entre les mains. Et l'une des femmes, dont Allison avait déjà oublié le prénom, la suivit dehors avec un grand bol de salade de pâtes.

Allison observa les salades et sourit.

— C'est le genre de repas que j'aime.

Les patates furent couvertes par un filet d'huiles et positionnées sur l'un des barbecues près d'elle. Elle sourit.

— Waouh, vous savez comment bien manger, n'est-ce pas ?

— C'est l'une des leçons que l'on apprend en frôlant la mort.

Jager s'approcha derrière elle. Il posa délicatement sa main dans sa nuque.

— On apprend à savourer les petites choses simples. Les bons amis et la bonne nourriture en font partie.

— Oui et quoi d'autre ?

Il lui pinça lui légèrement la nuque, lui pencha la tête en arrière et chuchota :

— Toi.

Puis il l'embrassa devant tout le monde.

Elle se retourna, passa les bras autour de son cou et le serra contre elle. Quand il releva la tête, elle s'appuya contre lui en lui disant :

— Ce n'est pas juste.

Il grogna.

— Tout comme ton commentaire de tout à l'heure.

Elle sentait déjà son corps réagir à leur baiser. Elle soupira de bonheur en se tournant dans ses bras tout en parvenant à conserver son étreinte alors qu'elle observait tout le monde autour des barbecues. Erick et Geir sortirent avec de grandes planches à découper entre les mains sur lesquelles se trouvaient des steaks assaisonnés Une fois sur les grilles brûlantes, la viande se mit à grésiller, ce qui la fit sourire.

— Serait-il possible d'en avoir un à point ?

— Évidemment, répondit Kat. C'est la cuisson parfaite pour la plupart d'entre nous.

Morning Blossom, Allison se demanda comment elle pourrait un jour s'habituer à appeler la jeune femme *Morning,* mais elle n'oublierait jamais le prénom de cette jeune femme, sortit avec un panier couvert.

— Qu'est-ce que c'est, Morning ? demanda Jager.

Elle rit.

— Un de tes plats préférés.

Geir apparut alors à ses côtés.

— Il faut que je goûte, dit-il en essayant de soulever le panier recouvert d'un torchon.

Elle lui frappa la main pour l'éloigner.

— Tu en as déjà mangé hier. Tu n'as pas besoin d'en manger plus. C'est pour les autres, dit-elle en pleurnichant.

Il lui adressa un regard si dévasté qu'elle éclata de rire, souleva le torchon et le laissa glisser la main dans le panier. Il la ressortit avec une boule de pâte chaude qui sentait l'ail et le beurre. Elle posa le panier de pain sur la table et lança :

— On dirait que ces hommes ne mangent jamais.

Allison sourit.

— Pas étonnant, en présence de plats aussi bons. Ils ont sûrement peur de manquer leur prochain repas. Ils doivent aussi en profiter pour en prendre le plus possible avant qu'ils ne disparaissent.

Puis son téléphone sonna.

— À quel point cet homme est-il dangereux ? lui demanda Dennis.

— Je ne plaisantais pas en disant qu'il est l'auteur d'au moins six meurtres.

— Seul ?

— Non, nous pensons qu'il aurait embauché des personnes pour certains. Nous sommes presque sûrs qu'il aurait poussé hors de la route les parents de Jager lors de leur passage à Vail. Nous l'avons également suivi en Norvège alors que le père d'un d'entre nous y a intentionnellement été percuté par une voiture. Le tout interprété comme un accident.

— Mon Dieu.

— Ce n'est que le début, dit-elle. Je suis en train de discuter avec tout le monde alors que nous essayons de comprendre ce qu'il s'apprête à faire ici. Et nous nous préparons pour un barbecue.

— Tu en as de la chance, je finis mon service à minuit.

— Désole pour toi, frérot.

Il rit.

— Je sais que ce n'est pas vrai.

Elle rit.

— Comment va ta famille ?

— Le bébé fait enfin ses nuits. C'est beaucoup mieux comme ça, dit-il en riant. Ils seront heureux de voir tata Allison.

— Oui, demain peut-être.

— J'envoie une patrouille à l'hôtel Oasis. Je veux savoir s'il est dans les parages. Et nous avons aussi lancé un signalement sur la Porsche. Fais attention à toi. Si ce type est un tueur à gages ou qu'il est bon dans ce qu'il fait, alors tu n'es pas en sécurité où tu te trouves.

— Je sais, répondit-elle. Nous le savons tous.

— Alors, profite de ce moment. Qui sait quand tout explosera.

Puis il raccrocha.

Elle rangea son téléphone dans sa poche et les autres se tournèrent alors vers elle.

— Il envoie une voiture de patrouille au motel et il a lancé un signalement sur la Porsche. Mais nous devons trouver et attraper Freddie pour obtenir des réponses de sa part.

Tout le monde hocha la tête.

Jager se tenait près d'elle en souriant.

— Dans ce cas-là, nous devrions bien manger.

— Manger tard tu veux dire ?

— Hors de question. Plutôt prendre des forces pour la soirée qui nous attend.

Au même moment, Erick s'exclama :

— Les premiers steaks sont prêts.

Ils s'avancèrent tous vers lui pour prendre un steak tant qu'il en restait. Puis des rires et des gémissements de joies résonnèrent alors qu'ils attaquèrent leur dîner. Quand Allison prit une bouchée de pain maison de Morning, elle se contenta de l'observer.

— C'est tellement moelleux. Comment les prépares-tu ?

Morning la regarda, de l'espoir dans les yeux.

— Aimes-tu cuisiner ?

Allison y réfléchit.

— Je ne sais pas trop. Je n'ai jamais vraiment essayé.

— Si un jour tu en as l'occasion… dit-elle en désignant le panier. Ce pain ne prend qu'une vingtaine de minutes à préparer.

— Je vais bien trouver vingt minutes, répondit Allison. Ou peut-être que Jager les trouvera.

Il fronça les sourcils en la regardant.

— Comment sais-tu que je cuisine ?

— Je n'en savais rien. Mais je me suis dit que si je devais apprendre, tu apprendrais aussi.

Il sourit.

— Pour le moment, nous sommes tous au chômage, et nous avons tous le temps d'apprendre à cuisiner.

Allison observa autour d'elle.

— Aucun d'entre vous ne travaille ?

Le rire de Kat résonna dans la nuit.

— Je suis ingénieure et prothésiste, dit-elle en souriant. Honey est dentiste. Morning gérait des chambres d'hôtes avant de découvrir son côté créatif, ainsi Clary et elles sont devenues des artistes. Parfait dans une ville comme Santa Fe. Minx travaille pour les services sociaux. Faith est au travail en ce moment mais elle sera bientôt de retour. Donc toutes les femmes travaillent.

Badger grogna.

— Eh bien, je suis en invalidité donc j'ai une bonne excuse.

Kat se pencha vers lui et lui tapota le bras.

— Évidemment que tu as une excuse.

Les autres hommes se mirent alors à le taquiner.

— D'accord, donc cette mission était notre priorité, le travail passait en deuxième.

Allison y réfléchit.

— Je suppose que ça vous a pris des années, n'est-ce pas ? D'abord, l'accident dont vous vous êtes tous remis. Une fois rétablis, vous avez réussi à comprendre qu'on vous avait délibérément fait subir ça et c'est ce qui vous a lancé dans cette quête de vengeance. Et si nous attrapons Freddie, tout ça sera fini ?

Elle les observa un par un. Personne ne se risqua à répondre et elle le comprit parfaitement.

Jager brisa le silence.

— Si Freddie connaît les réponses que nous cherchons, s'il est réellement l'ordure derrière tout ça alors, oui. Je serais heureux du moment qu'il se retrouve derrière les barreaux pour toujours.

— Exactement, confirma Laszlo. Mais, pour l'instant, nous avons toujours eu l'impression de ne pas aller assez loin. Nous n'avons pas encore trouvé toutes les réponses. C'est ce que nous attendons tous.

— Et que se passera-t-il ensuite ? demanda Allison. Qu'allez-vous faire ?

Les hommes échangèrent un regard avant de se tourner vers elle et de hausser les épaules.

— Nous avons réfléchi à plusieurs idées, mais rien de concret pour l'instant.

— Intéressant. Donc vous ne serez pas prêt à prévoir des choses tant que la mission ne sera pas achevée ?

Jager hocha la tête.

— Exactement. Une fois cette histoire réglée, nous pourrons planifier notre futur.

— Donc vous voyez dorénavant un futur, dit-elle doucement. Sinon vous ne vous seriez pas mis en couple. On s'engage en prenant une partenaire. Les relations sont une façon d'entrevoir le futur, au-delà de ce soir. Donc vous croyez déjà en un possible futur, mais vous n'êtes pas certain de ce qu'il sera.

Honey hocha la tête.

— C'est très malin de ta part. Mais ces hommes ont déjà traversé beaucoup d'épreuves, alors il est compréhensible que le futur leur semble un peu lointain.

Allison hocha la tête en pensant au fait qu'ils étaient sept.

— Vous devriez monter votre propre entreprise, dit-elle.

Suivit un silence. Les amis échangèrent un regard avant de reposer les yeux sur elle.

— Ah oui ? Et que penses-tu que nous devrions faire ?

— Eh bien, vous avez été plutôt efficace pour mener l'enquête sur ce qui vous est arrivé, alors pourquoi pas quelque chose dans ce style ?

— Nous y avons pensé, mais beaucoup de personnes font déjà ce genre de choses, répondit Jager.

Elle hocha la tête.

— Mais le monde est en sacrée pagaille. Je doute fortement que vous puissiez manquer de travail.

— Possible.

Puis un téléphone sonna et elle vérifia s'il s'agissait du sien, mais c'était celui de Talon.

Il se leva.

— Quelqu'un veut bien réserver un steak pour Cade, je vais le remplacer.

Les autres hochèrent la tête. Erick se leva, se dirigea vers l'un des barbecues et déposa un steak dessus.

Allison n'avait toujours pas rencontré Cade. Elle secoua la tête.

— Difficile d'imaginer avec toutes vos compétences que vous ne trouveriez pas une manière de vous rendre utiles.

— Nous n'avons pas dit que nous ne pouvions pas, rectifia Erick en se retournant de l'un des barbecues. Mais c'est un mode de vie très physique. Nous serions parfois amenés à partir pendant des jours voire des semaines. Je ne suis pas certain que ce soit ce que nous voulons encore faire. La plupart d'entre nous refusent de quitter leurs familles, maintenant que nous avons tous rencontré quelqu'un.

Elle y réfléchit.

— Alors vous pourriez peut-être engager d'autres personnes.

Erick la regarda en fronçant les sourcils.

— Que veux-tu dire ?

— Pourquoi pas créer un centre d'entraînement ? Vous pourriez alors rester ici et trouver des candidats. Vous n'auriez qu'à recruter et former de nouvelles personnes. Peu importe où vous allez, vous superviserez de loin, vous ne mèneriez pas vous-même les enquêtes.

En entendant cette proposition, Erick semblait plus intéressé.

— Je ne suis pas certain que ce soit ce que nous voulons tous, mais nous devons réfléchir à cette option.

— Mais oui. Montez une boîte de coordination qui couvrirait tout ce que vous êtes capables de faire et vous pourriez ensuite décider si deux d'entre vous aimeraient travailler dans le service rapproché ou deux autres aimeraient travailler dans la construction. Et si vous avez des compétences informatiques, vous ne seriez jamais dépassés. Vous pourriez même faire des consultations privées avec des entreprises.

Elle devait restreindre son enthousiasme car il ne s'agissait que de son idée, mais pourtant les hommes pourraient en faire quelque chose d'unique qui leur conviendrait à tous. Quelque chose qui viendrait d'eux. Elle lança un regard à Jager et vit cet air contemplatif lui traverser le regard. Elle sourit. Parfait, elle refusait qu'ils rejettent son idée sans l'envisager. Elle voulait qu'ils y réfléchissent et qu'ils trouvent leur propre version améliorée.

Quelques minutes plus tard, un étranger apparut et elle se figea. Jager tendit la main et caressa délicatement la sienne.

— C'est Cade.

Elle observa le nouvel arrivant avec intérêt.

— Bonjour Cade, dit-elle alors qu'il s'avançait vers elle.

Il l'étudia du regard, mais une fois qu'il la vit assise à côté de Jager, il lui sourit.

— Salut. Ravi de te connaître, Allison. Bienvenue dans la famille.

Puis elle se rendit compte qu'il n'existait aucun meilleur accueil que l'un où l'on se sentait accepté.

JAGER RIT EN apercevant le regard de Cade alors qu'il les observa, lui et Allison, l'un après l'autre.

Cade s'approcha d'eux.

— Oui, elle est parfaite.

Cade sourit et pressa l'épaule de Jager.

— Tu n'as pas idée à quel point je suis heureux pour toi, dit-il doucement. Sachant que nous avions tous trouvé quelqu'un, voir que ce n'était pas le cas pour toi était vraiment triste.

— Je pense que ce n'était qu'une question de temps, murmura Jager. Et je devais peut-être me rendre dans un lieu où il n'y avait pas de concurrence.

Cade l'observa un moment avant de rire.

— Mec, tu es moche mais quand même pas à ce point-là.

Allison se retourna soudainement et les observa.

Cade recula en levant les mains de façon défensive avant de rire une nouvelle fois.

— Je pense que tu as peut-être raison. Elle devait simplement être la bonne.

Sans lui laisser le choix, Cade passa ses bras autour d'Allison et la serra fort contre lui.

Mais Allison lui retourna cette embrassade. Jager l'entendit lui dire quelque chose, mais il n'était pas suffisamment près d'eux pour entendre ses mots. Il le regarda en fronçant les sourcils en attendant qu'il s'éloigne. Une fois parti, Allison rougit. Il l'observa d'un regard suspect. Mais elle le regarda en retour d'un air innocent et il comprit alors que quelque chose se tramait.

Cade se contenta de rire et de se diriger vers les steaks.

— Dis, Erick, tu ne brûles quand même pas mon steak ?

— Maintenant que tu es là, tu peux le préparer toi-même.

— Et si tu as de la chance, il doit encore rester du pain à l'ail préparé par Morning, dit Kat d'un ton blagueur depuis la porte ouverte de la cuisine.

Cade se retourna.

— Morning, j'espère que tu m'en as réservé un.

Elle se dirigea vers lui, le panier à la main.

— Il en reste deux. Jamais je ne t'aurais laissé mourir de faim.

Il lui adressa un regard reconnaissant et s'en servit un.

Geir s'approcha et attrapa le dernier.

— Mais tu as une pénalité pour ton retard, dit-il en mordant dans le pain.

L'expression de Cade fit rire Jager. Allison glissa les doigts entre les siens et lui dit :

— La relation que vous avez est vraiment unique.

En entendant ses mots, Morning se tourna vers elle en lui demandant :

— C'est fantastique, n'est-ce pas ?

— Eh bien, ce serait le cas si tu me faisais à manger, dit Cade d'un air mécontent.

Faith rejoignit le groupe, s'avança vers eux et passa les bras autour de Cade.

— Que se passe-t-il ? Tu souffres déjà ?

Cade rit et son visage s'adoucit alors qu'il enlaça la jeune femme près de lui.

— Chaque moment passé loin de toi, dit-il d'un ton moqueur, n'est que souffrance.

Elle leva les yeux au ciel.

— Mais bien sûr.

Il déposa un baiser sur son nez ainsi qu'un autre sur son front.

— Mais je suis sérieux. Je souffre vraiment quand tu es loin de moi.

— Eh bien, étant donné que j'avais un vol et que je viens juste de rentrer…

— Tu es pilote ? demanda Allison.

Faith la regarda en riant.

— Merci.

— Pourquoi ? demanda Allison en fronçant les sourcils.

— Pour ne pas avoir pensé que j'étais hôtesse de l'air ou en voyage d'affaires ou je ne sais quoi. Mais oui, je suis pilote de ligne.

Cade grogna.

— Tu ne me pardonneras jamais, n'est-ce pas ?

Puis Jager crut entendre quelque chose. Dotty se leva en un bond, les oreilles redressées, alors qu'elle fixait un coin du jardin. Jager se figea en levant les yeux vers Cade se trouvant devant lui. Les deux hommes poussèrent leurs copines vers le côté de la maison. Jager se dirigea vers la gauche et Cade vers la droite. Badger ne pouvait pas trop bouger. Les autres s'étaient déjà dispersés.

Jager était content du moment que quelqu'un se chargeait d'Allison. Il la vit s'approcher derrière lui alors qu'il glissa de l'autre côté du mur. Son regard était aux aguets. Il la regarda en fronçant les sourcils et elle fit de même. Il désigna la maison du doigt et elle haussa les sourcils. Puis il murmura :

— C'est ce que je récolte en sortant avec un flic.

— Eh oui, répondit-elle en hochant la tête.

Il se faufila à l'avant de la maison avant de traverser la clôture. Il attendit. Mais il n'entendit rien d'autre avant de penser détecter un léger craquement. Il lui lança un regard et elle grimaça en tentant d'identifier la provenance du bruit. Ils n'entendirent aucun nouveau bruit et il se posa des questions. Puis, il entendit un cri au loin. Mais il ne semblait pas humain. Il fronça les sourcils, y réfléchit et finit par reconnaître un ancien cri qu'ils utilisaient lors de leurs missions.

Il revint vers la maison en restant proche d'Allison.

— C'est Laszlo qui nous met en garde.

— Ça nous aurait aidés de savoir ce que c'était lorsque nous cherchions.

Au même moment, une Porsche noire passa devant eux. Le conducteur roulait lentement, comme s'il était à la recherche d'une adresse avant de faire doucement demi-tour dans l'impasse. Jager jura, se précipita vers le côté passager du pick-up d'Erick tout en lui demandant les clés. Il les rattrapa en plein vol alors que ce dernier les lui lança. Il alluma le contact et commença à avancer alors qu'Allison monta à bord avant de fermer la porte. Jager lui adressa un regard noir. Mais il n'avait pas le temps de discuter.

— Aller vite, vas-y, dit-elle. J'envoie un message aux autres.

Puis il s'engagea dans la rue derrière la Porsche.

— Tu dois te baisser pour éviter qu'il te reconnaisse.

Elle bascula son siège en arrière et se tourna sur le ventre en passant les mains derrière l'appui-tête tout en envoyant un message au reste de la bande. Il se rapprocha de la Porsche et lui dicta le numéro de la plaque d'immatriculation.

— C'est celle-ci, n'est-ce pas ?

— Effectivement.

Au même moment, le conducteur de la Porsche accéléra, prit un virage et, alors que Jager le suivait d'aussi près que possible, il accéléra quelques fois sur les avenues de la résidence avant de reprendre une route principale en direction de l'autoroute.

— Punaise, il sera difficile de le suivre, dit-il. Ce pick-up n'est pas fait pour ça.

— Je sais, répondit-elle. J'envoie également un message à mon frère.

— Si nous arrivons à le suivre, ça changerait peut-être quelque chose.

Jager roulait vite mais prudemment. La Porsche zig-zaguait à travers les véhicules et Jager savait qu'il perdrait sa trace dans peu de temps. À cette vitesse, la Porsche pouvait emprunter une sortie avant que Jager n'ait la chance de savoir où il était passé.

— Envoie une patrouille au motel. Assure-toi qu'il y ait du monde pour le recevoir.

— Je m'en occupe, répondit doucement Allison.

Il la laissa faire alors qu'il concentra son attention sur la voiture. Il dépassa quelqu'un par la droite et continua de se rapprocher de la Porsche. Puis, comme si le conducteur venait encore de repérer l'approche de Jager, il tourna brusquement à droite en traversant une double ligne avant d'emprunter une sortie. Il n'y avait personne sur sa droite alors Jager tourna le volant d'un seul coup.

— Accroche-toi.

Il parvint à emprunter la sortie au dernier moment. Le pick-up remua en reprenant une ligne droite, mais il venait de perdre de la vitesse. La Porsche, quant à elle, roulait toujours aussi vite. Ils étaient sur une route parallèle à l'autoroute qui donnait accès à tous les magasins au bord de la route. Jager enfonça la pédale d'accélération et poursuivit sa course.

— Si nous n'arrêtons pas tout ça tout de suite, il réessaiera plus tard.

— Je sais. Nous devons l'arrêter ici et tout de suite.

Puis en quelques secondes, Jager perdit de vue la Porsche. Il vit une embouchure qui rejoignait l'autoroute, mais toujours aucun signe de la Porsche. Il longea lentement le centre commercial. Il y avait des parkings devant et derrière le bâtiment, mais aucune Porsche nulle part. Il fit le tour des voitures présentes sur le parking alors que le pick-up lui donnait un peu plus de hauteur. Mais la Porsche était basse et rapide et aurait pu se faufiler entre deux places qu'il ne pourrait voir à moins de passer devant.

Puis la Porsche réapparut soudainement devant lui et Jager appuya à nouveau sur la pédale d'accélération. Le conducteur regarda à sa gauche puis à sa droite avant de freiner vivement en apercevant un semi-remorque garé dans sa trajectoire. Il fit demi-tour et Jager le coinça entre sa voiture et le camion. Sans aucune issue, le conducteur sortit de la voiture et fuit en courant. Jager sortit également avant de le poursuivre à toute vitesse. Il lui fallut moins de six mètres pour l'attraper. Dès qu'il sentit le poids de l'homme en dessous de lui, il comprit qu'il avait attrapé le mauvais homme.

Alors qu'il dégoulinait de sueur, il se releva et baissa les yeux vers un jeune homme de dix-huit ans.

— As-tu au moins l'âge de conduire ? grogna-t-il.

Le jeune homme le fusilla du regard.

— C'est une foutue Porsche. Je me fous d'avoir le

permis ou non. Ce type m'a laissé l'opportunité de le conduire, alors je l'ai saisie.

Jager se pinça l'arête du nez en réalisant ce qu'avait fait cette ordure.

— Combien t'a-t-il payé ?

Le jeune home rit.

— Qu'est-ce qui te dit qu'il m'a payé ?

Mais Jager l'avait déjà retourné sur le ventre alors qu'il fouillait ses poches. Il sortit alors son portefeuille qu'il examina.

— Donovan. Donovan Lattimore. Comment connais-tu Freddie Brown ?

— Mec, laisse-moi partir. Je ne sais rien à propos de ce Freddie Brown. Un type m'a donné la permission de conduire sa Porsche.

— Pas vraiment. C'est une voiture de location.

Le jeune homme se figea comme pour essayer de comprendre la différence.

— Alors pourquoi voulait-il que je la conduise ?

— Parce que c'est un tueur en série, répondit Jager d'un air dégoûté. Et que tu as beaucoup de chance d'être encore en vie.

Le jeune homme roula sur le dos et le fixa du regard.

— Sérieusement ?

Jager hocha la tête.

— On ne peut plus sérieux.

Alors debout, le pied posé sur le ventre du jeune homme, il vit une voiture de police arriver. Allison s'en mêla alors qu'elle représentait l'intermédiaire entre eux. Une fois le jeune homme menotté, probablement pour peu de temps, ils pourraient récolter son témoignage, au moins une description de l'homme, et réquisitionner la Porsche où ils trouveraient sûrement des empreintes, et même de l'ADN.

Jager se dirigea vers Allison.

— Bon, ça craint.

— Pas tant que ça, répondit-elle doucement. Selon Freddie, il s'agissait d'une ruse très intelligente. Maintenant, il a une bonne idée des personnes présentes et de ceux qui le surveillent.

Fou de rage, il la fixa du regard.

— Mais nous ne pouvions pas laisser filer cette opportunité de l'attraper.

Elle hocha la tête.

— Je comprends. Mais nous allons devoir mieux réfléchir dorénavant. Être plus discrets.

— Ce que tu veux dire, c'est que nous devons passer à l'attaque et arrêter de nous défendre.

Elle hocha la tête.

— J'ai demandé à mon frère de vérifier les autres réservations à cet hôtel. Il y en a une au nom de Reginald Henderson.

Jager la fixa alors qu'une lueur envahit ses yeux.

— M'interdirais-tu d'entrer dans cette chambre sans un mandat ?

Elle lui adressa un regard surpris.

— Quelle chambre et quel mandat ?

Il ressentit un petit tressaillement en lui.

— Tu es parfaite, tu le sais ça ?

Elle hocha la tête.

— Je sais. Maintenant, remontez dans le pick-up et allons-y. Je pense que nous devons faire un rapide tour du motel.

— Aurais-tu une raison que j'ignore pour entrer dans la chambre de Reginald ?

— Effectivement. Il m'a invité là-bas et m'a demandé de l'y attendre.

— Il s'agit de ce genre de motel ?

— Maintenant, oui, répondit-elle en riant.

CHAPITRE 15

ELLE OBSERVA LES alentours du motel alors que Jager se gara une rue plus loin.

Il étudia le quartier alors qu'Allison dit :

— Ce n'est pas très dangereux. Ce n'est pas assez miteux pour m'attirer des ennuis.

Il la regarda.

— Tu ne penses pas ce que tu dis, n'est-ce pas ?

— De toute façon, on ne peut rien y faire. Maintenant, c'est parti.

Ils se rendirent sur le parking arrière du motel.

— Freddie loue la chambre 118 et la deuxième chambre réservée au nom de Reginald est la 121.

Allison hocha la tête.

— Suffisamment proche de la 118 pour surveiller ce qu'il s'y passe, mais aussi suffisamment éloignée pour ne pas éveiller les soupçons.

— Y a-t-il déjà quelqu'un dans la 118 ?

— Oui, l'un des hommes de mon frère. Mais je ne lui ai pas parlé de la 121. J'aurais dû le faire.

Elle y réfléchit avant de l'appeler.

— Je vais essayer d'entrer dans la chambre 121. Le nom utilisé pour la réservation est un faux nom que ce type a déjà utilisé auparavant et qui appartient à un pédophile que les garçons ont retrouvé en Californie. Mais cet homme est mort. Alors je sais que ça ne peut pas être lui.

— Ça serait une entrée par effraction, l'alerta son frère.

— Je pensais frapper à la porte et ruser pour entrer facilement.

— Et si personne ne répond ?

— Je n'en sais rien. Je trouverai une solution. Mais il faudrait aussi que tu obtiennes un autre mandat pour cette chambre. Reginald Henderson, chambre 121. Un pédophile avec un passé sordide, y compris le meurtre d'un militaire.

— Punaise, Allison. Quel genre d'amis fréquentes-tu ?

— Les meilleurs, répondit-elle en souriant.

Elle arrangea ses cheveux et se dirigea vers la chambre de motel. Toutes les chambres étaient au rez-de-chaussée. Aucune voiture n'était garée sur les places réservées aux deux chambres. Jager était en place mais un peu trop près à son goût. Elle savait que quelqu'un se trouvait déjà dans la chambre 118, mais ce qu'elle voulait savoir c'était qui se cachait derrière la 121. Elle frappa à la porte. Quand personne ne répondit, elle frappa une nouvelle fois. Puis quelqu'un ouvrit la porte, et elle vit un jeune homme qu'elle ne reconnaissait pas. Il ne semblait pas non plus la connaître.

— Hé, je peux vous aider ?

Elle se contenta de sourire et de répondre :

— Pardon. J'ai dû me tromper de chambre. Je cherchais la 121, dit-elle en reculant pour regarder la porte, les mains sur les hanches.

Dans son dos, elle fit un signe.

Le jeune homme sortit et observa la porte en répondant :

— Bah oui, c'est ma chambre, mais je ne vous connais pas, dit-il sur le ton de l'humour. Mais ça me ferait plaisir que vous entriez boire un verre.

Elle rit.

— Merci, mais je pense que je vais retourner au bureau pour vérifier les numéros de chambre.

— Non pas que je ne vous crois pas mais… Je suis censé donner ce mot à la personne se présentant à ma porte.

Il sortit un carnet de sa poche, y écrivit un mot et le lui tendit.

— Maintenant, apportez ça à l'homme qui vous attend sur le parking. Peut-être qu'il vous paiera deux fois. La première pour vérifier si je suis bien là et la deuxième pour lui avoir apporté ceci.

Il ricana et lui tendit le mot. Un billet de vingt dollars était plié à l'intérieur.

Elle lui arracha le mot de la main, lui balança le billet et s'éloigna de la porte qu'il ferma à clé derrière elle. Elle savait qu'il était déjà en train de s'échapper par la fenêtre ou bien par une autre sortie.

Elle fit un signe de la main dans laquelle elle tenait le mot et s'avança avec assurance vers Jager. Elle vit alors des hommes se rassembler autour du motel et entendit des cris. Elle se dirigea vers Jager qui l'attendait pour la prendre dans ses bras.

— Ce n'était pas Freddie, murmura-t-elle. On lui a dit de remettre ce mot à la personne qui frapperait à la porte.

Il souleva son menton du bout des doigts.

— J'étais mort de peur.

— Il pensait aussi que j'étais là pour vérifier s'il était bien là. Mais il a un message pour toi, dit-elle en lui tendant le mot. Il savait que tu étais là.

Jager fronça les sourcils et lut le mot.

— Il veut que l'on se retrouve à Raeburn Park à vingt heures. Je ne connais pas cet endroit mais Badger le connaîtra sûrement. Ou sinon Kat. Mais qui veut-il voir exactement ? Il ne l'a pas précisé.

Elle regarda sa montre.

— Eh bien, sûrement moi, puisqu'il m'a donné le mot. Mais sinon nous ne pouvons que deviner. Mais le rendez-vous est seulement dans quelques heures. Le type dans la chambre de motel, que faire de lui ? Je suggère que Dennis aille lui parler.

— Je suis d'accord.

Jager sortit son téléphone et appela Erick. En quelques secondes, il appela tout le monde.

Il fit signe en direction de la porte à laquelle elle venait de se rendre alors que Cade en sortit. L'expression sur son visage reflétait de la pure rage. Il secoua la tête. Jager reprit son téléphone et l'appela.

— Nous avons un rendez-vous ce soir.

Cade le regarda.

— Très bien, où ?

Puis il afficha un air féroce.

— Ce soir, tout sera fini.

— Rassemblement chez Badger, tout de suite.

Le trajet fut rapide et tumultueux. Quelques minutes plus tard, Allison s'assit sur le grand canapé et écouta les hommes discuter. Dotty était ravie de voir sa famille de retour et passait d'une personne à l'autre acceptant les caresses avant de se coucher près de Badger.

Des plans furent proposés, analysés puis rejetés. Quelques-uns furent retenus. Elle savait qu'ils connaissaient les risques. Ils savaient très bien que ce type n'allait pas venir seul au parc sans avoir lui-même élaboré un plan de secours. Freddie ne savait pas vraiment combien de membres de l'unité seraient présents, mais évidemment il s'était préparé à ce qu'ils soient plusieurs. Et c'était le problème qu'ils rencontraient à cet instant. Qui se présenterait et qui resterait chez Badger ?

— Je pense que je devrais d'abord me présenter dans le parc, dit Allison.

Tout le monde se tut et Jager l'observa.

— Hors de question ! dit-il d'un ton ferme et définitif.

Elle lui sourit.

— Je ne t'appartiens pas et je ferais ce que je veux. Dans ce cas précis, il vous faut quelqu'un pour tamiser la situation.

— Pas besoin de tamiser quoi que ce soit.

— Je comprends. Mais vous ignorez combien d'hommes accompagneront Freddie. Et même si vous vous rendez là-bas, il a déjà de l'avance sur vous.

— Cade et Talon ne sont pas là, au cas où tu ne l'aurais pas remarqué, dit doucement Jager.

Elle hocha la tête.

— J'ai remarqué. Mais Freddie ignore combien d'entre vous seront présents ce soir. Il sait que Badger sera là, parce c'est après lui qu'il en a. Il sait probablement que je suis aussi là maintenant. Même s'il n'a pas encore compris qui je suis. Mais ceci pourrait très vite changer.

— Je veux aussi y aller, dit Minx d'un ton ferme. J'ai besoin de savoir ce qu'il se passe. Il était avec Mouse.

Allison mit du temps à comprendre le rôle de Minx, puis elle se souvint que Mouse était son meilleur ami quand ils étaient plus jeunes.

Badger secoua la tête.

— Ce n'est pas une réunion d'ami, sortez-vous bien ça de la tête.

— Pourquoi ? Parce qu'il s'agit seulement de ton combat ? demanda Allison. Parce que tu veux que vous régliez ça qu'entre vous ? Jager m'a dit que les femmes étaient en danger. Kat m'a dit qu'elles avaient toutes subi une attaque à cause de cette ordure. Tu sais pertinemment que si nous pouvons vous apporter notre aide, nous voulons donner notre maximum. Cet enfoiré n'a tué personne de mon entourage. Je n'ai pas physiquement été blessée comme vous tous à cause de lui. Mais je ne suis pas bête. Je vois très bien combien vous voulez le coincer. Je vois que cette idée vous ronge tous les jours et je vois votre besoin de mettre fin à tout ça. Mais je n'ai pas l'intention de rester assise là comme une bonne petite femme et suivre les ordres. Et je doute qu'une de vos partenaires cherche à éviter ce combat.

Elle entendit presque les grognements dans la gorge de Badger.

Kat rit.

— Vous vouliez tous des femmes fortes. Et avec des femmes aussi fortes à vos côtés, vous devez en tirer parti.

Badger lui adressa un regard.

— Vous n'êtes pas entraînées. Vous ne savez pas manier une arme. De plus, si vous êtes trop nombreuses là-bas, vous vous retrouverez dans notre passage. Nous ne pouvons pas prendre le risque que vous preniez une balle perdue.

— Peut-être, dit Kat. Mais ce n'est pas vrai pour nous toutes. Surtout Allison.

Jager se leva, se dirigea vers Allison et posa son regard sur elle.

Elle sentit la colère qui se dégageait de lui.

Il s'accroupit en face d'elle.

— Sais-tu combien de personnes se sont retrouvées blessées parce qu'elles étaient reliées à nous ?

Elle lui caressa délicatement la joue.

— Pas en détail, non. Mais je comprends combien chacun d'entre vous se sent coupable à cause de ça.

Il secoua la tête.

— Mais tu sais que je dois me concentrer sur ce qui se déroulera seconde par seconde ? Et que si tu es là, je m'inquiéterai de savoir où tu es, ce que tu fais, qui tu croiseras. Et mon attention sera redirigée vers toi pour m'assurer que tu es en sécurité. Donc tu seras une distraction.

Elle hocha la tête.

— Et c'est pour ça que nous irons en tant qu'équipe. Parce que nous nous faisons confiance les uns les autres. Je suis dans la police depuis longtemps. Pas autant que toi et tes missions incroyables autour du monde, mais je comprends aussi l'importance d'avoir des renforts. Je ne suis pas *obligée* d'être au front ou au centre. Mais tu auras besoin que quelqu'un y soit et je pourrais bien tenir ce rôle.

— Et pourquoi penses-tu ça ?

Au moins, il ne rejetait pas sa proposition.

— C'est à moi qu'on a demandé de faire passer le message. Donc, si j'y vais seule, il pensera que vous n'êtes pas venu et que j'ai un message à lui faire passer en retour, ou que je suis un appât ou une distraction.

— Et pourquoi *veux-tu* être une distraction pour lui ? Il saura très bien que ce sera ton rôle.

— Il m'accordera quelques minutes pour que je puisse lui délivrer le message. Me tirera-t-il dessus juste après ? C'est possible. Mais si son but est d'infliger la *souffrance maximale,* alors il attendra que l'un de vous se présente, en pensant que je lui appartiens, dit-elle alors que ses lèvres tressaillirent au mot « appartiens ». Tout est une question de haine. Et la haine est reliée à l'ego. Il veut savoir que vous avez souffert. Il veut m'abattre devant vous et voir que vous n'étiez pas capable de l'en empêcher.

Jager l'observa et dans elle vit dans ses yeux l'horreur que lui provoquait le fait de savoir qu'elle avait raison.

Elle attrapa ses doigts.

— Mais j'ai confiance en toi. Et je sais que ce qui doit arriver arrivera et que tu feras de ton mieux. Pourrais-je rester ici et vivre ma vie dans l'ombre et l'absence de but ? Absolument, oui. Mais si j'ai choisi de devenir policière, c'est pour une bonne raison. La même raison pour laquelle tu t'es engagé dans l'armée. Tu voulais faire le bien. Tu voulais appliquer la justice. Tu voulais combattre les inégalités dans le monde. Et tu voulais que les gentils gagnent. Et tu sais quoi ? Les gentils vont gagner. Vous êtes sept. Sept hommes incroyablement forts et qualifiés. Et vous n'avez qu'un seul but, faire tomber cet homme. Pour Freddie, je ne suis qu'une décoration, la femme qui attend son arrivée sur un banc.

— Elle marque un point, dit doucement Erick à tout le monde. Je n'aime pas ça, je n'aime *vraiment* pas ça. Et je comprendrais très bien que tu refuses qu'elle le fasse, dit Erick en s'adressant à Jager.

Allison observa Jager fixer Erick. Elle les vit changer d'avis.

— Évidemment, aucun d'entre vous n'accepterait que votre partenaire le fasse. Mais, si vous loupez Freddie ce soir, aucune d'entre elles ne sera en sécurité après ça.

Jager se balança sur lui-même, alors que cette phrase l'avait mis hors de lui. Puis, il pencha la tête en signe d'acceptation.

Elle s'avança vers lui, lui déposa un baiser sur le front et lui dit :

— Tu vois ? Parfois, on a simplement raison.

Mais elle sentit la tension vibrer en lui.

— Je sais que tu feras le maximum pour me protéger.

Mais ça ne concerne pas que moi, ça nous concerne tous. Il faut mettre fin à tout ça ce soir.

Il prit une grande inspiration puis se redressa rapidement avant de se rendre lentement dans la cuisine de Badger.

Elle regarda Badger et Erick.

— Je ne pourrais pas obtenir de micro ici. Et je n'ai pas d'arme.

Puis un véhicule se gara en face de la maison. Elle entendit la porte claquer.

— Les garçons sont-ils de retour ?

Badger secoua la tête.

Elle attendit, en se demandant ce qu'il se passait. Puis, Jager revint lentement dans la pièce, mais il n'était pas seul. Elle lut l'acceptation, la peine et la souffrance sur son visage. Elle aperçut alors l'homme qui se tenait à ses côtés. Elle se leva en un bond et courut.

— Dennis ! s'écria-t-elle en le prenant dans ses bras.

Il la serra contre lui.

— Quelle idée farfelue as-tu encore inventée ? demanda-t-il avant de secouer la main. Ne te donne pas la peine, je sais déjà le plus gros. Jager m'a raconté.

Il la repoussa et la regarda de haut en bas. La peur se lisait dans ses yeux.

— Sœurette, c'est dangereux.

— Ça l'est pour nous tous. Cet homme a assassiné combien de personnes ? Sans compter ceux pour qui nous ne sommes pas au courant. Il ne s'arrêtera pas s'il s'en sort. Et si on ne l'arrête pas ce soir, le monde entier deviendra son cimetière. Et il pourrait alors tuer n'importe qui, n'importe quand, de n'importe quelle façon, et personne ne saura jamais qu'il était ici. Il frappera à travers le monde, prendra ce qu'il désire et laissera un carnage derrière lui. Il est pire qu'un criminel de guerre car maintenant il peut choisir ses victimes. Il peut soutirer de l'argent de n'importe laquelle d'entre elles. Il peut faire menacer n'importe qui sans même en avoir besoin. Il pourrait s'introduire chez quelqu'un, l'abattre, habiter dans sa maison et transférer son argent vers son compte. Les gens feraient n'importe quoi pour protéger ceux qu'ils aiment. Nous ne pouvons pas le laisser faire.

Dennis l'observa un long moment.

— Sais-tu ce que tu fais ?

Elle s'illumina. Au fond d'elle, elle sentit sa peur se calmer. Mais le problème avec la peur, c'est qu'elle prendrait le contrôle sur vous si vous la laissiez faire. Sinon, elle pourrait seulement se tenir près d'elle. Mais elle n'avait pas la possibilité de prendre des décisions pour elle. Elle hocha la tête.

— Oui. Et nous allons bientôt devoir y aller.

Dennis lui dit :

— Ça va sûrement me coûter ma place.

Il se tourna vers elle et lui tendit une arme de service.

Elle sourit, vérifia les munitions et la glissa dans sa ceinture.

— Non, tiens, j'ai un harnais pour toi.

Il ouvrit son sac et en sortit un.

Elle l'enfila et rangea l'arme dans l'étui.

— Il me faut un couteau.

Il hocha la tête.

— Je sais mais je n'en ai pas.

Minx s'avança vers elle.

— J'en ai un, j'en garde toujours un sur moi et celui-ci est celui de secours.

Elle lui tendit le couteau à lame rétractable.

Allison l'ouvrit. Il se déployait facilement. Elle l'ouvrit et le referma à plusieurs reprises. Puis elle sourit.

— Merci.

Kat jura, se leva et sortit du salon.

Les autres hommes restèrent silencieux. Ça leur coûtait beaucoup de laisser Allison faire une chose pareille. Ils avaient passé leur vie à protéger des hommes, des femmes et des enfants. Mais surtout des femmes. Ils avaient ce côté protecteur dans leur caractère. Et envoyer une femme au front était une idée qu'ils avaient énormément de mal à accepter. Ce qui était encore pire pour Jager.

Kat fut de retour.

— Quelle pointure fais-tu ?

Allison la regarda d'un air surpris avant de poser les yeux sur ses sandales.

— Du trente-huit.

Kat lui tendit une paire de bottes.

— Essaye ça.

Allison la regarda.

— Pourquoi ?

Kat se pencha et frappa un grand coup sur le sol avec le talon d'une des bottes. Une lame rétractable sortit de l'orteil gauche.

Tout le monde siffla dans le salon.

Allison enleva rapidement ses sandales.

— Il me faut des chaussettes.

Kat sourit. Elle avait une paire de chaussettes en coton blanc uni dans son autre main.

Allison les enfila alors que les hommes finirent d'élaborer leur plan. Elle fit le tour du patio en alternant l'ouverture et la fermeture de la lame rétractable sur la botte.

— Je les adore. Les as-tu faites toi-même ?

— Oui et non, répondit Kat. Si nous survivons, je pense que nous aurons tous besoin d'une paire. C'est l'un des prototypes sur lequel je travaille durant mon temps libre.

— J'espère ne jamais avoir à les utiliser, mais rien que le fait de savoir qu'elles existent me plaît, dit Allison en souriant.

Puis, il n'était plus temps de s'inquiéter ni de paniquer. Il était déjà dix-neuf heures quarante-cinq. Ils étaient en retard. Allison se tourna vers tout le monde, mais elle ne vit que Jager et Badger, qui se tenaient sur des béquilles. Elle l'observa, alarmée.

— Tu ne viens pas, n'est-ce pas ?

Il lui lança un regard qui aurait fait trembler n'importe qui. Mais elle était bien plus sévère que ça. Elle s'approcha de lui.

— Alors tu viens dans le parc avec moi.

— Exactement. Tu n'y vas pas seule. De ce point de vue, je ne suis qu'un estropié et c'est après moi qu'il en a. Je serai le moyen de le distraire de toi.

Elle l'observa quelques secondes en pensant à l'organisation avant de hausser les épaules.

— Tu sais que c'est probablement une bonne idée, lui dit-elle avant de sourire. Et je dois avouer que ça ne me dérange pas du tout d'être accompagnée.

Il sourit d'une façon féroce qui la rassura.

Elle rit.

— Pour un chien de garde, tu as plutôt un beau sourire.

— « Un chien de garde ». Ce n'est pas la première fois que j'entends quelqu'un utiliser ce mot pour me décrire. Mais je ne suis pas si moche, protesta-t-il.

— Ça n'a rien à voir avec le fait que tu sois beau ou moche, rectifia Allison avec un grand sourire. C'est plutôt à cause de ce regard féroce qui hurle « je vais te manger tout cru ».

Il éclata de rire.

— Dans ce cas-là, tu peux continuer à m'appeler comme ça.

Quelques minutes plus tard, ils avaient déjà traversé quelques pâtés de maisons. C'était le soir et ils empruntèrent un petit chemin qui menait au centre d'un grand jardin rond couvert de roses où se trouvait une fontaine. Il y avait des bancs sur chaque côté. Alors qu'elle descendit du pick-up, Jager la prit dans ses bras et l'embrassa.

— Tu as plutôt intérêt à t'assurer de rentrer saine et sauve ce soir.

— Ah oui ? Qu'as-tu prévu ?

Il lui adressa un regard coquin qui fit monter une vague de chaleur en elle.

Elle se mit sur la pointe des pieds, le prit dans ses bras et lui chuchota :

— Garde cette idée en tête.

Puis il s'en alla. Elle secoua la tête, bluffée par la vitesse à laquelle il disparaissait dans l'ombre.

— Prête ? demanda Badger près d'elle.

Elle hocha la tête et sourit.

— Absolument.

Elle ignorait combien de personnes se trouvaient ici. Mais elle savait qu'un groupe se cachait quelque part.

Badger et elle se dirigèrent lentement vers le centre du parc.

— Tu penses vraiment qu'il n'a pas de sniper, hein ? demanda Badger.

— Il existe toujours une probabilité qu'il y en ait un, oui. Mais je pense que tu es vraiment la source de sa haine et sa colère. Je suppose que tu étais le chef d'unité ?

— Oui. J'étais le chef de mon unité, admit-il doucement. Donc j'accepte et j'encaisse le poids de la culpabilité.

— Non, dit-elle doucement.

Ils parlaient à voix basse alors qu'ils se déplaçaient toujours dans la nuit.

— On ne peut pas ressentir de la culpabilité pour ce genre d'événements. Ce n'était pas de ta faute.

— Je finis enfin par le comprendre, dit-il, le regard vif dans la pénombre. Mais c'est difficile de l'accepter.

Elle tenta de ne pas regarder autour d'elle, pour ne pas agir comme la policière qu'elle était, pour éviter que Freddie ne découvre sa réelle identité au sein de Vail. Elle devait se comporter de façon naturelle, comme si Badger et elle profitaient d'une promenade dans le parc. Mais la faible luminosité projetait d'étranges ombres, et elle ressentit le sentiment inquiétant de se diriger vers sa mort.

— Assure-toi de regarder devant toi, dit-il doucement. Ce n'est qu'une agréable balade nocturne.

Elle sourit.

— Tu sais, je ne connais pas Jager depuis très longtemps mais…

— Ne dis rien, lui dit-il. Je ferais tout ce que je peux pour te protéger.

Elle rit.

— Idem. C'est juste que Jager et moi formons un duo génial. Le problème, c'est que notre amour est puissant. Et nous serions tous les deux dévastés si quelqu'un meurt ce soir.

— Excepté un homme. Je ne serais pas du tout dévasté s'il meurt.

— Je déteste l'avouer mais je pense qu'il doit mourir.

Badger lui lança un regard.

Elle haussa les épaules.

— Je ne dis pas qu'il faut le tuer. Mais j'ai peur qu'il nous échappe et que nous ayons à revivre tout ça.

— Je suis persuadé que Freddie pense la même chose. Il y a de grandes chances pour que nous assistions à un bain de sang.

Ils s'approchèrent des bancs. Elle fit le tour du grand jardin rempli de roses et fit semblant d'en admirer une avant de se retourner vers les bancs. L'un d'entre eux se trouvait sous un lampadaire, mais Badger s'était installé sur un autre se trouvant entre deux d'entre eux.

— Intéressant comme choix, dit-elle en riant alors qu'elle s'assit près de lui.

— Il ne faut pas qu'il y ait trop de lumière. Nous voulons leur laisser l'opportunité de s'approcher furtivement. Mais en même temps, il nous faut aussi un peu d'ombre pour nous protéger.

Elle sourit. Elle avait déjà préparé son arme près d'elle et elle avait caché le couteau dans sa manche et avait le pied positionné de façon à actionner la lame.

— Je suis prête. Venez, bande d'enfoirés.

— Fais attention à ce que tu dis. Ils pourraient être une douzaine. Quand le chaos régnera, les balles voleront.

— Mais ce type semble plutôt du genre à assassiner à bord de sa voiture. Et il n'est pas aussi meurtrier que ça puisqu'il a embauché des tireurs à gage pour exécuter le sale boulot à sa place. Alors nous ne devrions pas trop nous en faire à propos des balles.

Elle se tourna vers Badger et glissa un bras sous le sien comme s'ils formaient un couple.

— Et je pense que tu as tort. Je pense que nos hommes trouveront les siens et qu'une partie de la bataille sera déjà achevée avant même que nous commencions. Mais je pense que nous devons quand même rencontrer le chef, pour trouver ce qu'il se passe et la raison derrière tout ça.

Il hocha la tête. Puis, après quelques minutes de silence, il se tourna vers elle et lui dit :

— Alors, vas-tu demander ta mutation dans le service de police de Santa Fe ?

Elle pencha la tête en direction du lampadaire le plus proche et y réfléchit.

— Tu sais, je ne suis pas certaine. J'ai besoin d'examiner tous les choix s'offrant à moi. J'ai mis longtemps avant d'arriver là où j'en suis. Envisager de changer quelque chose et le fait d'avoir déjà autant changé, ou du moins d'être sur le point de le faire me surprend déjà beaucoup. Je ne veux pas m'enfermer trop vite dans une situation.

— As-tu des hobbies ? Quelque chose que tu as toujours eu envie de faire sans jamais avoir tenté ?

Elle sourit.

— Je voulais refaire des études. J'ai toujours aimé la police scientifique.

— Pour devenir légiste par exemple ?

— Peut-être, oui, répondit-elle pensive. Je dois en discuter avec Dennis, pour voir de quoi ils ont besoin par ici. Et s'ils peuvent également s'accorder avec mon propre but.

— Qui est ?

— D'être heureuse.

LES ENJEUX N'AVAIENT jamais été si gros. Jager savait qu'il devait rester concentré et garder le contrôle. Il avait discuté avec Badger avant leur départ et Badger savait exactement ce que ressentait Jager. Badger avait promis à Jager de faire tout son possible pour garder Allison en vie. Et Jager avait également averti Badger qu'Allison ressentirait sûrement le besoin de le garder en vie car lui et Jager étaient du même moule. Jager devait l'encaisser.

Pour le moment, Jager jurait en boucle dans sa tête alors qu'il se demandait pourquoi il n'avait pas plutôt choisi une institutrice ou un métier du genre. Mais, évidemment, il voulait exactement ce que Kat avait dit : une femme forte. Une femme qui pouvait prendre soin d'elle-même. Et cela découlait d'un problème à accorder sa confiance. Ou bien à vouloir tout contrôler ? Mais il avait déjà vu tant d'atrocités dans sa vie, et il n'avait pas toujours gardé espoir.

Après ses blessures infligées par l'explosion et la disparition de ses parents, il pensait que le monde s'était retourné contre lui. C'est seulement en retrouvant petit à petit sa place parmi ses amis qu'il réalisa que c'était lui qui était perdu et non le reste du monde. Et maintenant, il en était là, à faire face à la probabilité de perdre la personne la plus importante de sa vie, tout ça à cause d'un salaud qui avait déjà infligé la souffrance maximale. Il détestait cette devise, mais il la répétait en boucle dans sa tête. Il savait que les autres devaient sûrement endurer le même problème. Des bruits nocturnes l'entouraient. Les buissons remuaient doucement au gré du vent, alors que des feuilles s'envolaient. Les plantes du désert et les cactus se mêlaient aux jacarandas. Le camouflage était minimum mais suffisant. Il changea de position pour se mêler au terrain qui s'apprêtait à évoluer. Il y avait des rochers partout et des tonnes de sable. Il était si facile de se déplacer dans le sable. Il était aussi facile de s'y cacher.

Il se baissa et éleva ses sens autant qu'il le put. Quelque chose clochait à sa gauche. Il entendit un murmure, comme le bruit d'une manche frottant contre un pantalon. Il reconnut le cri d'une chouette. Il s'agissait de Laszlo. Jager savait déjà où se trouvait Badger. Il avait déjà défini les positions de Cade et Talon à chaque sortie. Il n'y avait beaucoup d'endroits où aller. Son équipe et lui voulaient s'assurer que ces enfoirés ne puissent pas s'enfuir du parc, même si ça tournait mal. Même si ces ordures les abattaient un par un, il devait tout de même s'assurer que l'assassin mourrait avec eux.

Il fallait que tout s'arrête.

Mais Jager savait que cet homme n'était pas venu seul. Il n'avait pas arrêté de déléguer les tâches depuis le début, même s'il se trouvait sûrement aux alentours au moment où la plupart des accidents se sont produits, tel un pyromane ressentant le besoin d'observer son plan en action. Les membres de son unité n'avaient aucune preuve qu'il s'agissait vraiment du tueur ni que les exécutants étaient payés.

Il était lâche. Et ça mettait Jager hors de lui.

Il se baissa lorsqu'il sentit quelqu'un se redresser derrière le rocher alors qu'il était assis dans le sable. Il leva les yeux et aperçut une cagoule qui dévoilait le visage de l'homme le portant et lui couvrait les oreilles. Dans la pénombre, Jager ne distinguait pas assez de détails pour identifier l'homme. Mais ce n'était pas important. L'homme à la cagoule était ici pour une seule raison…

La réaction de Jager fut rapide. Il se redressa et vit l'homme sortir une arme, mais Jager lui donna un coup dans la mâchoire et l'homme s'effondra sur place.

Jager ressentit l'envie de lui couper la gorge et de le laisser se vider de son sang au sol. Son self-control se défendit contre ce besoin de justice. Mais ils étaient aussi prêts pour cette éventualité. Il sortit l'une des cordes qu'il avait apportées et attacha l'homme cagoulé au rocher où il l'avait trouvé.

Il était difficile de couper cette corde. Elle était faite de fibre de verre et de rubans en métal, comme celles que l'on utilisait sur les chantiers et qui ne s'élimaient pas. Jager avait dans son pick-up les outils nécessaires pour ce genre de situation mais ne comptait sur personne d'autre pour avoir le même matériel. Il s'assura que l'homme cagoulé fut bien évanoui et prit un bandana qu'il fourra dans sa bouche pour l'empêcher de parler alors qu'ils poursuivirent leur chasse. Après en avoir immobilisé un, il envoya un message à Erick. Puis, il poursuivit ses recherches. Le deuxième homme se trouvait à environ dix mètres de lui. Il se baissa toujours aussi aisément. Au moment où Jager atteint le bout du parc, il avait alors maîtrisé quatre hommes.

Inutile de faire tout le tour car il savait que Laszlo, Cade, Talon, Erick et Geir étaient aussi dans les environs à faire la même chose. À la façon de cercles concentriques, ils avaient chacun un demi-cercle à nettoyer. Jager s'enfouit dans les bois sur encore sept ou huit mètres en restant accroupi alors qu'il parcourut le chemin inverse. Il en attrapa alors un de plus. Et il s'en voulut de ne pas l'avoir repéré lors de son premier passage avant d'exécuter un troisième tour. Cette fois-ci, il ne vit personne.

Il se rapprocha du banc où Badger et Allison étaient assis et se pencha aussi bas que possible pour vérifier rapidement la zone. Il venait juste de s'accroupir derrière un énorme rocher et une rangée de cactus quand il entendit un bruit sec, immédiatement suivi par une arme pointée contre son cou.

Merde, se dit-il avant de fermer les yeux et de chuchoter :

— Au revoir, Allison, ça n'ira pas plus loin.

Puis il entendit l'homme lui ordonner :

— Debout.

Sa voix était grave, sèche et sévère. Il ne l'avait jamais

entendu.

Il se leva lentement, les mains en l'air.

— Freddie Brown, je suppose ?

Évidemment, il n'était pas certain que ce soit bien l'homme se trouvant derrière lui, mais il savait que tous les hommes de Freddie étaient assommés.

— Ne dis pas un mot. Ne te retourne pas. Va rejoindre tes amis.

Jager tenta de reconnaître le rythme des phrases que prononçait cet homme, ainsi que le ton de sa voix, mais il ne reconnut rien.

L'homme le poussa avec son arme alors qu'il ne se mit pas immédiatement en route vers le banc.

— Tu ne t'en sortiras pas comme ça, dit Jager.

L'homme lui donna un coup dans la nuque avec le chargeur de son arme, ce qui le fit grimacer. Il tenta de reprendre le contrôle de sa respiration alors qu'il s'étouffait.

— Je t'ai dit, pas un bruit.

Poussé à avancer, Jager fit un pas dans la lumière des lampadaires, les yeux posés sur Badger et Allison. Il vit l'état de choc apparaître dans les yeux d'Allison alors qu'elle plaqua une main contre sa bouche.

Mais il continuait son chemin vers eux, s'assurant que l'arme restait plaquée contre son cou. Il ne voulait pas que l'homme la pointe en direction de Badger ou Allison. Cela signifiait aussi qu'il était à portée de bras et il savait que les autres le remarqueraient. Tout le monde serait aux aguets. Combien d'hommes l'accompagnaient ? Jager en avait assommé cinq à lui tout seul et le parc était divisé en quatre parties... Mais deux parties présentaient des entrées et des sorties, alors c'est ici qu'il devait y avoir le plus d'hommes. Cela pourrait signifier que Freddie, ou quelqu'un d'autre, avait une tonne de renforts. Dans ce genre de situation, Jager en aurait emmené une douzaine, lui compris. Il n'avait jamais aimé les nombres impairs.

— Où sont vos onze hommes ?

Pris de surprise, il bougea l'arme.

— De quoi parles-tu ?

— Je me suis dit que vous auriez sûrement emmené onze hommes. Et vous seriez donc le douzième.

— Tu ne sais rien.

Ils étaient presque arrivés à la hauteur de Badger et Allison quand le tireur recula et lui ordonna :

— Va t'asseoir.

Jager l'entendit lever quelque chose derrière lui. Il se figea et vit le regard d'Allison. Il avança calmement vers elle, le regard fixé sur elle en se disant qu'il la verrait au moins une dernière fois. Mais aucune balle ne heurta sa nuque. Il s'assit à côté de Badger et Allison. Elle lui tendit la main avant d'agripper la sienne.

Le tireur se tenait devant eux. Il portait un masque intégral qui descendait dans son cou, alors que l'on apercevait seulement ses yeux. Il était impossible de le reconnaître dans cette faible luminosité.

Allison leva les yeux vers lui, pencha la tête sur le côté et lui demanda :

— Freddie ?

Il tourna soudainement la tête et l'observa avant de hausser les épaules.

— Vous ne savez pas qui je suis, n'est-ce pas ? dit-il en ricanant. Vous essayez juste de deviner…

— Eh bien, je sais que vous utilisez le nom de Freddie Brown. Mais j'ignore s'il s'agit de votre vrai nom ou si vous avez volé l'identité de quelqu'un. Et le dernier endroit où vous vous êtes rendu était Vail, dans le Colorado, dit-elle ne souriant. Mais au-delà de ça, je sais qui vous êtes à l'intérieur.

— Ah oui ? Et qui suis-je ? demanda-t-il d'un ton défiant.

— Un lâche.

Jager sursauta en entendant ses mots. Même s'il le pensait aussi, jamais il ne l'aurait provoqué en le traitant de la sorte.

Le tireur arracha son masque et la fusilla du regard. Mais il demeurait toujours dans l'ombre. Les lampadaires éclairaient les bancs aux alentours, mais il se préserva de la lumière.

Jager aurait aimé pouvoir le voir correctement.

— Vous étiez l'amant de Mouse ?

L'homme face à eux rit.

— Tu ne sais même pas. Oui, je suis Freddie mais ça ne t'aidera pas beaucoup. J'ai créé Freddie pour mes besoins.

Cela répondait à une question. Et Jager dut admettre qu'il fut soulagé d'apprendre qu'aucun autre innocent ne fut pris pour cible et assassiné.

Allison serra de nouveau sa main. Elle semblait visiblement savoir une chose qu'il ignorait. Mais quoi ? Il lui lança un regard et elle lui adressa un hochement de tête imperceptible. Il se reconcentra sur l'homme qui menait le spectacle.

Gonflé à bloc, Freddie finit par se présenter face à eux, son arme pointée vers eux trois.

— Le reste de l'équipe ne va pas tarder à arriver, dit-il. Tu avais raison, j'ai emmené onze hommes avec moi. Mais je ne comprends pas comment tu l'as deviné.

— Parce que c'est instinctif chez moi ? Dans l'armée nous formions toujours des groupes de quatre. Et si nous n'étions pas quatre, alors nous étions six, mais jamais en nombre impair.

— Qu'est-ce qui te fait penser que j'ai un lien avec l'armée ? dit-il en ricanant. Tu essayes encore de deviner.

Puis, le bruit de chargeurs d'armes retentit partout autour d'eux et Jager se figea. Soulagé, il vit six hommes s'approcher. Tous de la bonne équipe. Dennis, le frère d'Allison était aussi présent.

— Armes à terre, ordonna Dennis. Police de Santa Fe. Levez les mains en l'air.

Freddie leva son arme comme pour tirer sur quelqu'un et Allison tira. Le tir atterrit dans la main de Freddie qui tenait son arme. Freddie hurla et son arme fut projetée hors de sa portée. Pris de rage, il jura en plaquant sa main contre son torse alors qu'il fixait Allison d'un air choqué.

— Les mains en l'air, dit-elle en s'approchant de lui, son arme en avant.

— C'est terminé, espèce d'ordure.

Le cercle d'hommes se rapprocha. Jager et Badger étaient tous les deux debout. Laszlo et Cade s'avancèrent. Le tireur les fusilla du regard et leur dit :

— C'est quoi ce bordel ?

Il porta les doigts de sa main valide à sa bouche et siffla. Mais il n'y eut aucune réponse. Il observa autour de lui en fixant les ombres se trouvant derrière lui et fusilla Jager du regard.

— Tu n'as pas pu tous les assommer.

— J'en ai battu cinq à moi tout seul.

— Arrête de te vanter, lui lança Geir. J'aurais pu en assommer plus si tu m'en avais laissé.

— Tu n'étais pas assez rapide, répondit Jager en souriant. Ça a toujours été le cas.

Honey apparut de la pénombre alors qu'ils plaisantaient.

Elle était accompagnée de Minx, Clary, Faith et Morning.

Jager garda un œil sur le tireur. Il ne pourrait jamais oublier la personne et la scène qu'il observait.

— Ramenez-le dans la lumière, dit Badger en faisant signe au groupe. Il y a une chose que je ne comprends pas.

— Quoi ? demanda Freddie en ricanant.

— Pourquoi ?

Freddie haussa les épaules.

— Parce qu'il le fallait.

Jager fit un signe de la main et Freddie fut poussé dans la lumière.

Tout le monde le fixa. Jager était scotché d'étonnement. Après tout ce qui s'était passé, il ne reconnut pas l'homme face à lui. Comment ? Il s'attendait à voir le Freddie des photos qu'il avait. Jager parcourut du regard les cicatrices, la barbe aux reflets roux.

La trace dans son cou… était un mélange entre un tatouage et une cicatrice. Pas étonnant que les gens avaient des difficultés à la décrire. Et sa barbe ? Il l'observa attentivement. Il maîtrisait l'art du camouflage. Sa barbe était-elle donc réelle ? Avait-il subi des opérations de chirurgie esthétique ? Il avait des cicatrices, mais seulement un boucher aurait laissé ces marques après n'importe quelle opération réparatrice. Elles avaient donc été causées par autre chose.

Et ses cheveux, on pouvait facilement en modifier la couleur, et ses yeux… Des lentilles pouvaient changer leur couleur mais ce regard craintif… difficile de le jouer. Freddie, ou peu importe qui il était, savait que tout était fini et, au lieu de se montrer arrogant d'avoir accompli tout ce qu'il avait fait, il savait qu'il était temps d'avouer.

— Il était chez moi, dit Faith d'un ton chargé de conviction.

— Très bien. C'est un lien, dit Jager. Et quelque chose devrait nous aider à en découvrir davantage.

Il s'avança vers lui et, en un geste qui les surprit tous, tendit la main et lui arracha sa fausse barbe.

Freddie recula en un mouvement de douleur et poussa un cri d'indignation.

Tous les autres se turent avant que Minx poussa un grand cri de surprise.

Jager se tourna vers elle.

— Minx ?

Minx, Erick et Talon s'avancèrent. Minx était alors serrée contre Laszlo. Elle se défit de son étreinte protectrice et s'approcha de Freddie. Puis elle s'écria :

— Oh mon Dieu !

Laszlo tenta de la retenir, mais elle s'échappa de son étreinte et courut vers Freddie.

— Mouse ? Oh mon Dieu ! C'est toi.

Elle le prit dans ses bras et le serra contre elle.

S'il y avait bien une chose prouvant la réelle identité de Freddie, c'était ce geste instinctif. Comme incapable de se retenir, il prit Minx dans ses bras et enfouit la tête dans son cou. Tous les autres se figèrent, toujours prêts à faire feu, mais une vague de choc les submergea d'un bout à l'autre du cercle.

Jager sentit le sol bouger. Comment était-ce possible ? Mais Badger semblait le plus touché par cette nouvelle.

— Mouse ? s'écria-t-il de douleur. Pourquoi ? Pourquoi nous faire endurer ça ?

— Oh, Mouse… dit Minx en relevant la tête et en reculant. Comprends-tu la souffrance que tu leur as infligée ?

Mouse hocha la tête.

— La souffrance maximale ? murmura-t-elle.

Mais tout le monde l'entendit.

Mouse hocha la tête de nouveau, un air triste sur le visage.

— Pourquoi ? Tu es rongé de l'intérieur. Il va bien falloir que tu oublies ton passé et toute cette douleur un jour ou l'autre.

Mouse regarda Minx avec un regard tellement rempli d'émotions que Jager se demanda si ça ne l'affectait pas.

— C'est trop tard, répondit-il doucement.

Puis, il attrapa Minx et passa le bras autour de sa gorge alors qu'il tenait un couteau contre son artère jugulaire.

— N'approchez pas, hurla-t-il. Ou je la tue.

Minx poussa un cri mais Jager savait qu'il s'agissait d'une douleur émotionnelle et non physique, en voyant que le couteau n'avait pas bougé.

— Oui, c'est moi, Mouse, ou plutôt Mickey Mouse O'Connor.

— Et Ryan Hanson ? L'as-tu assassiné ?

— Eh bien, il le fallait, n'est-ce pas ? répondit Mouse d'un ton raisonnable. Il était comme une prune bien mûre, dans l'attente qu'on la cueille. Saviez-vous qu'il avait hérité d'une immense fortune seulement quelques mois avant de passer l'épreuve de BUD/S ? Elle venait de ses parents et ses grands-parents qui avaient vendu un truc ou je ne sais quoi. Une fois que j'ai mis un pied dans son monde, cet argent est devenu le mien. J'en ai utilisé une partie pour réparer mon nez, affiner mes pommettes pour qu'elles ressemblent davantage aux siennes. Mais quand il a fallu que je trouve une voie de sortie vers ma nouvelle vie, j'ai dû organiser beaucoup de choses et déplacer l'argent. Sinon, il serait revenu à sa famille proche. Quand j'ai voulu créer Freddie, un autre alter ego pour transférer cet héritage, je ne pouvais pas prendre le risque que l'on découvre le lien entre eux.

— Tu aurais pu envoyer l'argent à Poppy, dit Jager d'un ton sec. Il a fait beaucoup de choses pour toi.

— En effet, répondit Mouse d'un air sombre. Le tout jusqu'à la fin, que vous avez vous-même causée, je crois, poursuivit-il en les fusillant du regard. Il ne méritait pas ça.

Jager n'arrivait pas à croire ce qu'il venait d'entendre. Mais il refusait d'interrompre ce flot d'informations en mettant Mouse en colère.

— Il t'a fait rentrer dans notre unité. C'est énorme. Je comprends mieux d'où venait l'argent pour financer une chose pareille. Et, évidemment, Poppy avait des relations pour te lancer dans l'armée. Je présume que lui ou le camp de rebelle en Afghanistan t'ont mené aux hommes que tu as engagés pour attaquer nos familles et nos amis. Mais il reste un gros problème…, dit Jager avant de se corriger, ou plutôt deux. D'abord, ta peur de l'eau, si elle a un jour existé. Et deuxièmement, celui-ci étant encore plus important : pourquoi ? Pourquoi avoir fait tout ça ? Pourquoi avoir organisé l'explosion ? Et ensuite, t'en prendre à nos familles ? Je vois presque notre accident comme une conséquence de la guerre, mais… Nos familles ?

— Le plan original était de me faire passer pour mort, mais je voulais que vous mouriez tous aussi. Je n'avais pas prévu de me retrouver aussi gravement blessé.

— Et à quoi t'attendais-tu en envoyant notre véhicule sur une mine terrestre ? demanda Erick, la voix remplie de colère.

Mouse le regarda.

— Ça aurait été mieux pour tout le monde que vous y restiez.

Jager regarda Minx. Elle avait les mains en l'air, comme

pour repousser le bras de Mouse de son cou, mais Jager vit à quel point elle avait du mal à attraper son propre couteau glissé dans la manche de sa veste, celui qu'elle n'avait pas prêté à Allison.

Jager secoua la tête en s'adressant à Mouse.

— Tu as essayé de tous nous tuer juste pour te couvrir ? Mais alors, pourquoi t'en être pris à nos familles ?

Il sentit la haine monter en lui et de plus en plus alors que Mouse esquiva la question.

— Je devais disparaître.

Il cracha ces mots comme effrayé de trop en dévoiler.

— Et pourquoi ? demanda Geir. Punaise, nous avons tous passé deux ans à recoller tous nos morceaux brisés juste parce que tu voulais *disparaître* ? Tu aurais pu simplement déserter.

— J'aurais pu, mais je ne serais pas mort dans l'honneur, n'est-ce pas ? dit Mouse avec un sourire triste. Finalement, mon larynx était touché, j'avais des brûlures sur le visage et plusieurs fractures. Et j'ai dû me faire poser une prothèse de hanches.

Badger dit soudainement :

— On nous a dit que tu étais mort. On a commencé cette enquête pour venger ta mort. Nous avons pleuré ta mort… Je me sentais tellement coupable.

Mouse haussa les épaules.

— J'avais pris une drogue qui avait pour but de détendre mon corps au moment de l'explosion, comme les ivrognes qui survivent aux accidents de voiture. Elle avait aussi l'avantage de ralentir mon rythme cardiaque. La deuxième partie de mon plan s'est mise en place lorsqu'on m'a transporté au centre médical. Je n'étais pas certain que ça fonctionnerait. Difficile de prévoir un tel plan quand je ne pouvais pas savoir dans quel état physique je serais après l'explosion de la bombe. Mais j'étais désespéré. J'ai proposé une grosse somme d'argent à quelqu'un pour qu'il mette l'étiquette à mon nom sur l'orteil d'un autre homme qui, lui, était mort. Je ne sais pas si vous vous souvenez, mais la raison pour laquelle nous étions là-bas était parce que d'autres militaires étaient blessés. Certains d'entre eux l'étaient grièvement. Et l'un d'entre eux a été enterré sous mon identité. Et j'ai reçu les soins médicaux sous le sien. Jusqu'à ce que je puisse m'échapper. Il doit sûrement faire partie de la liste des déserteurs maintenant, admit Mouse.

— Comment as-tu mis tout ça en place ?

— Grâce à Poppy, répondit-il. Et vous le connaissez déjà. Ou Jojo, comme on l'appelait aussi selon l'audience.

Il soupira et redressa les épaules.

— Poppy avait beaucoup de contacts. Il procurait aux gens de fausses expériences, et l'argent se chargeait du reste. C'est fascinant ce que les gens feraient non seulement pour de l'argent, mais en plus pour quelque chose qu'ils ne peuvent trouver nulle part ailleurs.

Jager sentit son ventre se nouer alors qu'il imagina le genre de chose que Poppy fournissait. Il secoua la tête.

— Et tu avais déjà prévu tout ça depuis le début ?

Mouse hocha la tête.

— Vous me mangiez dans la main. J'essayais de dormir, vous vous souvenez ? J'avais rassemblé tout le matériel autour de moi. J'étais au fond du véhicule pour subir le moins de chocs de l'explosion. Mais j'ai été grièvement blessé.

— Grièvement blessé ? demanda Allison. C'est ce que vous appelez grièvement blessé ?

Mouse haussa les épaules.

— Eh bien, je n'avais jamais été autant blessé. Et j'ai une

très grande résistance à la douleur.

— Et les voitures ? demanda Faith d'un ton curieux. Pourquoi des Porsche ?

— En tant que Ryan, j'en possédais une. Et je l'adorais. Mais les voitures étaient là pour vous mener en erreur. Tout comme les tatouages temporaires avec des marques légèrement différentes selon les cous des victimes pour brouiller un peu les pistes. Je n'ai pas osé trop vous embrouiller. Faire en sorte que vous soyez à côté de la plaque était une façon de vous laisser chercher. Alors j'ai loué plusieurs voitures de luxe pour vous mener en erreur. J'ai demandé à quelques-uns de mes hommes de faire la même chose. Je vous envoyais vers des informations stériles pour me laisser le temps de faire ce que j'avais à faire.

— Et l'Audi ? demanda Clary. Elle est à Vail, n'est-ce pas ?

— C'était l'ancienne voiture de Poppy. Un lien dont je ne voulais pas me débarrasser. Mais maintenant, tout est différent depuis sa mort. Il est temps d'avancer, de façon importante et propre.

— Il n'était pas d'accord avec ce que tu faisais, non ? demanda doucement Minx.

— Bien sûr que si, répondit-il en riant.

Mais son dos se raidit. Il mit les épaules en avant en entendant la première note de désaccord entre Minx et lui.

— Il m'a aidé à chaque étape.

— Il a dû faire tout ce qu'il pouvait pour te voir atteindre ton rêve et te rendre heureux, même si vous n'étiez plus ensemble. Et je suis persuadé que tu pouvais également partager avec lui ton envie de quitter la Navy car c'était un moyen pour que tu reviennes vers lui, mais pas… dit Minx piégée sous son bras. Mais pas quand tu t'en es pris aux familles. Poppy était peut-être un sale type pour plein de raisons, mais il était déterminé à t'aider à réaliser tes rêves. Puis, tu t'es éloigné de cet objectif d'une façon très destructive. Poppy n'était pas un homme bien, mais ce n'était pas un tueur. Il ne devait pas être d'accord avec ces meurtres.

— Peu importe ce qu'il pensait. Il a fait tout ce qu'il pouvait pour m'aider à m'en sortir car, comme tu l'as dit, il voulait me récupérer. Mais ce qu'il n'avait pas compris c'était que j'avais changé, dit Mouse d'un ton plus sec.

Jager sentit ses propres muscles se tendre. Il observa Minx alors qu'elle tentait d'attirer le regard de Laszlo. Elle avait une idée en tête. Tout comme Allison.

C'est Allison qui prit la parole.

— Vous n'avez toujours pas répondu à la question. Pourquoi cherchiez-vous si désespérément à fuir votre rêve, après tout ce que vous aviez fait ?

— Je sais pourquoi, dit Morning qui se tenait devant Geir.

Mouse la regarda et grogna :

— Ah oui ? Et quel est ton raisonnement ?

— Car c'était un château de cartes qui commençait à s'écrouler, n'est-ce pas ? demanda Morning. Geir m'a dit comment votre unité se rendait à un entraînement spécial de plongée après l'Afghanistan. Vous auriez peut-être eu une semaine de répit, et ensuite vous auriez dû faire face à votre peur ultime. C'était une chose de marcher dans l'eau, de débarquer sur des plages ou de travailler depuis un bateau. Mais de se retrouver submergé ? Vous aviez épuisé votre stock d'excuses. En prétextant tomber malade ou vous casser volontairement une jambe et ne pas la laisser guérir correctement pour obtenir plus de jours d'arrêt et de thérapie… Et vous n'aviez plus de jour d'arrêt de disponible, après les avoir tous utilisés chaque fois que vous auriez à vous immerger un peu plus qu'à hauteur du ventre. Et ça a fonctionné pendant un an, n'est-ce pas ? Mais vous saviez que ça ne durerait pas… Pas vrai ?

La vérité fut comme une nouvelle balle pour Jager et, après en avoir reçu autant, elle ne faisait plus aussi mal. Ils avaient envisagé cette idée et s'étaient demandé quel rôle avait joué sa phobie de l'eau durant son service, à part l'utiliser comme excuse pour quitter l'armée ? Et pourtant, une fois expliqué à la façon de Morning, tout semblait logique. Même si c'était horrible. Mouse avait accompli son rêve de façon raccourcie, mais il savait qu'il ne pourrait pas continuer à entretenir cette façade. Et il avait alors causé l'impensable avant qu'elle ne s'effondre et le révèle en tant que l'imposteur qu'il était. Il avait poussé ses amis et ses frères d'armes dans un dommage collatéral.

— Vous saviez que vous seriez chassé pour votre lâcheté.

Mouse prit une grande inspiration et la lame de son couteau piqua la gorge de Minx.

Elle poussa un cri. Laszlo s'avança alors qu'il tremblait de rage.

Jager posa une main sur l'épaule de son ami et la lui serra doucement.

— Oui, tu ferais mieux de contrôler cet animal, dit Mouse. Vous pensez vraiment que vous avez tout compris, hein ?

— Eh bien, voyons voir, reprit Erick. Tu as engagé l'un des chefs rebelles pour qu'il implante une mine terrestre. Tu as envoyé le message depuis ton téléphone à l'intérieur du camion, en utilisant un brouilleur pour que ta voix paraisse numérisée une fois arrivée au quartier général. Avec le trajet officiellement modifié, tu as choisi ta place dans le camion tout en répartissant le plus d'amortissement possible autour de toi pour minimiser l'impact sur ton corps. C'était une décision assez difficile à prendre pour toi, mais je comprends pourquoi tu pensais ne pas avoir d'autre option. C'était soit ça, soit abandonner dans le déshonneur.

Mouse hocha la tête.

— Alors j'ai eu cette idée. Je me faisais du souci à l'idée de laisser mon contact de Kaboul vivant, mais le chef rebelle a visiblement entendu parler de moi et a tout fait disparaître, avec les grands moyens, en abattant mon contact en même temps. La dernière fois que j'en ai entendu parler, j'ai cru comprendre qu'il existait une tombe commune quelque part, dit-il en secouant la tête. J'ai passé un an à développer ce réseau. J'ai créé des douzaines de bonnes connexions, embauché plus d'hommes qu'il n'en fallait pour accomplir ma mission finale… Mais c'est Poppy qui m'a aidé à accomplir mon rêve de devenir SEAL.

— Seulement durant un an, demanda Minx d'un ton triste. Mouse, ce monde te réservait tellement plus de choses.

— Non, ce n'est pas vrai. Et jamais je n'avais pensé que ça ne durerait qu'un an. Je pensais y rester jusqu'à ma retraite. Je pensais pouvoir tout encaisser et me débarrasser du reste. Ça avait toujours bien fonctionné avant. Mais cette foutue pression de savoir que l'eau m'attendait pour me noyer m'oppressait jour après jour… dit-il en posant la tête sur celle de Minx. Tu sais l'effet que ça avait sur moi. J'ai fini par réaliser que je devais partir avant de craquer et de finir en cendre. Mais j'avais investi trop d'efforts pour partir sans aucune distinction, dit-il d'un ton triste. Et tu as tort. Il n'y a rien dans ce monde pour quelqu'un comme moi. Tu sais ce que c'est de traverser tout ce que j'ai traversé et de réaliser qu'en réalité j'appréciais la douleur ? Comprendre que j'aimais que ma mère ou d'autres hommes me battent ? De comprendre combien j'étais tordu ?

— Alors pourquoi t'en es-tu pris à toutes leurs familles ? demanda Minx. La souffrance aurait pu s'arrêter là. Tu aurais pu te retirer libre et innocent. Pourquoi les détestes-tu autant ? Pourquoi les fais-tu souffrir comme tu as souffert ?

Et Jager savait que c'était la question à laquelle il leur fallait une réponse. Pourquoi Mouse s'en était-il pris à eux tous ?

— Au départ, parce que j'étais en colère, répondit simplement Mouse. Je n'étais pas censé ressortir blessé. En tout cas pas autant. Mais c'était le cas. Je voulais qu'ils meurent, mais quand j'ai compris qu'ils étaient en vie, ça m'a énervé. Ils faisaient toujours partie du système, alors que je ne pouvais pas revenir. Jamais je n'aurais imaginé qu'ils pourraient un jour reprendre du service, mais ils n'avaient pas besoin de le faire. Ils étaient partis dans un moment de gloire et ils n'avaient plus qu'à se détendre et se reposer. Ils avaient été de *véritables* SEALs, alors que moi je n'étais qu'un leurre.

En entendant un murmure d'incrédulité et en sentant la colère monter autour de lui, Mouse hocha la tête et poursuivit :

— J'ai toujours pensé que *souffrir* m'excitait, mais je me suis vite rendu compte que je préférais voir les autres souffrir. D'abord, je *voulais qu'ils souffrent.* Surtout quand Talon était à l'hôpital. C'est moi qui l'ai prévenu pour la mort de Chad. J'ai adoré voir cette nouvelle le ronger. L'assassinat de Chad en valait encore plus la peine. J'avais besoin de savoir que ces grands mâles alpha machos et bagarreurs se faisaient manipuler et torturer par quelqu'un comme moi. Et mon plaisir s'amplifiait chaque fois. J'adorais savoir que je les faisais souffrir encore et encore. Je prenais mon pied. Et ce genre de gratification, de savoir que c'était si accessible et que je pouvais faire tout ça sans que personne ne le sache, c'était mon plaisir coupable.

Mouse secoua la tête.

— Avez-vous obtenu toutes vos réponses ? Ça ne changera rien du tout puisque maintenant vous allez tous mourir.

Jager savait que ça n'arriverait pas s'il pouvait l'en empêcher.

Mais qu'est-ce que cette ordure avait préparé ?

CHAPITRE 16

ALLISON VIT LE regard de Minx. Elle bougea alors les lèvres sans parler et lui indiqua : « un, deux, trois ». Minx pivota dans les bras de Mouse, en levant la main dans laquelle elle tenait son couteau et en visant la partie molle de son cou. Au même moment, Allison avança vers lui avec son propre couteau dans la main avant de le poignarder dans le ventre et de libérer Minx de son emprise. Allison ne pouvait pas utiliser son arme en ayant aussi peu d'espace car elle risquait de toucher Minx.

Après ça, ce fut le chaos total. Les hommes bondirent, certains compressèrent un bandana sur le cou de Mouse pour stopper l'hémorragie. Mais Minx avait touché son artère. Le sang coulait à flots.

Allison repoussa Minx qui était dorénavant en pleurs, sa peine était tellement visible. Allison la prit dans ses bras et lui chuchota :

— Il le fallait. Il n'y avait pas d'autres choix. Tu l'as fait pour tous nous sauver.

Minx enfouit la tête dans le cou d'Allison et s'agrippa à elle.

— C'était mon meilleur ami, chuchota-t-elle entre ses pleurs, ses mots alors à peine audibles, étouffés.

Allison soupira et enlaça encore plus fort sa nouvelle amie.

— Plus maintenant. Ce garçon n'existe plus. Mouse était devenu tordu. Son enfance l'avait transformé en un homme qui ne se serait jamais arrêté de tuer. Il n'existait aucun autre moyen de mettre fin à tout ça.

Minx hocha la tête. Elle prit quelques grandes inspirations saccadées avant de reculer tout en restant près d'Allison.

— Merci. Je n'étais même pas certaine de savoir quand attaquer ni comment m'y prendre.

— Parfois, le timing est bon, d'autres fois non, répondit doucement Allison. J'ai vu sa main se resserrer autour du couteau, je savais qu'il allait te poignarder. Il n'allait pas le faire parce qu'il voulait te faire du mal mais plutôt parce qu'il savait qu'en te tuant il causerait la souffrance maximale au reste d'entre nous.

Des larmes coulèrent le long des joues de Minx. Elle se frotta les yeux en tentant de les stopper.

— Je suppose que je m'enfermerai dans ma petite bulle une fois que j'aurais compris que je l'avais perdu depuis longtemps, dit-elle.

Allison sourit.

— Bonne idée. Cette soirée a été chaotique. Mais à partir de demain, chaque jour ne pourra qu'être meilleur que le précédent.

Elle observa derrière la tête de Minx et vit Badger les observer. Laszlo regardait également Minx, un air inquiet sur le visage.

Allison leur dit :

— Elle va bien. Mais c'est compliqué d'oublier le héros de son enfance.

Puis, Minx se remit à pleurer. Elle courut dans les bras de Laszlo qui les referma délicatement autour d'elle. Elle jeta un œil à l'homme étalé au sol.

— C'est aussi très difficile de laisser partir un ami en qui on avait confiance, dit Allison en observant autour d'elle. Je suppose qu'au fond de vous, vous venez de réaliser que la personne que vous connaissiez n'était pas celle que vous pensiez. Et que votre *ami* Mouse est mort lors d'un accident comme vous l'aviez supposé.

Ils l'observèrent, le visage fermé.

Elle dit :

— Je sais que vous n'oublierez jamais cette nuit. Je sais que vous ne comprendrez jamais à quel point il était devenu fou. Mais, pour le bien de votre santé mentale, pour le bien des femmes que vous avez tous trouvées et qui se trouvent à vos côtés en ce moment, cherchez dans votre cœur la force de laisser partir Mouse, d'enterrer la trahison. Il faut mettre une fin à tout ça. Nous ne pouvons plus rien y faire. Il n'existe plus de vengeance. Et il n'y aura plus d'autre décès.

Elle enfouit les mains dans les poches alors qu'elle regardait toujours l'homme au sol.

— Son âme est morte depuis très longtemps. Et pour ça, je suis vraiment navré. Je ne peux qu'espérer qu'il se trouve dorénavant en paix.

Badger s'avança derrière elle et dit :

— Depuis quand es-tu si sage ?

Dennis rit doucement, ce qui allégea légèrement l'atmosphère émotionnelle.

— Elle a toujours été comme ça. Je peux vous raconter plein d'histoire en ayant grandi avec elle…

Elle leva les yeux vers son frère.

— Merci d'être encore une fois venu à la rescousse.

Il secoua la tête.

— Je n'avais pas réalisé que tu t'étais entourée d'une si grande bande de héros. Avec un peu de chance, je n'aurais plus à te venir en aide, dit-il avant de poser les yeux sur Mouse. Il n'y avait vraiment aucun moyen de le sauver, non ?

— Il n'y avait aucun moyen de le sauver, acquiesça-t-elle. Même avant que Minx ne le poignarde. Cas de légitime défense ? Affaire classée ?

Il hocha la tête.

— Absolument. Mais as-tu la moindre idée de la paperasse que tu viens juste de m'infliger ?

— Et toi, as-tu la moindre idée du nombre d'affaires que tu vas pouvoir classer ? Tu recevras sûrement une médaille pour tout ça.

Il la regarda avant d'observer tous les hommes.

— Vraiment ? Il a commis tant de meurtres que ça ?

L'air sombre, ils hochèrent tous la tête.

— À travers plusieurs pays.

Dennis secoua la tête.

— Punaise. Quel taré, dit-il avant de s'approcher de Mouse. Je dois appeler une ambulance et nous allons devoir appeler la police scientifique. Je sais que vous voulez tous rentrer chez vous, alors je reviendrai vers vous demain. Ce serait peut-être plus facile que je vienne vous voir avec tous les éléments et que nous les passions en revue tranquillement.

— Une dernière chose Dennis, ajouta Jager. Mouse avait sûrement un plan de secours. Vous devez passer la totalité du parc au détecteur de métaux et peut-être même les accès extérieurs dans un rayon d'un kilomètre. Faites surtout attention aux zones où l'on aurait récemment creusé un trou.

Badger se tourna vers Jager et secoua la tête.

— Une autre bombe ? Mais pour nous tuer cette fois-ci ? Comme il l'avait prévu depuis le début ?

Jager hocha la tête.

— Pour lui ça aurait été un moyen amusant de mettre

fin à toute cette histoire.

Ils se regroupèrent tous en secouant la tête. Mais les hommes de l'unité échangèrent un regard entendu.

Dennis passait déjà les coups de fil.

Ils hochèrent tous la tête, las et épuisés, mais l'on pouvait presque ressentir un faible soulagement gagner le groupe.

Jager s'approcha enfin d'Allison, glissa une main autour de ses épaules et la serra contre lui.

— Veux-tu rester ici avec ton frère pendant qu'il examine la scène de crime ?

Elle leva les yeux vers lui.

— Non, mais si toi tu veux ça me va. Rien ne presse. Ce n'est pas très important parce qu'après tout ça il nous reste toute une vie.

Il sourit.

— Tu ne l'as toujours pas dit.

Elle le fusilla du regard et murmura :

— Toi non plus.

Il baissa la tête et l'embrassa tendrement.

— Je t'aime. Et j'espère déjà que tu passeras le reste de ta vie à mes côtés.

Elle passa les bras autour de son cou et lui chuchota en retour :

— Moi aussi je t'aime.

Et ils échangèrent un baiser représentant leur futur, un baiser de promesse, un baiser d'amour.

Autour d'eux, les autres les encouragèrent.

Allison se sépara de lui et, perdue, elle rit quand même en répondant :

— D'accord, d'accord, ça suffit, on a compris.

Elle aperçut son frère les observer et lui sourit. Il leva le pouce en signe d'approbation, puis elle se blottit de nouveau contre le cœur de Jager alors que le bruit de ses battements la réconforta de toutes les façons possibles. Le voyage fut long, mais elle se sentit enfin chez elle. Elle leva les yeux vers lui et lui demanda :

— Ça va mieux maintenant ?

Il la serra contre lui et murmura :

— Oh que oui.

Elle observa le cercle d'hommes qui les entourait, ainsi que leurs femmes fortes qui les avaient rejoints.

— Êtes-vous prêts à partir maintenant ?

Ils hochèrent tous la tête.

Elle sourit.

— Dans ce cas-là, vous venez tous d'achever une mission particulièrement difficile et, avec un peu de chance, aucun d'entre nous n'aura besoin de repartir.

— Tout dépend de ce que nous allons faire nos vies, répondit Laszlo en blaguant. Peut-être que nous en ferons notre mission.

Elle leva les yeux vers lui.

— De quoi ? Arrêter des voyous ? Ou garder en tête de rester à la maison où se trouvent vos places ?

Il lui lança un regard et répondit :

— Tu sais quoi, je ne sais pas vraiment pour l'instant. Je crois que demain nous devrions discuter de la direction que nous aimerions prendre.

— Si ce n'est pas demain, ajouta-t-elle, alors ce sera dans les prochains jours, le temps de guérir un peu. Émotionnel-lement et psychologiquement. Ne prenez pas de décision brutale.

— Et toi tu ne l'as pas fait peut-être ? Tu as pris tout un tas de décisions brutales ces derniers jours, dit Jager, un sourire se dessinant lentement sur ses lèvres.

Elle rit.

— En effet, mais je savais qu'elles étaient bonnes.

— Comment le savais-tu ? Comment savais-tu que c'était une bonne idée de m'accompagner ici ?

Elle sourit.

— C'est facile. L'amour est toujours la solution. Je savais que je devais te faire confiance. Et je savais aussi que je devais te suivre, peu importe où tu décidais de m'emmener. Dans ce cas précis, tu m'as emmené ici ce soir, et j'espère que nous n'aurons plus jamais à revivre ce scénario.

— Promis, répondit Jager. Je ne te mettrais plus jamais dans cette position.

Elle rit.

— Ce n'était pas de ta faute. Je me suis mise moi-même dans cette position. Et, comme l'a dit Kat, tu voulais une femme forte. Tu en as trouvé une. Je n'ai aucun problème à avancer à tes côtés, mais je n'aime pas que l'on me donne des ordres.

Il rit et la serra contre lui.

— Je me fiche que tu n'apprécies pas les ordres. Je suis simplement reconnaissant que tu me laisses avancer à *tes* côtés.

Puis Dennis se tourna vers eux et leur annonça :

— Nous allons passer quelques heures ici, dit-il avant de s'adresser à Badger. Ça te va si nous venons chez toi demain matin ?

Badger hocha la tête.

— Je me moque de l'endroit où nous nous rejoignons. Tout ce que je veux pour l'instant, c'est prendre Kat dans mes bras.

Un rire s'échappa de son oreillette.

— Le centre de commande est là où tu l'as laissée. Bouge

tes fesses, sors de ce parc et viens m'embrasser. Je rapproche la Jeep de l'entrée nord au moment où nous parlons.

Tout le groupe riait maintenant.

Dennis hocha la tête et sourit.

— Demain, nous clarifierons la situation et fermerons le dossier.

Jager murmura :

— Merci enfin.

Il passa les bras autour des épaules d'Allison et dit :

— Allez, on rentre à la maison.

ÉPILOGUE

KAT S'INSTALLA SUR le canapé de Badger dans leur maison. Dennis, le frère d'Allison qui travaillait pour le département de la police de Santa Fe, venait juste de partir. Tout le monde était resté là après avoir fait leurs dépositions. Dennis allait les saisir et ils devraient alors les signer. En ce qui concernait Kat, ce cauchemar long de six semaines était enfin terminé. Et même un peu plus long en réalité. Elle n'arrivait pas à croire tout ce que Badger et ses amis avaient trouvé en si peu de temps.

Elle se blottit contre Badger en caressant Dotty. Elle avait emménagé dans cette maison quelques semaines plus tôt. Elle se sentait autant chez elle que lui se sentait chez lui dorénavant. Comme si elle avait trouvé sa maison. Dotty approuvait aussi visiblement. Kat avait toujours sa propre maison, mais elle l'avait louée. Elle n'était pas certaine de ce qu'elle allait en faire à long terme. Pour le moment, elle ne prévoyait pas de prendre cette décision.

Tant de choses s'étaient déroulées en si peu de temps. Elle savait qu'elle désirait encore une chose. Mais Badger avait encore du mal à s'engager pleinement. Il aurait des problèmes de santé pour le restant de sa vie et il refusait qu'elle lui soit redevable. Elle trouvait sa logique stupide, puisque l'amour était une question de prendre soin l'un de l'autre, peu importe ce qui arrivait. « Dans la santé comme dans la maladie », comme le disaient les vœux de mariage. Assises près de lui, elle mit un plan en place dans un coin de sa tête. Elle se redressa à moitié, vit le regard interrogateur de Badger, puis s'allongea de nouveau. Elle n'osait pas lui dire à quoi elle pensait. Quelqu'un comme Badger avait besoin que l'on fasse les choses sans lui.

Elle lança un regard à Honey et Allison, les deux femmes qu'elle voyait depuis la place où elle était assise. Allison, policière comme son frère, était une sacrée nouvelle arrivée dans le groupe. Sept hommes et sept femmes. Qui aurait pensé qu'une chose pareille était possible et si rapidement ? Certains d'entre eux se connaissaient depuis plus longtemps, comme Clary et Talon et comme Badger et elle-même. Ou même comme Honey et Erick d'une certaine façon. Et, pourtant, les autres, Jager et Allison ; Geir et Morning ; ainsi que Laszlo et Minx et Faith et Cade, ne s'étaient jamais rencontrés avant cette enquête. Mais parfois, les bonnes choses prenaient peu de temps.

— Donc, c'est fini maintenant ? Tout le monde a trouvé des réponses à ses questions ? dit Kat d'un ton paresseux. Je dirais bien de laisser cette affaire de côté, mais je pense que nous avons encore besoin d'en parler pendant quelques jours, le temps d'enfin s'en remettre.

— Cette conversation persistera sûrement pendant long-temps, dit doucement Jager. J'ai reçu les principales réponses que je cherchais. Je n'avais simplement pas remarqué à quel point il était devenu fou.

Allison hocha la tête. Elle était assise contre lui, la tête posée sur son épaule.

Kat observa Jager et sourit.

— En parlant de décision, j'ai regardé une nouvelle fois ton dossier et je pense que je peux t'aider à améliorer ta mobilité avec des prothèses plus avancées.

Le visage de Jager s'illumina.

Elle leva une main en signe d'avertissement.

— Nous allons devoir prendre quelques mesures, et trouver le bon modèle risque de prendre du temps. Tu es le seul de l'unité que je ne pensais pas pouvoir aider, et pourtant, maintenant… J'ai une idée qui pourrait fonctionner.

Jager tendit une main et Kat l'attrapa et la serra délicatement avant de se reconcentrer sur Allison.

— Toi aussi tu as des décisions à prendre, n'est-ce pas ?

Allison rit.

— Elles s'enchaînent rapidement depuis que j'ai rencontré Jager. Et pas seulement sur l'endroit où j'aimerais vivre mais aussi sur ce que j'aimerais faire de ma vie.

— Oh, on adore ce genre de décision importante que nous devons prendre de temps en temps, hein ? demanda Morning en riant.

Elle se pencha en avant.

— Je sais qu'il n'y a aucun rapport, mais je viens juste d'avoir des nouvelles du propriétaire de la galerie de San Diego. Il est ravi et a déjà prévendu les quatre peintures que je lui ai fournies.

— Prévendues ? demanda Badger d'un air surpris.

Morning hocha la tête.

— Il les a montrés à un collectionneur privé, et il voulait les quatre. En plus, la somme que lui en a demandée la galerie était juste incroyable. Je n'en reviens toujours pas. Je ne pensais pas que les gens paieraient autant.

— Elles n'étaient pas encore assez chères, dit Geir en riant. Ton travail vaudra bien plus d'ici peu de temps.

— Je ne sais pas combien coûte une toile, dit Honey. Je n'ai pas du tout la fibre artistique, mais j'admire vraiment les gens qui créent de magnifiques peintures. Et, visiblement, l'acheteur pensait la même chose.

Morning rit.

— Je ne sais pas si elles sont vraiment belles. Mais j'ai un peu la pression maintenant qu'ils me demandent d'en peindre d'autres d'ici le vernissage de cet automne. Mais il lui a demandé plus de dix mille dollars la toile. Honnêtement, je suis abasourdie.

— Waouh. Tu veux dire que tu viens de gagner l'équivalent d'un an de salaire d'un professeur juste en vendant quatre peintures ? demanda Kat.

— Bravo, s'exclama Honey.

Le visage de Morning s'illumina.

— Je sais, c'est fou.

— Je pense que nous sommes tous arrivés à un point où nous devons vraiment prendre des décisions dans nos vies, dit Cade d'un ton paresseux.

Il était affalé dans un grand fauteuil alors que Faith était à moitié allongée sur lui.

— Quelle aventure ! Mais pour une fois, je suis vraiment ravie que ce soit fini.

— Et oui. Ça fait six semaines que Badger nous a traînés en Angleterre, dit Talon en souriant. C'est assez difficile à croire.

— Je sais, n'est-ce pas ? Mais moi-même je n'imaginais pas ce que nous allions trouver à l'arrivée. Ça me brise le cœur. Mouse semblait être un si bon garçon.

Minx, l'amie d'enfance de Mouse, était encore plus traumatisée que le reste du groupe après l'épisode de la veille.

— C'était un bon garçon, mais il est devenu un homme brisé. Je vais mettre du temps à faire le deuil du garçon que je connaissais.

— Nous allons tous mettre du temps à faire le deuil, répondit Laszlo avec un léger sourire. Nous devons comprendre que la personne que nous pensions être Mouse, n'était pas le vrai. Et nous devons laisser reposer cette version de cet homme en qui nous avions confiance… poursuivit-il avant de soupirer. Il faut aussi que nous restions en contact avec Mason pour savoir comment Mouse a volé l'identité de Ryan Hanson et comment Poppy a piraté la base de données de la Navy.

— Il a dû planifier tellement de choses pour s'infiltrer dans la carrière de ses rêves, dit Badger. Tout ça parce qu'il refusait de dépenser du temps et des efforts pour essayer de le faire de son propre mérite. Et tous ces décès insensés…

— Le problème c'est que, comme nous le savons, peu de personnes valident le BUD/S, dit Geir. Cet entraînement est brutal. L'endurance requise est terrifiante et Mouse savait probablement qu'il n'aurait pas les capacités nécessaires s'il essayait par ses propres moyens. Mais il aurait alors passé une vie entière à essayer d'obtenir ce qu'il voulait. C'est pour ça que sa relation avec Poppy a duré aussi longtemps. Poppy était dans la Navy, et il avait toujours des contacts. Il n'a jamais été SEAL, contrairement à ce qu'il avait dit à Mouse, mais il était en relation avec beaucoup de personnes qui pouvaient aider Mouse. Et malheureusement, l'argent achète presque tout.

— Mais Mouse a saisi une chance incroyable, dit Kat. Faire exploser un véhicule militaire et penser pouvoir en ressortir indemne, c'est en demander beaucoup.

— Je sais, répondit Badger. Et ça m'a toujours dérangé de savoir qu'il était celui qui avait potentiellement perdu la vie lors de notre accident. Je n'ai jamais vraiment entendu parler de ses blessures. J'aurais dû m'informer. Nous n'avons jamais parlé aux médecins et nous n'avons jamais entendu parler de l'homme qui a échangé les corps.

— Il n'a pas eu à échanger les corps. Il a simplement eu besoin d'inverser les étiquettes, rectifia Erick. Et tu sais comment était l'Afghanistan pour nos troupes quand il s'agissait de s'occuper des morts. Le complice de Mouse qui travaillait dans une morgue de fortune au milieu du désert a dû choisir parmi beaucoup de corps avant de choisir celui qui lui ressemblait le plus pour inverser les étiquettes. Et le tout sans que personne ne sache quoi que ce soit. Tout le monde s'en moquait. J'ignore si nous arriverons un jour à démêler ce sac de nœuds. En ce qui concerne la famille de Ryan, ce sera un vrai choc pour eux d'apprendre la vérité.

— Je me demandais, l'armée découvrira la vérité ? demanda Laszlo. Nous devons faire tout ce que nous pouvons pour retrouver le corps de Ryan pour qu'il ait des funérailles dignes de ce nom, par respect pour sa famille.

— Et c'est une piste que j'aimerais tirer au clair, dit Geir. C'est injuste que cette famille ne sache rien.

— Je suis d'accord, mais nous n'arriverons peut-être jamais à le localiser, à moins que quelque chose dans l'ordinateur de Poppy révèle cette information, dit Cade. Et c'est fortement possible, puisque Poppy adorait tout classer. Ça peut prendre des semaines, si ce n'est des mois pour faire le tri entre toutes ces preuves. Y compris les informations sur ses relations amoureuses, si nous pouvons les appeler de la sorte. Et il en a eu beaucoup. La plupart d'entre elles n'étaient pas très glorieuses.

— Mouse était toujours très concentré, dit Minx. Difficile de l'imaginer accorder son attention et sa détermination à quelque chose de mal.

— Je ne pense pas du tout que c'était ça, dit Talon.

Mouse avait des rêves, mais il essayait de passer pour quelqu'un qu'il n'était pas capable d'être. Il voulait devenir SEAL, ce qui le ferait sourire et dont il pourrait être fier. Même s'il n'a pas lui-même suivi les entraînements, il s'était convaincu qu'il était tout de même un SEAL. Et quand tout menaçait de lui exploser au visage, il a dû trouver quelque chose pour éviter de se faire démasquer en tant que la fraude qu'il était. La façon la plus simple de s'en sortir était de simuler sa mort et de se retirer avec d'honorables obsèques. Mais survivre à une explosion et supporter la rééducation, tout ça pour s'en prendre de nouveau à nous... C'est vraiment tordu.

Kat se leva et Dotty la suivit.

— Je vais préparer un grand pichet de thé glacé. Ensuite, je vais nager. La conversation ici est lourde et sombre.

— Reste-t-il de la salade d'hier soir ? demanda Badger.

Elle hocha la tête.

— Et si vous avez besoin, nous avons aussi de quoi manger ce midi.

La conversation s'allégea soudainement.

KAT SOURIT EN entrant dans la cuisine. La maison de Badger était fantastique. Et elle était parfaite pour réunir beaucoup de monde, comme c'était le cas ce jour-là. Elle alluma la bouilloire et, au lieu d'ouvrir le réfrigérateur à la recherche de nourriture, elle ouvrit la porte-fenêtre à doubles battants et se dirigea vers la piscine. Dotty trottinait joyeusement dans l'herbe verte.

Une grande surface recouverte de pelouse se trouvait au bout du jardin. Kat se demanda si ça pourrait convenir pour ce qu'elle avait en tête. Et si elle pouvait tout organiser toute seule.

Elle secoua la tête. Elle aurait besoin d'aide. Elle envoya un message à Stone. Il avait été son patient pendant de longues années et lui avait souvent dit de l'appeler si elle avait besoin de quoi que ce soit. Eh bien, ce n'était sûrement pas le genre de chose auquel il s'attendait, mais elle l'appela.

— J'ai besoin d'aide.

— De quoi as-tu besoin ? Tu sais que je suis là pour toi.

— J'ai besoin d'aide pour quelque chose qui se déroulera d'ici quelques mois. C'est le temps qu'il faudra pour tout organiser.

— Organiser quoi ?

Elle rit et lui expliqua en utilisant le moins de mots possible.

— Es-tu partant ?

— Hors de question, lui répondit-il immédiatement.

Elle rit à voix haute.

— Et si je fais du poulet ?

— Oh que oui. Ça prend une tournure qui aura de grandes répercussions.

Elle demeurait toujours aussi joyeuse en envoyant un message à Ice.

J'ai besoin d'aide.

Que se passe-t-il ? demanda Ice.

J'ai un plan. Qui prendra trois mois.

Quel genre de plan ?

Elle expliqua.

Ice lui répondit immédiatement :

Je vais t'aider. Ne t'inquiète pas. Je vais aussi demander de l'aide à Levi.

Kat observa le groupe à l'intérieur alors qu'ils étaient

assis dans le salon et elle se mit à rire. De nouveau à l'intérieur, elle riait toujours.

Badger lui adressa un regard.

— Qu'est-ce qui se passe ?

Elle effaça son expression et lui adressa un sourire.

— Rien. Que pourrais-je bien planifier ?

Il observa son visage et fronça les sourcils.

— On dirait que tu caches quelque chose. Et dans mon monde, ça ne présage rien de bon.

— Je crois que tu vas devoir attendre pour le savoir.

Elle observa le jardin. Il était assurément assez grand pour un mariage.

C'est la fin du tome 7 de *Légion d'acier*, *Jager*.

Découvrez *Son vœu le plus cher*, *Légion d'acier*, tome 8.

Son vœu le plus cher, Légion d'acier, tome 8

Deux unités militaires de huit hommes chacune ont été envoyées à bord de deux véhicules pour ce qui n'aurait dû être qu'une mission de reconnaissance banale, à Kaboul. La mission s'est soldée par une catastrophe, quand l'une des unités a roulé sur une mine anti-tank. Badger Horley, le chef de l'équipe des SEAL, ainsi que six de ses hommes ont été gravement blessés. Le huitième homme est mort. Seulement, voilà. Le matin de l'accident, les itinéraires ont été changés sans explications ni informations sur la personne qui a autorisé ces nouvelles directives. Jusqu'à l'explosion de cette mine, Badger s'est senti mal à l'aise avec ce changement de dernière minute, mais il n'a pas envisagé de raisons criminelles. Maintenant qu'on a tenté de détruire son équipe, cela devient personnel. Badger et ce qu'il reste de son escouade refusent de prendre du repos tant qu'ils

n'auront pas découvert ce qui a entraîné cette tragédie et tué l'un des leurs. Pour cette Légion d'acier, la vengeance n'attend pas…

Kat Greenwald, prothésiste de métier, est amoureuse de Badger Horley. L'ancien soldat des SEAL est l'amour de sa vie. Mais elle est aux premières loges pour témoigner des craintes et des difficultés à s'engager dont souffrent au quotidien Badger et ses plus proches amis, anciens membres des opérations spéciales de la Navy. À l'occasion de leurs retrouvailles hebdomadaires, les femmes amoureuses de ces anciens soldats s'ouvrent les unes aux autres sur leur envie de mariage et d'enfants.

Plus de deux ans auparavant, Badger a été gravement blessé quand le camion de son équipe de huit hommes a roulé sur une mine anti-tank. Si son équipe et lui ont enfin découvert la vérité derrière ce coup monté dévastateur, Badger est conscient de son avenir précaire. Sa santé pourrait décliner à tout moment et il tient à ce que Kat puisse s'en aller si tout se dégradait. Il ne veut surtout pas de pitié, et encore moins de la part de celle qu'il aime. Dans un monde idéal, il lui aurait fait sa demande dès le jour de leur rencontre. Mais dans le monde où il évolue, mieux vaut les craintes que les regrets.

Cependant, Kat n'est pas le genre de femme à redouter les difficultés, et elle est prête à se jeter dans l'inconnu, tant que son vœu le plus cher devient réalité.

Le tome 8 est disponible dès aujourd'hui !
Pour en savoir plus, visitez le site web de Dale Mayer.
https://geni.us/DMFRRevealUni

Note de l'auteure

Merci d'avoir lu *Jager, Légion d'acier, tome 7* ! Si vous avez apprécié le livre, merci de prendre un moment pour laisser votre avis.

Chers lecteurs,

J'aime avoir de vos nouvelles, alors n'hésitez pas à me contacter sur mon site web : www.dalemayer.com ou sur ma page d'auteure Facebook. Pour être informés des nouvelles parutions et des offres spéciales, inscrivez-vous à ma newsletter ou suivez-moi sur BookBub. Si vous souhaitez rejoindre mon groupe de lecteurs, voici la page d'inscription sur Facebook.

À bientôt,
Dale Mayer

À propos de l'auteure

Dale Mayer est une auteure de best-sellers au classement de *USA Today*, connue pour ses romances militaires sur les forces spéciales, sa série *Psychic Visions* et sa série *Jolis Jardins Maudits*, dans le genre cozy mystery. Ses romances contemporaines sont vibrantes d'émotion et de passion (série *Broken But... Mending, Hathaway House*). Ses thrillers vous laisseront à bout de souffle (séries *By Death* et *Kate Morgan*) et ses comédies romantiques vous feront rire aux éclats (*It's a Dog's Life*, une novella hors-série, et la série *Broken Protocols* avec Charming Marvin, le chat).

Elle laisse libre cours aux séries qui lui viennent... dont certaines sont carrément folles, enfreignant toutes les règles et croisant différents genres !

En plus de ses romans de fiction, elle écrit également des textes documentaires dans de nombreux domaines, dont la rédaction de CV, le jardinage de loisir et le système de crédit immobilier américain. Elle a récemment publié la série professionnelle *Career Essentials*. Tous ses livres sont disponibles aux formats papier et ebook.

Contactez Dale Mayer en ligne

Site web de Dale – www.dalemayer.com
Twitter – @DaleMayer
Facebook Page – geni.us/DaleMayerFBFanPage
Facebook Group – geni.us/DaleMayerFBGroup
BookBub – geni.us/DaleMayerBookbub
Instagram – geni.us/DaleMayerInstagram
Goodreads – geni.us/DaleMayerGoodreads
Newsletter – geni.us/DaleNews